KB269465

몽월 新무협 판타지 소설

FANTASTIC ORIENTAL HEROES

대법왕 1

몽월 新무협 판타지 소설

초판 1쇄 찍은 날 § 2008년 7월 29일
초판 1쇄 펴낸 날 § 2008년 8월 7일

지은이 § 몽월
펴낸이 § 서경석

편집장 § 문혜영
편집책임 § 이재권
편집 § 서지현 · 문정흠

펴낸곳 § 도서출판 청어람
등록번호 § 제1081-1-89호
등록일자 § 1999. 5. 31
어람번호 § 제2-1546호

주소 § 경기도 부천시 원미구 심곡1동 350-1 남성B/D 3F (우) 420-011
전화 § 032-656-4452 팩스 § 032-656-4453
http://www.chungeoram.com
E-mail § eoram99@chollian.net

ⓒ 몽월, 2008

ISBN 978-89-251-1421-7 04810
ISBN 978-89-251-1420-0 (세트)

몽월
新무협 판타지 소설

대법왕

大法王

1

환생석두(還生石頭)

천
리
람

目次

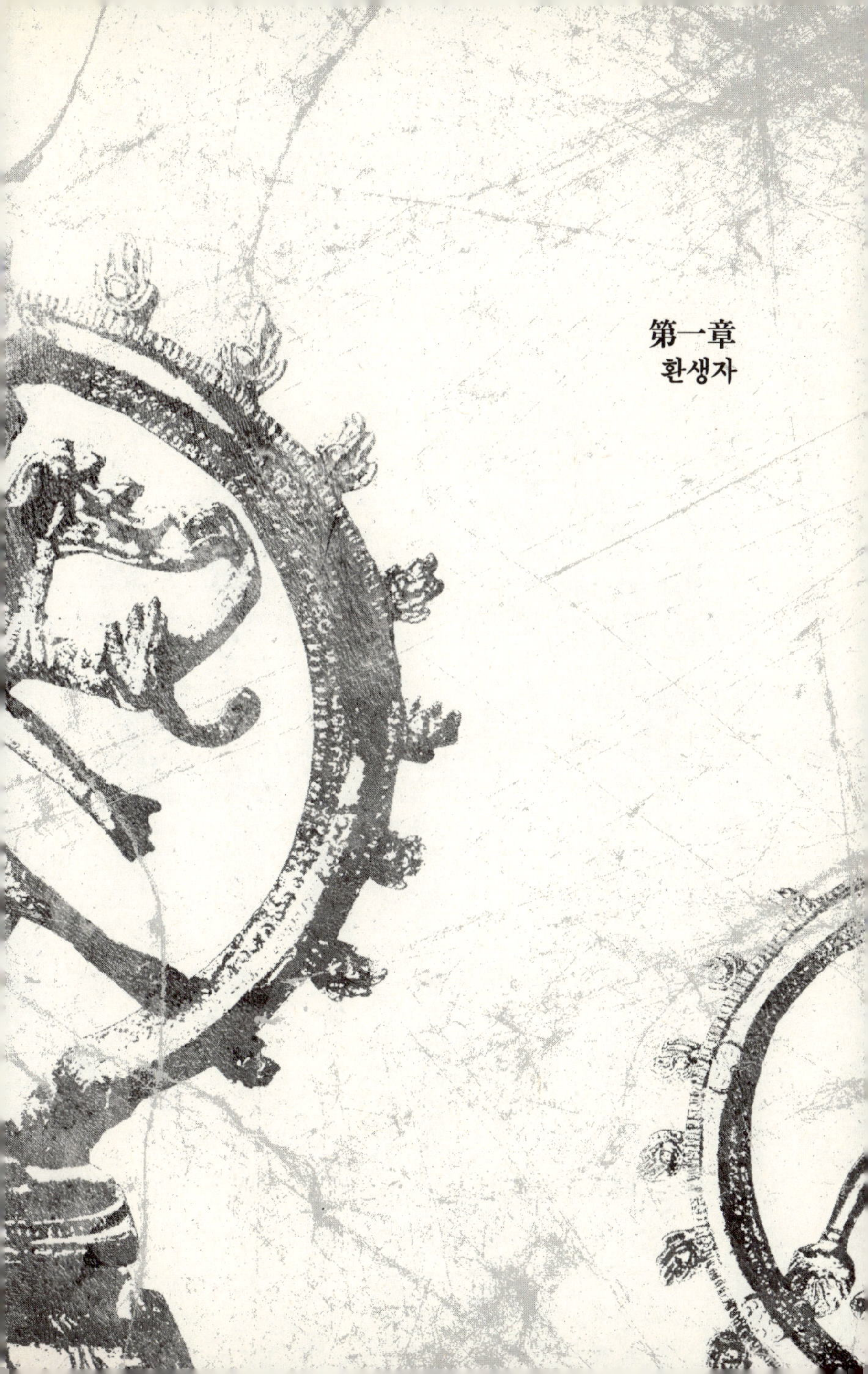

第一章
환생자

장대비다. 하늘에 구멍이라도 뚫린 듯 쏟아져 내렸고 시간
이 흐를수록 빗줄기는 굵어졌다. 일광전(日光殿) 앞마당으로
누런 황톳물이 내를 이루며 흘러갔고 만개한 자미화(紫薇花)
가 퍼붓는 폭우에 찢어진 육편처럼 사방으로 흩어졌다.

콰아아아!

섬광이 어두운 하늘을 가로질렀다. 그 순간 하나의 인영이
일광전 담장을 훌쩍 뛰어넘었다.

'염병할, 하필 이때 번개가 칠 건 또 뭐야?'

잽싸게 담벼락에 등을 기댄 동천몽이 어두운 하늘을 노려
보았다. 혹시라도 자신을 본 사람이 있었는지 두근거리는 가

습을 진정시키며 좌우를 살피곤 다시 걸음을 옮기기 시작했
다.

고양이처럼 낮은 자세로 담벼락을 따라 달려가던 동천몽
이 걸음을 멈췄다. 담장이 끝나고 눈앞으로 이층 전각 한 채
가 나타났다. 백상전(白象殿)이란 곳으로, 이곳 사람들 말로
는 코끼리의 영혼이 모셔져 있다고 했다. 인간에게 영혼이 있
다는 것도 믿지 않는데 그따위 짐승에게 영혼이 있다니, 확실
히 미친놈들이 모여 있는 곳임은 분명했다.

동천몽은 가자미눈을 하며 폭우 속을 살폈다. 자신들의 거
룩한 성지라고 했으니 어딘가 지키고 있는 무사들이 있을 것
이다. 구부러진 노송 아래나 후미진 담벼락 같은 곳에 숨어서
경계를 서고 있을 것이 뻔했다. 아무리 살펴봐도 어둠이 너무
짙어 보이는 건 아무것도 없다.

'쳐죽일! 이럴 때 벼락이나 한번 쳐줄 일이지.'

욕설이 끝나는 순간 거짓말같이 서쪽 하늘에 섬광이 일었
다.

아주 잠깐이었지만 백상전 좌측 모퉁이에 서 있는 노송 아
래 두 명의 무사가 서 있는 것이 보였다.

"꿀꺽!"

동천몽은 침을 삼켰다. 경계가 가장 소홀한 동문 근처로 빠
져나가기 위해서는 백상전 앞마당을 가로질러야 한다. 평소
같으면 어림도 없는 일이나 콩을 볶듯 쏟아지는 빗소리와 먹,

물 같은 어둠이 놈들의 감각과 시야를 방해하니 시도해 볼만했다.

동천몽은 길게 호흡을 가다듬고는 소리를 줄이기 위해 뒤꿈치를 들고 백상전 마당을 달리기 시작했다. 상체를 낮게 숙이고 달리는 동천몽의 모습은 필사적이었다.

"하늘이 뚫렸나? 드럽게 퍼붓는구만."

띠로 엮은 우의를 뒤집어쓴 두 무사가 쏟아지는 비를 바라보며 투덜거렸다.

휙!

백상전 앞마당을 무사히 통과한 동천몽은 잽싸게 풍단목 아래로 몸을 숨겼다. 백상전을 돌아보았는데 두 무사는 쏟아지는 비를 향해 계속 욕을 퍼붓고 있었다.

뛰는 가슴을 잠시 진정시킨 동천몽이 어둠 저편을 노려보았다.

멀리 하나의 시커먼 담장이 절벽인 양 버티고 서 있었다. 저곳만 넘으면 밖이다. 담 밖은 늪지대이기 때문에 위험하긴 해도 추적을 따돌리기에는 오히려 좋다.

동천몽은 얼굴에 흘러내리는 빗물을 손으로 연신 훔치며 호흡을 조절했다.

오늘로 다섯 번째 탈출 시도였다. 실패했던 지난 네 번과 달리 이번 다섯 번째는 느낌이 좋다. 특히 날씨가 자신의 편을 들어주고 있었다.

"인간 말종들!"

동천몽의 입에서 거친 욕설이 흘러나왔다.

재수 옴 붙은 지난 한 달이었다. 더러운 악몽은 십육 회 생일을 맞이해 수하들과 거하게 한잔 마시고 있던 지난달 초하루에 시작되었다. 동천몽은 형천파(兄天派)의 우두머리였다. 형천파는 하늘과 형님은 동일하다는 소주 저잣거리의 완력패였다.

그날 술자리가 무르익고 야월루에서 가장 빼어난 미모를 자랑하는 기녀들을 불러들여 본격적으로 한판 놀려는데 그들이 나타났다.

그들은 모두 네 사람이었다. 우람한 덩치에 붉은 승포를 걸쳤는데 들어서자마자 자신을 향해 일제히 무릎을 꿇으며 존엄 가득한 음성으로 대법왕님, 하고 외쳐 불렀다.

이따금 술을 마시다 보면 너무 취해 자신들의 방을 못 찾고 엉뚱하게도 남의 방으로 들어가는 이들이 있다. 그렇지만 한참 분위기가 익어가는데 난데없이 중들이 들이닥쳤으니 부하들이 가만있을 리가 없었다. 더구나 다른 사람들도 아닌, 중생들의 번뇌를 씻어내고 제도해야 할 중들이 떼거리로 기루에서 술을 처먹고 자신들 방도 못 찾는 것에 부하들은 분개했다.

그런데 일당백은 아니어도 소주에서만큼은 나름대로 위엄과 한 전설씩 갖고 있는 수하들이 눈 깜짝할 사이에 모조리 뻗어버렸다.

부하들이 당했으므로 당연히 수장인 자신이 나서야 하는 법.

하지만 자신 또한 한주먹도 뻗지 못하고 당했다. 하늘과 동격이라는 형천파의 두목은 그렇게 힘없이 무장해제되고 말았다.

콰아앙!

풍단목 아래를 벗어나려는데 또다시 한줄기 섬광이 피어났고 귀청을 찢는 폭음이 들려왔다. 동천몽이 반쯤 나간 몸을 잽싸게 거둬들이며 하늘을 보며 인상을 썼다.

'드럽게 쳐대는군.'

아무리 빗소리가 크고 어두운 밤이지만 워낙 눈과 귀가 발달한 놈들이니 조심해야 한다. 놈들은 백 리 밖에서 기어가는 개미 발자국 소리까지 듣는다고 했다. 물론 그 말을 믿지는 않지만 아무튼 보통 놈들은 아니었다.

사사삭!

순식간에 동천몽은 삼 장 높이의 담장 아래 몸을 붙였다. 또다시 좌우를 살폈고 잠시 귀를 세워 주위 동정을 살폈지만 별 이상은 없었다.

휙!

옆구리에 차고 있던 줄을 담장 위로 던졌다. 줄 끝에는 갈고리가 달려 있었다.

타탁!

소리가 나게 줄을 당겨보았는데 꼼짝하지 않는 것이 쇠갈고리가 담장에 정확히 걸린 듯했다. 동천몽은 줄을 잡고 담을 오르기 시작했다.

주르륵!

픽!

절반쯤 올라가다 그만 미끄러지면서 무릎이 담벼락에 부딪쳤다.

밧줄은 비에 젖어 미끄러웠고 담장에 부딪친 무릎이 깨질 듯 아팠지만 동천몽은 신음을 삼키며 다시 기어올라 갔다.

픽!

퍼어억!

급히 서두르다 보니 자꾸 미끄러졌다. 무릎이 깨지고 피가 흘러내렸지만 동천몽은 더욱 힘을 다해 담벼락을 기어올랐다.

"아으앗!"

자꾸 미끄러지면서 체력이 떨어졌고 올라가는 속도가 느려졌다. 반도 채 오르지 못했는데 다리가 후들거렸고 밧줄을 잡은 양팔에 힘이 빠졌다.

'씨이… 벌!'

힘이 빠지면서 밧줄을 잡은 손이 덜덜 떨렸다. 그러나 여기서 포기하면 안 된다. 반드시 이곳을 벗어나 고향으로 돌아가야 한다. 동천몽은 젖 먹던 힘까지 모조리 쏟아내 마침내 담장 위로 걸터앉는 데 성공했다.

가슴이 터질 듯 뛰며 거친 숨이 터져 나왔다. 잠시 숨을 진정하고 있을 때 갑자기 하늘이 하얗게 변했다. 동천몽은 기겁하며 담장에 바짝 엎드렸다. 어둠이 다시 주위를 덮었고 상체를 일으킨 동천몽이 이를 뿌드득 갈았다.

'니기미!'

속히 담장을 넘어가야 한다. 자주 번개가 쳤으므로 담장 꼭대기에 앉아 있는 것은 위험했다. 담장 너머는 갈대와 가시나무들이 뒤엉켜 자라고 있는 늪지대였다. 몸을 날리기 위해 몸을 일으켜 세우던 동천몽이 기겁했다.

"허거억!"

일 장도 채 안 되는 좌측 담장 위에 붉은 가사를 걸친 승려 한 명이 우뚝 서 있었다.

'저… 저 인간은!'

팔 척이 넘는 신장에 족히 백 관은 넘을 것 같은 살집은 보는 사람으로 하여금 숨이 막히게 했다. 어둠 속인데도 우람한 덩치가 유난히 돋보이는, 언뜻 포악한 불곰을 연상케 한 그는 바로 한 달 전 자신을 이곳으로 끌고 온 자칭 사대법왕 중 한 명인 천장금왕(天掌金王)이었다.

"아미타불! 위대한 대법왕이시여, 이 악천후 속에 어딜 가시는 것이옵니까?"

동천몽은 눈앞이 노래졌다. 또다시 실패를 예감했기 때문이었다.

"비를 맞으면 고뿔에 걸리기 십상이옵니다. 어서 돌아가시지요."

"좆까!"

동천몽은 그대로 늪을 향해 몸을 던졌다.

그 순간 천장금왕이 손을 뻗었다. 그러자 담장 너머 늪지대로 떨어지던 동천몽의 몸이 무형의 흡인력에 의해 다시 날아왔다.

탁!

"뭐야! 씨팔! 놔!"

발버둥쳤지만 소용없었다.

천장금왕이 허리를 구부리며 말했다.

"진정하소서."

"당신이나 진정해. 빨리 날 놔줘. 놔달라고!"

동천몽이 버럭 소릴 질렀다.

"이보시오. 땡초, 아니, 스님, 제발 부탁합시다. 날 돌려보내 주시오. 이렇게 빌겠소."

동천몽이 두 손을 합장하며 내밀었다.

천장금왕이 무거운 얼굴로 내려다보며 말했다.

"도대체 어딜 가신다는 것이옵니까? 대법왕께서는 소승들의 스승이며 주인이시고, 원수(元首)이시며 장차 본 궁을 이끌어가실 큰어른이십니다. 대법왕께서 계실 곳은 이곳이라는 얘기옵니다."

동천몽의 표정이 확 굳어졌다. 하지만 이내 표정을 펴고 부드러운 얼굴을 말했다.

"나 돌아가고 싶소. 모른 체해주시오."

"아미타불! 대법왕이시여, 부디 깨우침이 부족하고 어리석기 그지없는 불쌍한 저희를 하늘의 지혜와 관음보살의 덕으로 이끌어주소서."

도저히 말이 통할 것 같지 않자 동천몽의 표정이 다시 험악해졌다.

"날더러 뭘 이끌어달라는 거야. 씨팔."

다시 몸을 날렸다. 그러나 허리가 반쯤 숙여졌을 뿐, 몸은 꼼짝도 하지 않았다.

"놔. 안 놔!"

"고정하소서, 대법왕이시여."

"대법왕이고 대밥왕이고 날 내버려 두라니까? 난 당신들 대법왕 아냐. 소주 사는 동천몽이란 말이야. 잘 봐. 내가 어떻게 당신들 대법왕이냐고. 내 얼굴 잘봐봐!"

"대법왕이시여, 불충한 속하를 용서하소서."

푹!

천장금왕이 가볍게 동천몽을 옆구리에 끼더니 그대로 몸을 날렸다.

동천몽이 발버둥치며 소릴 질렀다.

"호로 상놈의 인간아, 천벌을 받아 뒈질 중놈의 새끼야! 빨리 안 내려놔?!"

빠져나가려고 버둥거렸지만 그물에 걸린 고기처럼 꼼짝할 수가 없었다. 급기야 자신을 끼고 있는 천장금왕의 팔뚝을 이빨로 물어뜯었다.

콱!

"으윽!"

물어뜯던 동천몽이 비명을 질렀다. 마치 쇠몽둥이를 깨문 듯 이빨이 아팠다.

"당신들, 이러고도 부처님을 믿는 사람들이라고 할 수 있어? 착한 중생을 납치한 니들이 무슨 중들이야? 어서 날 고향으로 보내줘. 얼르은."

비가 멈췄다. 아니, 비가 멈춘 것이 아니라 어느새 천장금왕이 실내로 들어선 것이다.

다시 일광전으로 잡혀왔다.

실내로 들어선 천장금왕이 동천몽을 조심스럽게 내려놓았다. 내려놓자마자 동천몽이 머리를 들이밀며 달려들었다.

"차라리 날 죽여라, 죽여!"

하지만 두 걸음도 떼지 못하고 무형의 벽에 가로막혀 몸을 세워야 했다.

"팔용, 있느냐?"

"부르셨나이까, 금왕님?"

문이 열리고 나뭇가지처럼 메마른 사십가량의 승려가 들어섰다. 그런데 천장금왕을 쳐다보는 팔용의 얼굴에 공포와 두려움이 넘쳐흘렀다.

"소… 송구하옵니다. 잠시 뒷간을 다녀왔는데 그사이에 그만……."

팔용은 동천몽의 시위이자 감시자였다. 저녁 먹은 것이 잘못되었는지 아랫배가 아파왔고 잠시 뒷간을 다녀오는 사이에 동천몽이 사라진 것이었다.

"네놈 죄는 천천히 추궁하기로 하고 속히 대법왕님의 의복을 갈아입히거라. 비를 오래 맞아 고뿔에 걸릴 가능성이 높다. 빨리 서둘러라."

"존!"

팔용이 잽싸게 밖으로 달려나가자 천장금왕이 씩씩거리고 있는 동천몽을 향해 정중히 입을 열어 말했다.

"흥분을 가라앉히시고 소승의 말을 들어주소서."

동천몽이 눈을 까뒤집었다.

"이봐, 분명히 말하는데 당신들 지금 뭔가 크게 착각하고 있어. 날 아주 만만하게 본 모양인데 이래 봬도 소주 땅에서 형천파 두목 구육(狗肉) 하면 날아가는 새는 몰라도 걸어가는 인간들 모두가 피한다구. 좋게 말할 때 날 보내주는 게 좋을 거야. 나 뚜껑 열리면 그땐 내 행동 나도 책임 못 져."

"다시 말하지만 이제 대법왕께서 계실 곳은 본 궁이옵니다. 머잖아 일만 이천 제자의 뜨거운 경배를 받으며 정식으로 제십육대 대법왕으로 착좌하실 것이옵니다."

"카악!"

흥분한 동천몽이 가래침을 바닥에 뱉으며 핏대를 올렸다.

"누구 맘대로! 웃기고 있어."

그때 팔용이 휘황찬란한 금포 한 벌을 들고 들어섰다.

"대법왕이시여, 어서 의관을 갈아입으소서."

팔용이 허리를 구부리고 양손으로 금포를 내밀었다.

"누가 이딴 것 입는데!"

화락!

동천몽이 사정없이 금포를 방 한구석으로 집어 던져 버렸다.

"제발 자중하시고."

팔용이 잽싸게 금포를 주워와 다시 내밀었으나 동천몽은 다시 집어 던져 버렸다.

"개자식아, 너나 입어."

"이리 가져오너라."

팔용이 구석에 처박힌 금포를 천장금왕에게 건네주었다.

천장금왕이 동천몽을 보며 엄숙한 얼굴로 말했다.

"체통을 지키십시오."

천장금왕이 다가가자 동천몽이 콧방귀를 뀌며 뒤로 한 걸음 물러나려고 했다.

뚝!

하지만 몸이 그 자리에 얼어붙은 듯 꼼짝을 하지 않았다.

"또 무슨 수작을 부린 거야? 빨리 안 풀어!"

마혈이 제압되어 아무리 움직이려고 해도 방법이 없었다. 천장금왕은 동천몽의 젖은 옷을 벗겼다.

"오오! 백상왕(白象王)."

천장금왕이 어깨를 부르르 떨며 동천몽의 아랫배에서 시선을 거둘 줄 몰랐다. 동천몽의 불룩 처진 아랫배에 피부가 다른 곳과 달리 희었는데 코끼리를 닮아 있었다.

"트… 틀림없는 대법왕의 표식인 백상왕이다."

팔용이 허리를 제대로 펴지 못하고 벌벌 떨었다.

자신의 아랫배에 난 흰점을 보며 벌벌 떠는 두 사람을 보며 동천몽이 어이가 없다는 표정을 지었다.

자신의 아랫배에 난 흰점은 백색증이라 하여 피부질환의 일종이었다. 어려서부터 용하다는 의원을 찾아다니며 고치려 애를 썼지만 백약이 무효였다. 한데 나이를 먹고 성장할수록 흰점도 커졌고 어느 날부터인가 코끼리를 닮아가기 시작했다.

하도 두 사람이 흰점을 마주 쳐다보지 못하고 두려워하자 동천몽이 말했다.

"미친놈들!"

천장금왕이 떨리는 목소리로 말했다.

"대법왕의 환생자이시면서 어찌 백상왕을 모른다 하옵니까? 백상왕은 만상(萬象)의 우두머리인 흰 코끼리이자 대대로 본 궁을 다스려 온 대법왕의 표징이… 지… 요."

너무나 감격한 듯 마지막 목소리가 떨려 나왔고 급기야 천장금왕이 눈물을 짰다.

"그… 그토록 목메어 기다리시던 대법왕께서 이렇게 환생하여 오시다니, 기쁘도다. 아아! 선대 법왕들이시여, 감사하나이다."

"감사하나이다!"

팔용이 따라 외쳐 말했고 천장금왕은 극도의 공손한 태도로 동천몽에게 금포를 입혔다.

"그… 그럼 속하는 이만 물러가옵니다. 비를 맞아 추울 테니 아궁이에 불을 뜨겁게 넣거라."

천장금왕이 팔용에게 명령을 내리고 사라졌다.

천장금왕이 사라지자 팔용 또한 허리를 구부렸다.

"소… 소승 또한 이만 아궁이에 불을 지피러 가옵니다. 편히 쉬소서."

탁!

문을 닫고 팔용이 사라졌다.

한참을 우두커니 서 있던 동천몽이 문득 고개를 좌우로 세차게 흔들었다.

‘이건 꿈이다!’

벽으로 다가가 사정없이 머리를 박았다. 무지하게 아프다. 절대 꿈이 아니었다.

다섯 번에 걸친 탈출 시도는 감시를 더욱 엄격하게 했다. 네 번째 탈출 시도 때까지는 일광전 밖으로 이따금씩 산책을 삼아 나다닐 수 있도록 해주었는데 이제는 전각 밖으로도 나가지 못하게 했다. 하루 종일 실내에 틀어박혀 있어야 했다.

상당히 넓은 일광전이었지만 안에 갇혀 있는다는 것은 여간 곤욕이 아니었다. 그래서 동천몽의 하루 일과라는 것이 자리에서 일어나자마자 고래고래 소리를 지르며 문을 열어달라는 외침으로 시작하여 온갖 기물을 부수고 방 안에 있는 책을 모조리 집어 던지고 소란을 피우는 것이 전부였다.

"이 인간들아, 문 열어!"

쾅쾅!

양발로 문을 걷어찼지만 무엇으로 만들어졌는지 꼼짝도 하지 않았다.

"너희들이 이러고도 부처님을 믿는 중놈들이라고 할 수 있느냐? 좋게 말할 때 문 열어!"

급기야 머리로 문을 들이받았지만 문은 미동도 하지 않았다.

한편 난동을 부리고 있는 동천몽의 모습을 맞은편 전각에서 네 사람이 쳐다보고 있었다.

우람한 체격에 마치 네 마리의 불곰을 연상케 하는 그들은 바로 천장금왕을 비롯한 포달랍궁의 사대법왕이었다.

"어쩌면 저렇게 성질 급한 것도 영락없는 전 대법왕이란 말인가?"

둘째 천검은왕이 놀라는 눈으로 말했다.

그러자 셋째 천권동왕이 중얼거렸다.

"똑같소이다. 참으로 똑같소이다. 열 받으면 아무한테나 쌍소리를 내뱉던 전 대법왕님과 하나도 다르지 않소이다."

"아미타불! 다른 건 몰라도 욕 잘하는 것을 보면 전 대법왕의 환생자임이 틀림없소. 아시겠지만 전 대법왕님께서는 욕에 관해 얼마나 해박하셨소."

"맞네. 우리의 대답 소리가 조그만 늦어도 곧바로 발길질을 해대며 욕설을 퍼붓곤 했는데 정말로 전 대법왕이 살아 돌아오신 것일세."

천장금왕의 얼굴에 흐뭇한 미소가 떠올랐다.

동천몽이 멀찍이 물러서 표독한 눈으로 닫힌 문을 바라보더니 무서운 속도로 달려갔다. 바람같이 내달리던 동천몽이 몸을 붕 띄워 출입문을 머리로 박았다.

콰아앙!

엄청난 폭음과 더불어 동천몽의 몸이 달려들 때보다 더 빠르게 튕겨 나가 복도를 나뒹굴었다. 충격에 쓰러진 동천몽은 선뜻 일어나지 못하고 꿈틀거렸다. 어찌나 세게 박았던지 골이 덜렁거렸다. 몸을 일으켜 세워 문을 쳐다봤는데 여전히 그대로다.

'내… 내가 여기서 포기하면 동씨가 아니라 똥씨다.'

이를 악물더니 조금 전보다 더욱 멀리 물러났다.

양주먹을 말아 쥐고 부릅뜬 눈으로 출입문을 노려본 동천몽이 아하합 하는 기합을 내지르며 문을 향해 전력 질주했다. 발이 복도 바닥에 닿지 않을 만큼 속도가 빨랐고 문 앞 삼 장쯤에 이르러 허공으로 떠오르더니 또다시 머리로 문을 받았다.

쿠쿵!

일광전이 지진을 만난 듯 흔들리며 동천몽이 개구리처럼 패대기쳐졌다. 손끝 하나 움직이지 않는 것이 충격으로 정신을 잃은 것 같았다. 잠시 후 다시 깨어난 동천몽은 비틀거리며 일어나 다시 문을 향해 돌진했다.

'오늘 죽자!'

퍼억!

콰아앙!

박고 또 박았다. 문을 부수고 나가려는 목적도 있었지만 무기력한 자신에 대한 분노의 표시였다. 이렇게라도 하지 않으면 미쳐 버릴 것 같았다.

　동천몽의 머리가 부어오르기 시작했다. 빵이 부풀어 오르듯 머리 여기저기가 솟아오르더니 순식간에 호박만큼 커졌다. 머리가 부으면서 동천몽의 모습은 괴물처럼 변해 버렸다.

　그래도 동천몽의 머리 박기는 멈추지 않았다. 이래 죽으나 저래 죽으나 어차피 여기서 나가지 못할 바엔 살고 싶은 맘도 없었다. 하지만 더 이상 움직일 수가 없었다. 그만 기절해 버린 것이다.

　삐이걱!

　갑자기 조용해지자 문이 슬며시 열리더니 팔용이 틈 사이로 빼꼼히 쳐다보았다. 복도에 엎어져 있는 동천몽을 보며 팔용이 씨익 웃음을 지었다.

　그동안 동천몽에게 한두 번 속은 것이 아니었다. 어찌나 영리하고 교활한지 귀신같이 자신을 속이고 탈출을 시도했다. 그로 인해 윗사람들로부터 죽지 않을 만큼 두들겨 맞기도 했고 하마터면 경비 승려로 강등될 위기까지 겪었다.

　'죄… 죄송하옵니다. 대법왕이시여, 소승은 대법왕께서 꾀병을 부리고 있다는 것을 알지요.'

　탁!

　팔용은 문을 힘차게 닫았다.

　하지만 여전히 조용하자 반 각쯤 지나 다시 문을 열었다. 그때까지 동천몽은 그 자리에 그대로 쓰러져 있었다.

'흐흐흐! 죄송하옵니다. 그런다고 소승이 속을 줄 아십니까? 턱도 없지요.'

팔용은 다시 문을 닫았다.

팔용은 문 앞 계단에 엉덩이를 걸치고 앉아 나른한 햇살에 크게 하품을 했다.

전 대법왕이 타계하고 온 제자들이 천하를 뒤졌다. 타계한 전 대법왕의 환생자를 찾기 위한 일이었다. 그리고 마침내 십육 년이 지난 한 달 전 소주에서 환생한 대법왕을 찾아내고야 말았던 것이다.

벌떡!

팔용이 자리에서 일어났다. 맞은편에서 천장금왕이 다가오고 있었다.

"조용한 것을 보니 대법왕께서 마침내 뜻을 꺾으신 모양이구나."

"그런 것 같사옵니다."

"하지만 방심해서는 안 된다. 전 대법왕님의 환생자인만큼 보통 영리한 분이 아닐 것이니 각별히 신경 쓰거라."

"염려 마소서. 이젠 절대 문을 열어주지 않을 것입니다."

천장금왕이 서너 걸음 걷다 멈춰 돌아보았다.

"한데 왜 이렇게 조용하느냐?"

팔용이 누런 이를 드러내놓고 웃었다.

"한번 보시겠습니까?"

팔용이 들여다보라는 듯 출입문을 살짝 열어주었다.

천장금왕이 열린 문틈을 이용해 복도를 들여다보았다.

"왜 저러고 있느냐?"

쓰러져 있는 동천몽을 보며 천장금왕이 묻자 팔용이 어림없다는 듯 말했다.

"작전입니다. 죽은 듯 누워 있다가 소승이 다가가 깨우거나 살피면 그때를 이용해 뛰쳐나오려는 수작이지요."

"네 이노옴!"

느닷없이 천장금왕이 소릴 지르자 팔용이 깜짝 놀라며 자세를 추슬렀다.

천장금왕이 눈을 치켜뜨며 소리쳐 말했다.

"감히 지고무상하신 대법왕님께 수작이라는 속된 표현을 서슴지 않다니, 네놈이 죽고 싶은 모양이구나!"

팔용이 기겁하며 굽실거렸다.

"자… 잘못했사옵니다. 용서… 용서……."

"한 번만 더 그따위 망언을 일삼는다면 당장에 수라옥에 처박힐 줄 알거라."

수라옥(修羅獄)은 벌규나 죄를 지었을 때 갇히는 뇌옥이었다. 하지만 일반 뇌옥이 아니었다. 한 번 들어가면 영원히 나오기 어려운 천형의 땅이었다.

팔용이 벼락을 맞은 듯 떨며 말했다.

"며… 명심하겠사옵니다. 자비를 베푸소서."

"허험! 아미타불!"

가볍게 목소리에 힘을 주고 두 걸음쯤 걸어가던 천장금왕의 발걸음이 또다시 멈추자 팔용이 깜짝 놀라며 풀어진 자세를 추슬렀다.

천장금왕이 다시 돌아와 문틈으로 안을 들여다보았다. 여전히 동천몽은 새우처럼 웅크린 채 바닥에 쓰러져 있었다.

화악!

문틈을 들여다보던 천장금왕의 눈이 커졌다.

"아니, 대법왕님의 머리가 왜 저렇게 커졌단 말이냐?"

"옛?"

팔용이 깜짝 놀라며 문틈으로 쳐다보더니 눈을 부라렸다.

"어, 진짜네?"

"뭣 하느냐? 당장 문을 열라!"

팔용이 신속히 문을 열자 천장금왕이 바람처럼 복도로 뛰어들어 갔다.

"오오! 대법왕이시여."

흉측한 동천몽의 모습에 천장금왕이 경악의 외침을 터뜨렸다.

"이보거라! 어서 대법왕님을 의각(醫閣)으로 모시거라."

팔용이 동천몽을 어깨에 둘러메고 바람처럼 몸을 날리자 그 뒤를 천장금왕이 따랐다.

동천몽을 옆구리에 낀 팔용이 짙푸른 낙석(絡石) 덩굴이 뒤덮인 회색빛 삼층 전각으로 뛰어들었다.

"각주, 각주는 어디 계시오?"

뒤따라 들어선 천장금왕이 벽력같이 소릴 질렀다.

의각은 포달랍궁 일만 이천 제자의 건강을 관리하는 의원이었다. 재색의 환자복을 걸치고 복도를 어슬렁거리던 환자들이 천장금왕을 보고 소스라치며 예를 취했다.

콰앙!

천장금왕은 그들의 예를 무시하고 팔용을 추월하여 맨 끝에 있는 적색의 방문을 걷어차며 뛰어들었다.

"각주!"

사방 사 장 정도 되는 방에는 온갖 약재와 치료 기구들이 사면 벽을 채우고 있었고 버들가지마냥 호리호리한 육십가량의 승려가 한 명의 환자를 치료하고 있었다.

환자의 아랫배에 금침을 꽂던 의승이 천장금왕의 외침에 고개를 돌리더니 재빠르게 다가와 허리를 구부렸다.

"그… 금왕님 아니십니까?"

의신(醫神)으로 불리는 만동승의(卍東僧醫)이다. 의각은 각주 만동승의를 비롯해 모두 일백여 명의 의승으로 구성되어 있다. 그중에서 만동승의는 호법 급 이상의 고위 간부들만을 치료한다.

만동승의로부터 침술 치료를 받던 승려 또한 천장금왕을

발견하고 벌떡 상체를 일으켜 예를 취했다.

"수… 수석 법왕님?"

"아니다. 누워 있거라."

천장금왕은 일어난 승려를 향해 손을 들어주고 만동승의를 향해 말했다.

"큰일 났네. 어서 이분을 살피시게."

팔용은 이미 동천몽을 좌측의 빈 침대에 눕혀놓았고 만동승의가 다가갔다.

'이럴 수가!'

만동승의는 다가가다 말고 눈을 부릅떴다.

그의 두 눈은 동천몽의 부은 머리가 아니라 얼굴에 고정되어 있었다.

'아미타불! 어쩜 이리도 똑같단 말인가?'

만동승의는 동천몽을 살피고 또 살폈다. 얼굴을 비롯해 신체와 사지는 물론 의복 아래로 드러난 피부까지 뚫어져라 보며 몸을 부르르 떨었다.

'파… 판박이다!'

"어억!"

그때 치료를 받고 있던 승려까지 동천몽을 발견하고 경악의 외침을 터뜨렸다.

"저… 저런!'

만동승의가 놀란 얼굴로 천장금왕을 쳐다보았다. 도대체

이 아이가 누구냐는 표정이다.

천장금왕의 표정이 잠시 굳어졌다. 잠시 생각을 하는 듯 눈알을 두어 번 굴리더니 무거운 어조로 입을 열어 말했다.

"대법왕님이시네."

"헉!"

"저… 정말이옵니까?"

천장금왕이 짧게 말했다.

"한 달 가까이 되었네. 아직 제자들에게 알리지 않은 것은 신변이 노출됨으로써 발생할 수도 있는 여러 위험적인 요소를 막기 위함일세."

사대법왕과 팔용을 제외하고는 궁내에서 누구도 동천몽의 존재를 알지 못했다. 철저히 그의 정체를 함구했던 것은 만약에 있을지도 모를 위험 때문이었다. 전 대법왕이 타계한 후 오랫동안 대법왕의 자리가 공석이 되면서 적지 않은 분란으로 인해 궁 내부에서는 치열한 권력 다툼이 일고 있었다. 그런데 만약 동천몽이 전 대법왕의 환생자로 선포되면 반대쪽에서 절대 가만있지 않을 것이다. 그래서 어느 정도 완벽한 준비가 끝나기 전까지는 절대 공개하지 않을 방침이었다.

"입 조심하게."

천장금왕이 만동승의와 치료를 받던 승려를 경고하듯 쳐다보았다. 만동승의가 알았다는 듯 가볍게 허리를 숙인 후 말했다.

“소… 소승은 전 대법왕께서 살아 돌아오신 줄 알았습니다. 어쩌면 생긴 것도 이렇게도 똑같단 말입니까?”

눈을 휘둥그레 뜨고 의식을 잃고 있는 동천몽을 보며 말을 이었다.

“와… 완벽하옵니다. 까무잡잡한 피부 색깔까지 생전의 대법왕님과 똑같군요.”

“시간없네. 어서 살펴보게.”

만동승의가 동천몽의 머리를 손가락으로 눌러보았다.

물컹물컹!

바람이 들어간 풍선을 누른 듯 동천몽의 머리가 쑥쑥 들어갔다.

“어떻게 했기에 머리가 이토록 부었단 말이옵니까?”

천장금왕이 간략하게 설명을 했다.

얘길 듣던 만동승의가 고개를 쳐들고 웃었다.

“허허허허! 그러니까 자기 분에 못 이겨 쇠보다 강하다는 자정문에 머리를 박았단 말입니까?”

“괜찮겠는가? 생명에 지장은 없겠지?”

“전 대법왕께서도 화가 나면 아무 데나 머리를 들이받았는데 절묘하군요. 너무 염려 마십시오. 잠시 충격으로 인해 기절을 했을 뿐입니다. 그나저나 놀랍습니다. 이만큼 부어오를 정도라면 일반 사람들 머리 같았으면 아마 박살이 나고도 남았을 텐데 부푼 것으로 끝난 걸 보면 보통 머리가 아닌 것 같군요.”

만동승의가 기다란 금침 한 개를 소매 춤에서 꺼내더니 잘못 건드리면 죽을 수도 있는 백회혈에 깊숙이 꽂아 넣었다.

쏙!

반 자 가까이 되는 금침이 완전히 백회혈 속으로 박혔다.

천장금왕의 시선은 동천몽의 얼굴에서 떨어질 줄 몰랐다. 만동승의는 별것 아니라고 말했지만 장차 포달랍궁을 이끌어갈 대법왕이기 때문에 결코 안도할 수가 없었다.

“끄응!”

그때 동천몽이 신음을 흘리더니 눈을 떴고 거의 같은 순간 만동승의가 백회혈에 박힌 금침을 뽑아냈다.

“정신이 드시옵니까, 대법왕이시여?”

동천몽이 고개를 좌우로 세차게 흔들다 자신을 바라보고 있는 천장금왕을 발견하고 눈을 부릅떴다. 이어 좌우로 고개를 돌려 실내를 살폈고 콧속을 파고드는 약 냄새와 온갖 치료 기구들을 발견하고 의각이라는 것을 알아차렸다.

화악!

갑자기 동천몽이 침상에서 그대로 벽을 향해 몸을 날렸다.

전혀 예상치 못한 동작이었기 때문에 누구도 말릴 엄두를 내지 못했다.

퍼어억!

좌측 벽에 그대로 머리를 박았다.

퍼퍼퍼퍽!

동천몽은 미친 듯이 자신의 머리를 찍으며 악을 썼다.

"죽어라. 제발 죽자아!"

"대… 대법왕님이시여!"

"아니 되옵니다!"

천장금왕이 기겁하며 동천몽의 마혈을 짚었다.

마혈이 제압되어 몸을 움직일 수 없게 되자 동천몽이 악을 썼다.

"이렇게 날 가둬둘 바에야 차라리 내 목을 잘라라, 이 개자식들아!"

동천몽은 천장금왕을 보며 악을 썼다.

"야, 이 불곰 같은 놈아. 빨리 날 안 풀어줘! 니가 그러고도 부처를 믿는 놈이라고 할 수 있느냐?"

하늘 같은 사대법왕 중 수석 법왕인 천장금왕에게 거침없이 욕설을 퍼붓는 동천몽을 보며 주위 사람들이 소스라치게 놀랐다.

"네… 네 이놈, 감히 이분께서 뉘신… 으악!"

치료를 받던 승려가 말을 다 뱉지 못하고 비명을 지르며 구석으로 날아갔다.

천장금왕이 구석에 처박힌 승려를 살기 띤 눈으로 노려보았다.

"감히 대법왕님을 놈이라고 했더냐?"

"사… 살려주십시오. 소승이 잠시 흥분하여 그만 저도 모르게 욕을 해버렸사옵니다. 자비를 베푸소서."

"대법왕님은 우리의 스승이시고, 위대한 활불이시며, 하늘과 땅을 주관하시는 주인이시다. 당장 무릎 꿇고 사죄하지 못하겠느냐?"

"홍산의 주인이시고 만왕의 왕이신 대법왕이시여, 이 못된 제자를 벌하여 주소서."

승려는 침을 꽂은 채 동천몽 앞에 바짝 엎드려 머릴 조아렸다.

"바다와 같이 넓은 자비로 용서를 해주신다면 제자는 평생 대법왕님의 큰 은혜를 가슴에 지니고 살 것이옵니다."

"웃기고 자빠졌네. 시끄러."

만동승의의 입술이 미세한 떨림을 보였다.

'믿을 수가 없도다. 자극적이고도 능숙한 욕설과 특히 자신의 분을 못 이기면 아무 곳에나 머리를 박고 자해하는 것까지 어찌 이리도 닮았단 말인가. 오오! 마침내 십육 년 전에 타계하신 대법왕님께서 확실하게 환생하셨구나.'

"두 사람."

"예!"

"하명하소서, 수석 법왕님."

만동승의와 치료받던 승려가 허리를 숙였다.

천장금왕이 엄숙한 표정으로 말했다.

"다시 말한다. 오늘 있었던 일을 함구해라. 전혀 보지 못했고 알지 못한 일이니라. 알겠느냐?"

"아미타불!"

"명심하겠나이다."

"만에 하나 입을 잘못 놀렸다가는 죽음을 피하지 못할 것이다."

마지막 말에서는 살기까지 짙게 풍겨졌다.

천장금왕이 팔용에게 눈짓을 했다. 팔용이 마혈이 제압된 동천몽을 다시 옆구리에 끼고 일광전으로 돌아갔다.

"후우!"

만동과 승려 모두 길게 안도의 한숨을 내쉬었다.

"어쩌면 닮아도 그렇게 똑같을 수가 있단 말이오?"

"그렇소이다. 다른 건 몰라도 욕 잘하는 것만큼은 완전히 대법왕님의 재림이오."

두 사람이 고개를 절레절레 저었다.

눈앞으로 십육 년 전에 죽은 대법왕의 모습이 떠올랐기 때문이다.

사대법왕이 한자리에 모였다. 모두 심각한 표정들이었는데 벌써 사흘째 원탁에 앉아 토론 중에 있었다. 화제는 당연히 동천몽에 관한 내용이었다. 그를 어떻게 해야 고분고분하게 현실을 받아들이도록 만들 것인지 갖은 묘안을 짜냈지만 선뜻 떠오르는 계책은 없었다.

기회만 주어지면 도망을 치려 하고 틈만 나면 자해를 하는 그를 무슨 수로 달래어 온순하게 만드냐는 것인데 난제는 쉽게 풀리지 않았다.

"아미타불!"

"거참!"

사흘 동안 머리를 맞댔지만 올린 소득이라고는 아무것도 없었다. 모두가 한숨만 푹푹 내쉴 뿐이었다.

네 사람이 굳은 얼굴로 땅이 꺼져라 한숨만 내쉬고 있을 때 문이 열리며 팔용이 급히 뛰어들었다.

"크… 큰일 났사옵니다! 대법왕님께서……!"

어찌나 황급히 뛰어왔는지 헐떡거리느라 팔용은 제대로 말도 잇지 못했다.

"이… 이젠 식사를 거부하고 있사옵니다."

"이러어언."

네 사람이 자리를 박차고 일어나 일광전을 향해 날아갔다.

일광전의 방문을 열고 사대법왕이 들어섰다. 부어오른 머리는 아직 가라앉지 않아 거대한 바위를 이고 있는 듯했는데 벽을 보고 돌아앉아 있었다.

또다시 머리를 박는 자해를 할까 봐 사방의 벽을 연와토로 발랐다. 연와토는 고무처럼 물렁물렁하여 머리를 박아도 충격이 세게 전달되지 않는다.

"처음 이틀 정도는 입맛이 없어서 그러려니 했는데."

천장금왕의 표정이 굳어졌다.

"대법왕시이여!"

천장금왕이 큰 소리로 불렀지만 동천몽이 돌아보지도 않자 나머지 삼대법왕들이 돌아가며 불러봤다. 하지만 여전히 묵묵부답이었다.

"대답이라도 좀 하시면 안 되겠사옵니까?"

그러나 동천몽은 오연했다. 바위처럼 꼼짝하지 않는 동천몽을 보며 천장금왕이 한숨을 내쉬었다.

"그렇다면 하는 수 없지요. 소승들은 이만 물러갈까 합니다."

그게 무슨 소리냐는 듯 나머지 사람들이 쳐다보자 천장금왕이 일단 따라 나오라는 눈짓을 했다.

밖으로 나온 삼대법왕과 팔용이 천장금왕을 쳐다보았다.

"왜 그냥 나오신 것입니까?"

천검은왕이 물었다.

천장금왕이 정색하여 말했다.

"다른 건 몰라도 굶주림에 당당할 수 있는 사람은 아직 못 봤네. 두고 보게. 며칠 저러다 포기할 걸세. 그러니 적당히 사정하다 그래도 듣지 않으면 물러서게. 넉넉잡고 닷새 정도면 밥 달라고 소리칠 테니까. 대신 식욕을 자극하기 위해 냄새

좋고 향 진한 반찬을 집중적으로 상에 올려야 하느니라."

"예!"

천장금왕의 얼굴에는 자신감이 넘쳐흘렀다.

절간의 음식이라고 해봤자 거의가 나물이지만 팔용은 가장 맛있는 반찬을 준비하라고 주방에 일렀다. 배가 부른 사람도 식욕이 당길 만한 반찬으로 가득 채워진 밥상을 들여왔다. 그러나 동천몽은 미동도 하지 않았다.

온갖 진수성찬으로 동천몽을 유인해 봤지만 소용없었다. 어느덧 천장금왕이 자신했던 닷새가 지났다. 그러나 동천몽은 처음 그대로 벽을 보고 앉아 있었다. 팔용이 말을 시켜도 일체 응대를 하지 않았다.

"대… 대법왕님, 제발 식사를 하시옵소서. 이러다가 굶어 죽사옵니다."

엿새째, 아침 일찍 팔용이 밥상을 들고 들어와 또다시 사정했다.

여전히 침묵이었다. 반드시 굶어 죽고 말겠다는 듯 의지를 드러낸 듯 태산 같다.

팔용이 몇 번 사정하다 방을 나갔다. 그러자 동천몽이 입술을 깨물었다. 눈앞으로 온갖 음식이 떠올랐지만 단호한 표정을 지으며 중얼거렸다.

'여기서 밀리면 끝장이다!'

천장금왕의 표정이 진지해졌다. 닷새면 항복할 줄 알았는

데 어느새 열흘이 지나고 있었다. 천장금왕은 이틀만 더 기다
려 보기로 하고 만약을 대비해 만동승의를 비롯한 의각의 의
승들을 비상 대기시켰다.

동천몽의 얼굴이 점차 말라갔다. 두 눈이 퀭하니 들어가기
시작했고 광대뼈가 불거졌다.

금방이라도 밥을 갖고 오라고 소리치고 싶었지만 이미 엎
질러진 물이다. 남아가 칼을 뽑았으니 확실히 찔러야 했다.
이제야말로 기호지세이고 물러난 쪽이 지는 것이었다.

또다시 이틀이 지났다.

발자국 소리가 들려왔다. 동천몽의 눈이 더욱 흐리멍덩해
졌다. 완전히 기력이 바닥난 사람의 표정이었다.

예상대로 천장금왕이 나타났다.

천장금왕이 멍한 시선으로 헐떡거리며 앉아 있는 동천몽
을 내려다보며 입을 열어 말했다.

"식사하시옵소서. 이러시면 아니 되옵니다!"

천장금왕이 하소연하듯 외쳤다.

"대법왕님께서는 본 궁 일만 이천 제자의 어버이십니다.
제발 옥체를 보중하소서."

하지만 동천몽은 반응하지 않았다.

천장금왕의 입술이 물렸다. 뭔가 결단을 내린 것 같았다.

인간이 물 한 모금 먹지 않고 열이틀을 버텼다는 것은 거의
사경에 접어들었다고 봐야 한다. 더 이상 방치했다가는 정말

로 죽을 수도 있었으므로 하는 수 없이 특단의 대책을 세워야
했다.

"소… 속하를 용서하소서."

천장금왕이 허리를 구부리고 합장을 하더니 느닷없이 동
천몽의 마혈을 제압했다.

후우웁!

동천몽의 몸이 꼿꼿해졌고 뒤이어 연거푸 천장금왕의 오
른손이 뻗어 나왔다.

파팟!

턱 밑 두 곳의 혈도에 지력이 격중되자 동천몽의 닫힌 입이
찌억 벌려졌다.

"아아! 이… 개장싱드라, 빵리 몽 푸어."

입을 닫지 못한 상태로 말을 하자 엉뚱한 소리가 흘러나왔
고 천장금왕이 팔용에게 말했다.

"먹이거라."

팔용이 한쪽에 놓여진 죽 그릇을 가져다 떠 넣기 시작했다.

팔용이 한 숟가락을 벌려진 동천몽의 입에 넣으면 천장금
왕이 목 밑 혈도를 탁 쳐서 죽이 넘어가도록 했다. 그런 식으
로 십여 차례 반복하자 순식간에 죽 한 공기가 비워졌다.

천장금왕이 손을 뻗어 제압된 동천몽의 혈도를 해혈했다.
혈도가 풀리자마자 동천몽이 돌아서서 길길이 악을 썼다.

"이런 날강도 같은 새끼들아, 내가 그런다고 밥을 먹을 줄

아느냐?"

버럭 소릴 지르던 동천몽이 입을 벌리고 손가락을 목구멍 속으로 푹 집어넣었다.

"으웨에에!"

단 한순간에 먹었던 죽을 모조리 토해 버렸다.

그 모습에 천장금왕이 질렸다는 표정을 지었다.

"죽을 다시 가져오너라."

팔용이 잽싸게 문밖으로 나갔고 잠시 후 김이 피어나는 죽 한 그릇을 들고 들어왔다. 이번에도 마혈을 제압했고 입을 벌린 후 죽을 부었다. 그러나 앞서 했던 것과는 달리 마혈을 풀지 않았다. 마혈을 풀면 다시 손가락을 집어넣고 토할 것이기 때문이었다.

"이런!"

잽싸게 손가락을 집어넣어 먹었던 죽을 토하려던 동천몽이 눈을 부릅떴다. 마혈이 제압되어 손가락을 움직일 수가 없었다.

"이 쳐죽일 땡초가?"

하지만 도리가 없었다. 몸을 움직일 수가 없었으므로 동천몽은 온갖 욕을 퍼부었다.

"차라리 날 죽여라. 이 천하에 못된 중놈아, 날 죽여!"

핏대를 올리며 욕을 퍼부었지만 천장금왕은 일체 대꾸를 하지 않고 문을 닫고 사라졌다.

휙!

동천몽의 시선이 자신에게 돌려지자 입구 좌측으로 서 있던 팔용이 깜짝 놀랐다.

"풀어, 빨리!"

팔용이 더듬거렸다.

"안 됩니다. 풀어줬다가는 전 죽습니다. 제발 그냥 계십시오."

동천몽의 눈에서 시퍼런 불꽃이 쏟아져 나오자 팔용은 얼른 고개를 돌려 버렸다.

第二章
대법왕

끼니는 그렇게 진행이 되었다. 유일하게 마혈이 풀리는 시간은 다음 끼니를 먹기 이각 전이었다. 식사 이각 전쯤에 몸을 풀어주어야 몸속의 감각기관과 내장이 잠시 원활해져 소화가 잘되기 때문이다. 하지만 그 이외의 시간에는 철저히 마혈을 묶었다.

보통 마혈이 제압된 시간은 끼니 후, 두 시진 반에서 세 시진이었다. 두 시진 반에서 세 시진이면 어느 정도 먹었던 음식이 소화가 될 시간이고 다음 끼니를 해결하기 이각 전쯤인 것이다. 그때는 토하더라도 별것도 나오지 않는다. 대부분은 몸속으로 소화가 되어 사라진 뒤였다.

탁!

아혈을 치자 입이 벌려졌고 팔용이 기다렸다는 듯 잽싸게 죽을 한 숟가락 쑤셔 넣었다. 탁 하고 다시 천장금왕이 아혈을 치면 목구멍으로 넘어간다.

슥!

탁!

슥!

탁!

그렇게 십여 번만 하면 죽 한 공기가 순식간에 사라진다.

"다 드셨사옵니다."

팔용이 빈 그릇을 보였다. 천장금왕이 고개를 끄덕이며 몸을 돌렸다.

"잠깐!"

동천몽이 벼락같이 소릴 질렀고 천장금왕이 돌아섰다.

"소승에게 하실 말씀 있으시온지요?"

동천몽이 인상을 쓰며 말을 뱉었다.

"토하지 않을 테니 마혈을 풀어주시오."

"아미타불! 용서하소서."

천장금왕이 냉정하게 몸을 돌렸다.

동천몽이 왁 하며 소릴 질렀다.

"그래, 너 잘났다, 개자식아! 콱 벼락이나 맞아 뒈져라!"

쿵!

닫힌 문을 노려보던 동천몽이 카악 하며 가래침을 뱉었다.

팔용이 놀라며 말했다.

"주무시는 방에 가래침을 뱉으시다니."

"개자식이, 더러우면 네가 치우면 될 것 아냐?"

"아, 예!"

팔용이 잽싸게 걸레를 가져와 가래침을 닦고 허릴 숙였다.

"그럼 소승도 이만."

그러고는 바람처럼 사라졌다. 곁에 있었다가는 무슨 욕을 더 들을지 알 수 없었다.

동천몽의 눈이 매서운 빛을 뿌렸다. 이런 식으로 가면 승산이 없다.

뭔가 확실한 대책을 세우지 않으면 안 된다. 뻣뻣한 자세로 앉아 대책을 떠올려 봤지만 마땅한 해결책이라고는 선뜻 떠오르지 않았다. 하지만 어떻게 해서라도 반드시 이곳을 벗어나야 했다. 평생 이곳에 갇혀 중놈으로 산다는 것은 두려운 일이었다.

중놈이라니 그건 도저히 말이 안 되는 소리였다. 차라리 죽고 말지 방구석에 틀어박혀 염불이나 외우고 푸른 풀만을 먹으며 평생을 산다고 생각하니 소름이 확 돋는다.

오후 내 석상처럼 앉아 묘책을 떠올려 봤지만 뾰쪽한 수가 떠오르지 않았다.

벌컹!

　문이 열리고 천장금왕이 들어섰다. 오른손을 뻗어내고 지풍을 날려 동천몽의 마혈을 풀어주었다. 벌써 저녁 먹을 시간이 다가온 것이다.

　동천몽은 꼼짝도 하지 않고 그대로 있었다.

　천장금왕이 송구한 얼굴로 말했다.

　"소승에 대한 감정이 좋지 않다는 것을 압니다. 하지만 모두가 대법왕님의 건강과 본 궁의 미래를 위하는 일이니 너무 노여워 마십시오."

　동천몽의 인상이 또다시 험악해졌다.

　"제발 그 소리 좀 그만 하쇼. 나, 당신들 대법왕 아냐. 이거, 진짜 돌겠구만."

　동천몽이 자리를 털고 일어나 삿대질을 했다.

　"난 동천몽이란 말이오. 소주 형천파 두목 동천몽, 난 절대 당신이 말하는 대법왕 아니라니까? 잘봐봐. 내가 어디 당신들 대법왕인지 보라구."

　얼굴을 들이밀었다. 오른손으로 이마를 덮은 머리까지 쓸러 올려주며 확인시켰다.

　"보라니까? 이 얼굴 맞아? 맞느냐고!"

　꽥 소릴 질렀는데도 천장금왕은 아무런 반응을 보이지 않았다.

　흥분을 참지 못한 동천몽은 실내를 거칠게 쏘다녔다. 이런 식으로 끌려가면 영원히 이곳에서 벗어나지 못한다. 동천몽이 창밖을 내다보았다. 조금씩 어둠이 짙어오고 있었다.

어느새 붙잡혀 온 지 두 달이 되었다. 죽든 살든 승부수를 띄워야 했다.

팟!

창밖을 바라보던 동천몽의 눈이 커졌다.

'그것이다!'

한 가지 쓸 만한 계책이 지금 막 떠오른 것이다. 동천몽은 지체하지 않고 곧바로 머리로 창문을 들이받았다. 창문은 대설산에서만 생산된다는 총설유리(璁雪琉璃)였다. 옥에 가까워 부드럽지만 예리하기가 칼이나 병기에 버금간다.

와장창!

대번에 총설유리가 깨졌고 동천몽이 총설유리 한 조각을 쥐더니 번개처럼 자신의 목에 들이댔다.

"대… 대법왕님!"

천장금왕이 소스라치며 놀랐다.

동천몽이 뾰쪽한 총설유리를 툭 튀어나온 목젖에 대고 외쳐 말했다.

"건드리지 마. 건들면 그어버릴 거야."

천장금왕이 다급한 표정으로 손을 들어 제지시켰다.

"건들지 않겠습니다, 대법왕님. 그러니 진정하시고……."

"비켜, 앞길 막지 마."

"예… 예! 비킵니다."

천장금왕이 한쪽으로 물러나자 동천몽이 목에 깨진 유리를 대고 입구로 걸어갔다.

벌컹!

그때 식사를 갖고 들어오던 팔용이 비명을 지르며 상을 엎었다.

죽과 반찬이 엎어지고 팔용 역시 겁에 질려 있었다.

“너도 비켜.”

“비… 비킬게요. 비킵니다.”

팔용이 잽싸게 천장금왕 쪽으로 섰다.

문을 나온 동천몽이 뒤로 돌아서서 따르는 천장금왕과 팔용을 향해 으름장을 놓았다.

“서, 따라오지 마.”

두 사람이 멈칫했다.

“따라오면 그어버릴 거야. 중놈 되느니 이렇게 죽는 게 나아. 씨벌.”

“알겠사옵니다. 따르지 않을 테니 제발 이성을 찾으십시오.”

“오지 마!”

다시 한 번 소릴 지르고 복도 밖으로 나갔다.

천장금왕이 팔용을 향해 빠르게 말했다.

“당장 사제들을 불러오고 대력을 데려오너라.”

“알겠습니다.”

팔용은 서둘러 사라졌고 천장금왕은 재빨리 밖으로 나갔다.

동천몽이 깨진 유리 조각을 목에 대고 빠르게 걸어가고 있었다. 천장금왕은 적당한 거리를 두고 따르며 달래기 시작했다.

"엇!"

"저건 뭐지!"

무예 수련을 마치고 돌아오던 무승들이 동천몽을 발견하고 놀라 소리쳤다.

천장금왕이 무승들을 향해 말했다.

"속히 갈 길을 가거라. 여긴 신경 쓸 것 없느니라."

무승들이 동천몽을 흘깃거렸다. 그러다 어느 한 무승이 놀란 표정으로 말했다.

"가… 가만 목에 유리를 대고 가는 시주 말일세. 꼭 돌아가신 전 대법왕님을 닮지 않았는가?"

"맞아. 어쩐지 어디서 많이 본 얼굴이라 했는데 쌍둥이라고 해도 믿겠구만."

괴이하다는 듯 모두가 고개를 갸우뚱거리며 사라졌다.

"대법왕님, 제발 목에 대고 있는 유리를 내려놓으시고 소승과 대화로……."

"시끄러! 대화는 무슨 얼어 죽을 대화야. 따라오지 마. 당신도 꼼짝하지 마. 계속 따라오면 그어버릴 거야."

슥!

그러면서 동천몽이 목젖을 슬쩍 그었다.

그러자 순식간에 붉은 피가 목을 적셨다. 따르던 천장금왕이 기겁했다.

"나 무서운 것 없는 놈이야. 죽는 것 두렵지 않아."

"아… 알겠습니다. 그러니 제발."

"거기 서. 더 이상 달라붙지 마."

천장금왕이 걸음을 세웠다.

동천몽은 일광전 마당을 벗어나 자취를 감추었다.

휙!

바로 그때 팔용이 한 명의 승려를 대동하고 나타났다. 팔용과 함께 나타난 승려는 오십가량으로 붉은 승포를 걸쳤는데 폭발할 듯한 극양의 기세를 풍겼다.

"부르셨습니까, 수석 법왕님."

목소리 또한 풍기는 분위기만큼이나 우렁찼다.

"잘 왔네. 지금 동문 쪽으로 가면 흑의소년 한 명이 도망치고 있을 걸세. 당장 잡아들이게."

"잡아만 들입니까?"

"잡아들이게."

대력 선사가 눈을 크게 떴다.

"무슨 말인지 모르겠나? 내 말은……."

"알았사옵니다."

대력 선사의 모습이 사라졌다.

천룡구십구불(天龍九十九佛), 소림의 백팔나한과 비교되는 포달랍궁 최고의 정예이며 대력 선사는 그들을 이끄는 수장이었다.

"사형."

"대법왕님이 도망치다뇨?"

사대법왕 중 세 사람이 날아 내렸다. 천장금왕이 사태를 설명하자 모두가 놀란 얼굴을 했다.

"날 따르게."

천장금왕을 비롯한 팔용이 동천몽이 사라진 곳을 향해 몸을 날렸다.

동천몽은 빠르게 내달렸다. 잠시도 지체할 틈이 없었다. 이 기회가 아니면 이곳을 벗어나기란 요원할 것 같았다. 멀리 동문이 보이고 좌우로 길게 늘어진 담벼락이 시야에 들어왔다.

야밤의 탈출이 아니기 때문에 담을 넘는 수고는 할 필요가 없다. 동천몽은 동문을 향해 빠르게 달려갔다.

"어엇!"

달려가던 동천몽이 걸음을 세웠다. 하늘에서 한 사람이 떨어져 내렸다. 앞을 막고 선 사람은 마치 대웅전 앞에 서 있는 십층 석탑을 보는 듯했고 몸에서는 가공할 열기가 뻗어 나왔다. 아직까지 한 번도 본 적이 없는 인물이었다.

자신도 모르게 움츠러들었다. 그래서 더욱 핏대를 올리며 소리쳤다.

"당신은 또 뭐야?!"

그러면서 유리를 다시 목에 대었다.

그러나 대력 선사는 놀라거나 전혀 당황하지 않았다. 오히려 가벼운 미소를 지었다.

"그냥 따라갈래, 얻어터지고 끌려갈래?"

"미친!"

치익!

동천몽이 악을 쓰며 목을 그었다.

붉은 피가 사방으로 튀었다. 그러자 대력 선사가 흠칫 놀랐다. 자신의 몸에 스스럼없이 자해를 한다는 것은 보통이 아니라는 얘기다. 이제 왜 천장금왕이 자신을 보냈는지 이해가 되었다.

사실 천장금왕이 대력 선사를 보낸 것은 한 가지 때문이었다. 자신은 동천몽이 대법왕의 환생자라는 것을 알고 있다. 비록 상황이 어쩔 수 없다고는 하지만 하늘 같은 대법왕에게 손을 쓴다는 것은 절대 있을 수 없는 일이다. 그런 면에서 아무것도 모르는 대력 선사야말로 홀가분하게 일을 처리할 수가 있는 것이다.

"셋을 세겠다. 그전에 그걸 버리고 투항해라. 하나."

동천몽이 험악한 표정으로 외쳤다.

“지랄한다!”

“두울!”

“웃기고 있네.”

“세엣!”

“흐흐! 끝까지 해보자는 건데, 좋아. 한번 해보자구.”

화악!

동천몽이 흑의를 완전히 벗어젖혔다. 순식간에 겉옷을 모두 벗어 던지고 아랫도리만 가린 반라의 몸이 되었다.

막 공격을 하려던 대력 선사가 흠칫했다. 동천몽이 느닷없이 옷을 벗자 놀란 것이다.

찌이익!

동천몽이 유리로 배를 그었다.

피가 홍건히 흘러내렸다. 아랫도리가 붉게 물들었고 동천몽이 악을 썼다.

“올 테면 와봐.”

치이이!

또다시 배를 그었다. 동천몽의 몸은 피로 덮였다. 대력 선사 또한 당황한 빛을 감추지 못했다. 두 눈에서 살기를 내뿜는 것이 장난 아니었다. 얼마든지 자신의 목숨을 끊을 수 있는 독종이다.

하지만 대력 선사는 이내 웃음을 머금었다.

“놈, 악질이구나.”

휘익!

대력 선사가 움직였다. 그 순간 동천몽의 손에 들린 유리가 목을 찔렀다.

딱!

하나 살갗으로 채 파고들기 전에 오른손이 마비되었다. 곡지혈이 제압된 것이다.

"놔! 이 땡초 새꺄! 날 놓아줘!"

그때 천장금왕이 다가오며 소리쳤다.

"빨리 의각으로 데려가게!"

대력 선사가 핏물로 범벅이 된 동천몽을 매고 의각을 향해 날아갔다.

천장금왕의 얼굴이 우울한 빛을 띠었다. 땅바닥에 동천몽의 몸에서 흘러내린 피가 흥건했다. 일단 위기를 넘겼지만 서슴없이 자신의 몸을 인질로 내세우는 것을 보면 앞으로 상당한 골치를 썩힐 것이 뻔했다.

배에 난 상처보다 위험한 것은 목이었다. 유리가 식도까지 파고들어 호흡 장애까지 불러왔고 과다출혈로 체온이 떨어지고 있었다. 만동승의를 비롯한 의승들의 손길이 바빠졌다. 최고로 좋다는 약재들이 사용되었고 떨어진 체온을 올리기 위해 모든 조치가 취해졌다. 하지만 동천몽은 의식을 차리지 못했다.

일이 잘못되면 큰일이었다. 대법왕은 포달랍궁의 주인이고 그는 서장을 통치한다. 그의 죽음은 단순히 한 사람이 떠나는 것이 아니다. 말 그대로 자신들이 부처를 죽인 것이며, 자칫 포달랍궁의 몰락으로도 이어질 수 있었다.

"살려내야 하네. 기필코."

천장금왕이 만동승의를 깊숙한 눈으로 보았다.

"자네만 믿네."

천장금왕을 비롯한 나머지 삼대법왕이 방을 나섰다.

만동승의가 의식을 잃고 누워 있는 동천몽을 쳐다보았다. 목과 가슴에 흰 천을 둘둘 감았는데 피가 베어 있었다. 한참 동천몽을 쳐다보던 만동승의가 조용히 입을 열었다.

"눈을 뜨기 싫습니까?"

"……"

"알고 있습니다. 그만 일어나시지요."

동천몽은 미동도 하지 않았다.

벌컥벌컥!

만동승의가 한쪽 탁자에 놓인 물주전자를 들고 물을 마셨다.

주전자를 놓으며 말했다.

"이미 한 시진 전에 깨어난 걸 알고 있습니다. 다른 사람도 아닌 의원인 소승을 속이려 하십니까?"

벌떡!

죽은 듯 누워 있던 동천몽이 용수철처럼 상체를 일으켰다.

"으윽!"

격렬한 움직임에 가슴의 상처가 아려왔다.

"조심하십시오. 꿰맨 상처가 다시 터지면 그때는 생명이 위태로워집니다."

동천몽이 인상을 쓰며 만동승의를 노려보았다.

만동승의 또한 시선을 피하지 않고 마주 쳐다보았다.

"불만이 많으시군요."

"당신이 알긴 뭘 알아? 생일날 아랫놈들과 술 한잔하고 있는데 느닷없이 중놈들이 들이닥쳐 대법왕의 환생자라고 끌고 가버리는 경우를 아느냐고?!"

"대법왕의 환생자들 가운데는 이따금 자신은 아니라고 부정하는 경우가 있습니다."

동천몽이 버럭 소릴 질렀다.

"그래서 당신도 내가 대법왕의 환생자라 생각한단 말이야?"

"일단 성격과 생김새는 거의 흡사합니다."

"닥쳐!"

동천몽이 매서운 눈으로 노려보더니 침대에서 내려왔다. 그러다 다시 가슴의 부여잡고 인상을 썼다.

"움직이면 안 된다고 했잖습니까? 오르십시오."

동천몽은 아랑곳하지 않고 주전자를 들어 물을 마셨다.

목이 많이 말랐던 듯 십여 모금 크게 마시더니 트림을 하며 말했다.

"당신, 나와 얘기 좀 하자고."

동천몽이 정색하며 쳐다보았다.

"당신 돈 좋아하지 않아? 돈 말이야. 은 가루?"

"돈을 싫어할 사람도 있습니까?"

"맞아. 돈 앞에 장사 없지. 내 말만 잘 들으면 당신에게 엄청난 돈을 주겠어."

동천몽이 문 쪽을 살피며 목소리를 낮췄다.

"날 이곳에서 도망치도록 협조만 해주면 황금 백 냥을 주지. 아니, 성공만 하면 오백 냥을 더 얹지."

만동승의가 눈을 크게 뜨고 쳐다보았다.

동천몽이 빠르게 말을 이었다.

"내 말이 믿기지 않는 모양인데, 당신 혹시 천상각이라고 들어보았는지 모르겠군?"

평생 세속과 등을 진 만동승의가 알 리가 없었다. 더구나 이곳은 중원이 아닌 서장이니 더욱 모를 수밖에.

만동승의가 눈을 깜빡거리자 답답하다는 듯 동천몽이 목소리를 높였다.

"중원에서 가장 큰 상가인데 바로 우리 집이야. 내게 협조하면 당신에게 황금 육백 냥을 준다니까."

만동승의의 눈이 커졌다.

황금 육백 냥.

비록 출가인이기 때문에 세속의 가치에 대해 자세히 알지 못하지만 황금 육백 냥이 얼마나 큰 거액인 줄은 알고 있었다. 황금 육백 냥을 만져 보지도 못하고 죽는 사람이 태반이다.

"날 믿지 못하겠다는 표정인데 어떻게 하면 믿을 거야? 다시 말하지만 내 집은 중원제일상가라는 천상각이 분명하오. 아버지는 그곳 주인인 동오룡이라니까. 울 아버지 돈 무척 많아. 너무 많아 당신도 어느 정도 되는지 모르지."

만동승의가 묵묵하게 듣고 있자 자신의 말이 어느 정도 먹혔다고 판단한 듯 동천몽은 열변을 토했다. 육백 냥이 적다고 생각하면 원하는 액수를 말해보라고 했고, 원하면 이곳을 떠나 천상각에서 일할 수 있도록 자리도 마련해 주겠다고 했다. 뿐만 아니라 아름다운 미녀를 아내로 삼을 수 있도록 해줄 것이며, 전용 마차까지 선물해 주겠다고 했다.

"어때? 인생은 어차피 한판이라는데 나 좀 도와주지 않겠소? 도와주기만 하면 당신의 은혜를 절대 잊지 않겠어."

만동승의는 아무런 대답을 하지 않았다.

"이봐, 의승 영감."

그때 문밖으로부터 음성이 들려왔다.

"약 대령했사옵니다."

"들어오너라."

문이 열리고 한 명의 의승이 김이 피어난 약사발을 쟁반에 받쳐 들고 들어왔다.

만동승의가 약사발이 담긴 쟁반을 받아 내밀었다.

"약 드십시오."

파악!

동천몽이 만동승의가 내민 약사발을 손으로 쳐버렸다.

뜨거운 약이 만동승의 앞가슴에 쏟아졌고 사발이 방바닥을 나뒹굴었다.

"너나 처먹어, 돌팔이!"

만동승의와 약을 갖고 들어왔던 의승이 놀란 표정으로 동천몽을 쳐다보았다.

"개자식들!"

동천몽이 이를 부드득 갈았다.

완패였다. 자해로 탈출을 감행하려던 자신의 계획은 실패로 돌아가고 말았다. 성공도 하지 못했고 오히려 목과 배에 지렁이가 기어가는 듯한 흉터만 훈장처럼 얻었다.

원래 그 정도면 거의가 통했다. 온갖 잡놈들로 우글거리는 저잣거리에서도 그 정도 행패를 부리면 대부분 겁을 먹고 물러난다. 그런데 이들에게는 씨알도 먹히지 않는다.

기분이 착잡했다. 고향길은 갈수록 멀어졌고 어쩌면 탈출은 불가능한 일일지도 모른다는 두려운 생각이 전신을 덮었다. 평생 이곳에서 중이 되어 살아가야 한다고 생각하니 등줄기가 서늘해졌다. 그것은 절대 안 되는 일이었다. 중으로 산다는 것은 살인적인 악몽이었다. 어떻게 해서라도 여길 떠나야 한다. 갈수록 감시가 심해지고 지켜보는 눈들이 많아지겠지만 그렇다고 포기할 수는 없었다.

딸칵!

문 열리는 소리가 들리더니 팔용이 들어섰다. 쟁반 위에 삼지초로 끓인 죽을 가져왔다.

동천몽에게 내밀었지만 우두커니 바라만 보았다. 팔용이 눈치를 살피더니 숟가락으로 한술 떠서 입 앞으로 들이밀었다.

"드셔야 합니다. 기운을 차리셔야 합니다."

무표정한 얼굴로 쳐다보자 팔용이 시선을 피했다. 잠시 팔용의 얼굴을 쳐다보던 동천몽이 입을 벌렸다. 거절한다면 그때처럼 또다시 강제로 먹일 것이다. 그런 치욕을 겪느니 스스로 먹기로 했다.

입을 벌렸고 팔용이 넣어주었다. 그렇게 한 그릇을 뚝딱 비우고 팔용이 건네준 물까지 마셨다.

"오늘이 며칠이오?"

"초사흘입니다."

초사흘이면 이곳에 끌려온 지 정확히 석 달이다.

동천몽은 침대에서 내려와 한쪽 벽에 걸린 동경 앞에 섰다. 가슴과 목에 흰 천을 둘둘 감은 낯선 인물이 서 있었다. 자신이 보기에도 예전과 너무 다르다. 문득 자신의 처지가 비참하

고 너무 초라하다는 생각이 들자 갑자기 눈물이 나오려고 했
다. 누구도 자신의 비위를 건드리지 못했고 자신의 한마디면
저잣거리 상인들은 전전긍긍했다. 그런데 이 무슨 꼴이란 말
인가.

　질근!

　소리없이 어금니를 깨물었다. 무슨 수를 써서라도 기어코
이곳을 떠나고 말리라. 이 수모를 앙갚음하기 위해서라도 기
어이 탈출해야 했다.

　"포기하지 않을 거요?"

　사대법왕이 탁자를 놓고 앉아 무거운 얼굴을 했다.

　"반드시 다시 탈출을 감행할 것입니다. 지금까지는 그럭저
럭 막아내고 있지만 이런 식으로 끝없이 탈출을 감행한다면
언젠가는 뚫리겠지요."

　모두가 천장금왕을 쳐다볼 뿐 뾰족한 대책을 내놓지는 못
했다.

　"그렇다고 도망을 치도록 내버려 둘 수는 없소."

　천장금왕이 천검은왕을 보며 눈을 빛냈다.

　"그걸 말이라고 하는가? 어쨌든 여기서 밀리면 볼장 다 보
네."

　천권동왕이 놀란 눈으로 물었다.

　"하지만 무슨 수로 대법왕님의 마음을 돌린단 말입니까?"

아무도 대답을 못했다. 동천몽을 붙잡아둘 대안이 없었다.
마치 야생 늑대처럼 그는 끝없이 우리를 뛰쳐나가려고 했다.

대설산 위로 둥근 보름달이 떠올랐다. 찌그러진 데라고는
한 군데도 없는 팽팽한 달이었다. 달빛을 받은 흰 눈이 비늘
처럼 반짝이고 있었다.
어디선가 북소리가 들려왔다. 아마 자시를 알리는 북소리
일 것이다.
주위는 조용하지만 거처 주위로 천룡구십구불이 완벽한
경계를 펼치고 있을 것이다. 이제야말로 탈출은 더욱 어렵게
되었다. 그렇다고 불가능하다는 생각은 결코 하지 않는다.
사람이 하는 일이란 어딘가 허점이 있다는 부친의 말이 떠
오른다.
멀리 홍산 꼭대기로 긴 꼬리를 남기며 한 개의 유성이 떨어
졌다. 밤이 깊어지자 산짐승들이 이곳저곳에서 울부짖는다.
"후우!"
한숨이 절로 나왔다.
아무리 머리를 쥐어짜도 뾰쪽한 방법이 떠오르지 않았다.
자신이 써먹을 수 있는 방법은 이제 거의 바닥이었다.
벌렁!
침상에 벌렁 누웠다. 가슴과 목으로부터 통증이 밀려왔다.
아직 가슴과 목에는 흰 천이 감겨 있었다. 팔베개를 하고 누

워 어두운 천장을 올려다보았다. 아무리 머리를 굴리고 생각해도 좋은 방법은 떠오르지 않았다.

벌떡!

누워 있던 동천몽의 눈에서 섬광이 피어났다. 뭔가 확실하고도 절묘한 계책이 떠오른 듯했다.

'이런 병신 새끼, 여태 그 생각을 못하다니.'

동천몽이 입술을 깨물며 머릿속을 정리하기 시작했다. 몇 번을 정리하고 훑어봐도 가장 확실한 방법이었다. 물론 시간이 조금 걸리긴 하지만 뜻대로 되기만 하면 그야말로 당당하게 두 발로 걸어나갈 수가 있었다.

'흐흐! 개자식들!'

동천몽의 흰 이를 드러내며 웃었다. 생각할수록 만족스러운 방법이었다.

아침에 자리에서 일어나자마자 문을 두드리는 소리가 들렸다. 늙은 탓인지 잠이 일찍 깼지만 밖은 아직 어둡다. 시간상으로는 묘시가 채 안 되었을 것이다.

"누구더냐?"

"소승 팔용이옵니다. 대법왕님께서 금왕님을 뵙겠다면서……."

"뭣이? 대법왕님께서!"

이부자리를 개던 천장금왕이 튕기듯 문을 열고 나왔다. 어둠 속에 팔용과 동천몽이 나란히 서 있었다. 천장금왕이 맨발로 허리를 구부렸다.

"아… 아미타불! 이런 누추한 곳까지 어인 행차이십니까? 소승을 부르면 달려갈 터인데, 어서 안으로 드시지요."

동천몽은 아무 소리 않고 방으로 들어섰다.

천장금왕이 아랫목을 권했고 거절하지 않았다. 잠시 동천몽의 표정을 살피던 천장금왕이 맞은편에 조심스럽게 앉았다.

"불쑥 연락도 없이 이렇게 찾아와 놀랐을 것이오."

"아… 아니옵니다. 그리고 다시 말씀드리지만 대법왕님께서는 소승을 비롯해 일만 이천 제자의 어버이시며 하늘이십니다. 미천한 저희들에게 공대를 하시면 아니 되옵니다."

"그래, 그럼 그렇게 하지 뭐. 법호가 뭐라고 했던가?"

"천장이라 합니다."

"맞아. 천장이라고 했지. 다시 한 번 묻고 싶다. 솔직히 대답해야 한다. 내가 너희들 죽은 대법왕의 환생자가 분명히 맞느냐?"

천장이 눈을 크게 뜨고 말했다.

"물론이옵니다. 소승이 어찌 거짓을 아뢰겠습니까, 대법왕이시여."

포달랍궁의 대법왕은 죽기 직전 환생자를 지목한다. 하지만 이따금 급사하거나 하면 환생자를 지목하지 못할 때가 있다. 이럴 때는 대법왕과 가장 흡사한 모습을 보이는 사람을 찾아 앉힌다. 그런데 이번에는 그 기간이 무려 십육 년이 소요되었다.

"체격은 물론 성격, 식사하는 모습, 심지어 욕을 잘하는 것까지 완벽한 환생자이시옵니다."

"완전히 나와 쌍둥이란 얘기구만."

"소승 또한 너무 빼닮아 도저히 믿을 수가 없습니다."

"이왕 얘기가 나왔으니 제대로 짚어보자. 도대체 너희들이 말하는 대법왕이라는 사람은 누구냐?"

"대법왕님은 본 포달랍궁의 궁주이시며……."

"포달랍궁?"

동천몽이 인상을 쓰며 물었다. 전혀 생소한 이름이기 때문이었다.

어려서부터 중원의 상계에 대해서는 부친을 비롯해 식구들로부터 귀가 아프도록 들었다. 그래서 중원상계의 거두들은 자연스럽게 알게 되었지만 포달랍궁이란 말은 한 번도 들어본 적이 없었다. 그것은 곧 장사꾼 집단은 아님이 분명했다.

"본 궁에 대해 전혀 모르신단 말입니까?"

"모르니까 묻지. 내가 지금 농담하는 줄 아느냐?!"

동천몽이 버럭 소릴 질렀다.

천장금왕이 표정을 고치며 말했다.

"하오시면 혹 소림사에 대해서는 아시옵니까?"

"그야 알지. 소림사를 모르는 사람이 천하에 어디 있어?"

소림사는 한 번도 가보지 않았지만 잘 알고 있었다. 아니, 귀에 익숙한 이름이었다. 중원에서 가장 큰 사찰이자 무공이 강한 승려들로 인산인해를 이루고 있다고 했다.

"혹시 이곳이 소림사란 말이야?"

"아닙니다. 정확히 본 궁이 천하에서 차지하고 있는 위치를 설명한다면 한마디로 서장의 소림사라고 할 수 있습니다."

"서장의 소림사? 그건 또 무슨 얘기야?"

천장금왕은 포달랍궁에 대해서 얘기했다. 동천몽이 알아듣기 쉽게 굵은 뼈대만 말했는데 별무 반응이 없었다. 소림사라는 말에는 본능적으로 반응을 보이던 동천몽이 심드렁하자 아직 포달랍궁에 대해 뭘 몰라 보이는 표정이라고 이해했다.

"아무튼 대법왕님께서는 본 궁의 주인이시고 어버이시옵니다. 누구든 대법왕 앞에서는 공손해야 하며 명을 어긴 자는 하늘의 벌을 받습니다."

"하늘의 벌? 어떻게?"

"벼락이 치지요."

동천몽의 눈이 커졌다.

"대법왕, 그러니까 내 말을 듣지 않는 놈은 벼락을 맞아 죽는단 말이냐?"

“그렇습니다. 그 자리에서 곧바로 벼락을 맞아 죽기도 하지만, 대부분 일 년을 넘기지 못하고 맞아 죽습니다.”

척!

동천몽이 자세를 바꿔 앉으며 말했다.

“그래, 그럼 내가 너희들 대법왕이라고 치자. 앞으로 내가 할 일이 뭐야?”

“대법왕님이 되기 위해서 가장 먼저 하셔야 할 일은 뭐니 뭐니 해도 공부이옵니다. 천문과 지리는 물론, 우주 삼라만상의 모든 법칙과 질서를 깨달아야 하고 곁들여 무공을 갖추는 것이옵니다. 대법왕님은 하늘이시기 때문에 무공이 속하들보다 월등히 뛰어나야 하지요. 그래서 대법왕님께서 익히실 무공은 일반 무공과 많은 차이가 있습니다.”

“아주 어렵다는 얘기냐?”

“소승들에게는 어렵지만 대법왕님처럼 지혜가 넘쳐 나시는 분께는 식은 죽 먹기지요.”

동천몽의 이마가 가볍게 찌푸려졌다.

책이라면 죽는 것 다음으로 싫었다. 나이 아홉이 되어서야 겨우 이름 석 자를 썼다. 다른 아이들은 다섯 살이면 자신의 이름을 쓰는데 어찌 된 머리인지 수십, 수백 번을 가르쳐 줘도 하룻밤만 자고 나면 까먹기 일쑤였다.

보다 못해 부친이 글 스승을 데려다 붙여주었지만 효과는 그다지 만족스럽지 못했다.

그렇다고 노력을 하지 않은 것은 아니었다. 나름대로 최선을 다해 배우려고 했지만 어찌 된 영문인지 한 시진 전에 배운 것이 기억나지 않았고 별로 나아진 것이 없자 부친은 스승을 바꾸었다. 그러나 소용이 없었다. 바뀐 스승도 동천몽의 학문을 성장시키지 못하여 보름 만에 쫓겨났으며 사흘이 멀다 하고 유명하다는 스승들을 데려와 글을 배웠는데도 도무지 나아지는 기미가 없었다.

그러던 어느 날 열다섯 번째 스승이 왔다. 열다섯 번째 스승은 다른 사람들과 달리 곧바로 수업에 들어가지 않았다. 수업에 들어가기 이전에 동천몽의 지능과 머리의 상태 파악이 필요하다면 이것저것 면밀한 조사를 하더니 사흘째 되던 날 놀라운 선언을 했다.

낙추석두(落墜石頭)!

소주제일부호의 안주인이지만 어머니는 절대 마차를 이용하지 않았다. 그나마 만삭이 되면서 어쩔 수 없이 말을 이용했는데 몸에 무리를 주지 않기 위한 배려였다.

그런데 어느 날 타고 가던 말이 발을 헛디뎌 넘어졌고 어머니는 땅으로 떨어졌다. 그런데 하필 만삭의 배가 길가의 돌멩이와 부딪친 것이다.

그 자리에서 곧바로 진통이 시작되어 아이를 낳았는데 머리가 쭈글어져 나왔다. 추락할 당시 하필 머리와 지면의 돌멩이와 부딪친 것이다. 그리하여 일반인보다 머리가 훨씬 나쁘게 태어났다는 진단이었다.

이후 머리에 좋다는 약이란 약은 모조리 구해다 먹였지만 효과는 없었다. 복잡한 계산과 치열한 머리싸움으로 이윤을 남겨야 하는 거상의 핏줄로서 머리가 나쁘다는 것은 치명적인 약점이 아닐 수 없었다.

그러나 부친은 포기하지 않았다. 돈이면 안 되는 것이 없는 세상 아니던가. 그런데 머리가 좋아지기는커녕 온순하던 성격이 점차 난폭해지기 시작했다. 별일도 아닌데 걸핏하면 아랫사람을 두들겨 팼다.

다약광성(多藥狂性)!

부친은 의화자라는 명의를 불러다 원인을 밝히도록 했다. 그런데 그의 입에서 놀라운 진단이 떨어졌으니 바로 영약 과다 섭취로 가학적인 성격으로 변했다는 것이었다.

부랴부랴 영약 투입을 멈췄지만 이미 동천몽의 성격은 과격하게 변해 있었다. 그리고 의화자는 한마디를 잊지 않고 붙였다. 지능은 떨어지지만 천하에서 그 단단함을 따를 머리는 없을 것이라고.

"죽은 전 대법왕은 어떠했느냐? 머리가 뛰어났느냐고 묻는 것이니라."

천장금왕의 안색이 변했다. 전 대법왕의 머리는 상상을 초월할 만큼 나빴다. 앞에서 가르쳐 주면 돌아서서 잊어 먹었다. 천장금왕은 설마 머리까지 닮지는 않았을 것이라고 확신하며 말했다.

"아… 아미타불! 차마 입에 담기에도 민망한 일이지만 솔직히 말하면 다소 실망스러운 경지였습니다."

"구체적으로 말해보거라."

"밥 먹기 전에 배운 공부가 숟가락 놓을 때쯤이면 기억을 하지 못했습니다."

화악!

동천몽의 눈이 커졌다.

자신 또한 얼마나 머리가 나쁜가. 만약 머리가 나쁘다고 했다간 필시 또다시 대법왕과 완벽한 판박이라고 할 것이 분명했으므로 입을 닫았다.

"지금으로서는 그 어떤 것보다 무공 수련이 급합니다. 대법왕님 정도 되려면 누구도 대적할 수 없는 무공을 익혀야 합니다."

동천몽이 가볍게 고개를 끄덕이자 천장금왕이 계속 말했다.

"무공을 배우기에 앞서 한 가지 먼저 해야 할 일이 있습니다. 바로 벌모세수입니다."

동천몽의 눈이 빛을 뿌렸다.

"버… 벌모세수? 그건 또 뭐냐? 이렇게 세수하는 것을 말하느냐?"

그러면서 양손으로 세수하는 시늉을 해 보였다.

천장금왕이 빙긋 웃으며 고개를 저었다.

"그 세수가 아니라 무공을 익히기에 아주 알맞은 체질로 몸을 바꾸는 것을 말하옵니다."

"그래, 그럼 쇠뿔도 단김에 뽑으라고 했는데 당장 시작하거라."

"급한 성미는 영락없는 대법왕님이십니다. 헛헛헛."

천장금왕의 입가에 미소가 떠올랐다.

그러나 동천몽은 인상을 썼다. 걸핏하면 대법왕과 너무 닮았다는 말이 이젠 지겨웠다. 동천몽은 속으로 도대체 어떤 자식이기에 날 그렇게 닮았다는 거야, 하며 욕설을 퍼부었다.

"준비를 하려면 시간이 필요하니 내일부터 하겠사옵니다."

"좋을 대로 하거라."

동천몽이 자리에서 일어나 방을 나왔다.

아직 여명이 밝아오지 않은 어두운 길을 두 사람은 어깨를 나란히 하며 걸었다.

'훗훗!'

길을 걷는 동천몽의 입꼬리가 비틀어졌다.

지금 처지로서는 도저히 이곳을 벗어날 방법이 없었다. 아무리 발버둥을 쳐도 무공이 절정에 이른 저들의 손아귀를 벗어난다는 것은 불가능했다. 그래서 깨달은 것이 되지 않는 일에 자꾸 매달리느니 차라리 이들에게 협조하며 신임을 얻는 것이었다. 일단 이들의 조건이나 요구에 순순히 응하면서 기회를 엿보는 것이었다. 시간은 좀 걸리겠지만 그 편이 훨씬 이곳을 벗어날 가능성이 높다고 판단한 것이었다.

"흠! 아침 공기가 무척 상쾌하구나."

동천몽이 느긋하게 입을 열자 옆을 따르던 팔용의 눈이 커졌다. 너무 여유가 있어 보였기 때문이다.

＊　　　＊　　　＊

사내는 안절부절못했다. 시녀가 갖다 놓은 차는 이미 싸늘하게 식어 있었고 두 눈은 고정되지 못한 채 사방으로 흔들리고 있었다. 무언가 위험에 노출되어 있는 사람마냥 이마에 땀방울까지 맺혀 있었는데 숨소리 또한 거칠게 방 안을 울리고 있었다.

"대… 대공자님은 언제 오십니까?"

좌측으로 서 있는 오십가량의 백의인을 향해 물었다.

백의인은 무표정하게 말했다.

"아침부터 절강성과 복건성 모피상들이 찾아왔는데 아마 회의가 길어지는 모양입니다. 너무 염려 마시고 차를 들고 계시면 금방 오실 것입니다."

사내는 전혀 차를 마실 생각이 없는 듯했다.

연신 소매 춤으로 이마에 흐르는 땀을 닦아내며 엉덩이를 가만두지 못하고 들썩거렸다.

벌써 자신이 도착했음을 알리는 기별을 넣은 지가 반 시진이 지났다. 그런데 상대는 코빼기도 보이지 않았다. 절강성과 복건성에서 온 모피상들과의 회합이라는 건 거짓말일지도 모른다. 어쩌면 자신을 더욱 초조하고 다급하게 만들어 거래에서 우위를 점하려는 고도의 수작인지 모른다. 설혹 진짜로 모피상들이 찾아왔다고 해도 반 시진이란 시간은 자신의 예로 볼 때 터무니없이 길다. 더구나 회의는 자신이 찾아오기 전부터 열리고 있었다고 했다.

쭈욱!

급기야 목이 타는 듯 사내는 다 식은 차를 단숨에 비워 버렸다.

"한 잔 더 주문해도 되겠소?"

"그러시오. 여기 차 한 잔 더 내오거라."

목이 말랐다. 가슴이 터질 것 같았고 입 안이 바짝바짝 타들어갔다.

시녀가 김이 나는 뜨거운 차를 다시 가져다 놓았고 단숨에 마셔 버렸다. 뜨거운 것이 들어가자 식도가 이글거렸지만 별로 뜨거운 것을 느낄 새가 없었다.

딸칵!

그때 문 열리는 소리가 들렸으므로 사내는 반사적으로 고개를 돌렸다.

한 명의 백의청년이 다가오고 있었다.

대략 서른 초반 가까이 되어 보였는데 이목구비가 또렷하고 풍채가 당당했다. 전혀 어깨를 흔들지 않고 다리로만 걸어오고 있는 것이 언뜻 커다란 바위가 다가오는 듯한 착각을 일으켰다.

"핫핫핫! 이거, 너무 오래 기다리시게 했소이다."

사내가 자리에서 튕기듯 일어나며 다가오는 백의청년을 향해 넙죽 허리를 구부렸다.

"미천한 소가지가 대공자님을 뵈오이다."

"자자, 앉읍시다."

백의청년이 소가지의 맞은편에 앉으며 자릴 권했다.

동천비(童天飛), 올해 서른한 살로 절강을 중심으로 강서, 안휘, 호남, 귀주 일대를 장악하고 있는 천상각의 맏아들이었다.

부친의 피를 고스란히 이어받은 듯 어려서부터 뛰어난 수완과 재주를 펼쳐 보였다. 그래서 차기 천상각의 가장 강력한 각주로 떠오르고 있었다.

"이른 아침부터 소 가주가 소생을 찾아오다니 어인 일이시오?"

동천비가 오른손을 내밀자 소가지가 두 손으로 악수를 받았다.

동천비가 악수를 하며 웃었다.

"핫핫! 지난번 볼 때보다 소 가주의 화색이 훨씬 좋아진 것이 요즘 장사가 무척 잘되는가 보구려."

척!

손을 놓은 동천비가 양손을 의자 좌우로 뻗어 올리며 왼 다리를 오른 다리 위로 포개어 앉았다.

소가지는 맞은편에 앉았는데 무릎을 다소곳이 모으고 양손을 가지런히 올렸다. 누가 봐도 잔뜩 주눅이 들어 있음을 알 수 있는 자세였다.

"그래, 무슨 일이 있어 식전 아침부터 찾아왔는지 얘길 들어봅시다."

퍼억!

느닷없이 소가지가 그대로 바닥에 무릎을 꿇고 엎드렸다.

동천비가 꼬았던 다리를 풀며 깜짝 놀라며 말했다.

"소 가주, 이게 무슨 짓이오! 어서 일어나시오."

하지만 소가지는 더욱 머리를 조아렸다.

"대공자님, 이 소 모를 살려주십시오. 이 소 모를 도와주시기만 하면 평생 그 은혜는 잊지 않겠습니다."

"허허! 무슨 일인지는 모르지만 일단 자리에 앉아 말합시다."

하지만 소가지는 요지부동이었다.

이마를 거의 바닥에 대듯 머리를 숙이며 말했다.

"대공자님, 제발 도와주십시오. 한 번만."

동천비는 옆에 서 있는 백의중년인을 쳐다보았다.

"소 가주가 왜 이러는 거요? 도대체 당황하여 얘기를 나누지 못하겠소이다. 여 총관, 당신이 아는 것 있으면 말해보시오."

백의중년인은 천상각의 총관이었다. 올해 쉰으로 천상각의 모든 재정을 총괄 지휘하는 막중한 임무를 지고 있었다.

"그… 글쎄요. 속하도 소 가주께서 왜 저러는지 도통 알지 못하옵니다."

그러자 동천비가 엎드려 있는 소가지를 보며 말했다.

"도대체 무슨 일인지 일단 의자에 앉기나 하시오. 이건 내가 불편하단 말이오."

"소 가주님, 그만 일어나십시오."

보다 못해 여추량이 거들자 소가지가 몸을 일으켜 의자에 앉았다.

자신을 빤히 쳐다보는 동천비를 향해 소가지가 비장한 표정으로 말했다.

"돈을 좀 융통해 주십시오."

"……."

"한 달만 쓰고 돌려 드리겠습니다. 물론 이자까지 제대로 쳐서 드리겠습니다."

"허어! 이런 어처구니없는 일이 있나. 이보시오. 돈 많기로 소문난 소 가주께서 돈을 빌려달라니, 난 도무지 뭐가 뭔지 모르겠소이다."

"오늘 오시까지 어음을 막지 못하면 본 소씨상가는 무너지옵니다."

동천비는 여전히 입가에 담담한 미소를 지우지 않고 말했다.

"어음이 어느 정도 되기에 이렇듯 내게 손을 벌리는 것이오?"

"황금 백십이만 냥입니다. 만약 오시까지 막지 못하면 중상(中商)들이 가만있지 않을 것이옵니다. 만약 관부가 개입하면 난 한 푼의 재산도 건지지 못합니다. 제발 도와주십시오, 대공자님."

소가지가 앉은 자세로 또다시 크게 고개를 숙여 매달렸다.

척!

동천비가 이번에는 오른쪽 다리를 왼쪽으로 올려 포갰다.

"내가 알기로는 소가주의 사업이 날로 번창한다고 들었소이다만?"

"너… 너무 무리한 확장을 하다 보니."

"장사를 하다 보면 급한 자금이 필요할 때가 있지요. 나 또한 장사꾼인데 어찌 소 가주의 심정을 모르겠소."

"가… 감사합니다."

"좋소이다. 돈을 빌려 드리지요. 대신 조건이 있소이다."

소가지가 약간 긴장한 얼굴로 물었다.

“마… 말씀해 보십시오.”

동천비의 입가에 떠올라 있던 미소가 싹 가시고 그의 두 눈에서 날카로운 광채가 쏟아져 나왔다.

“소 가주의 거래처 절반을 본 각으로 넘기시오.”

“예옛?”

소가지가 기겁할 듯 놀란 표정을 지었다.

“거래처 절반을 본 각으로 넘기면 자금을 융통해 드리겠소이다. 어쩌시겠소?”

“대… 대공자.”

소가지의 안색이 굳었다.

거래서 절반이면 자기 재산의 절반을 가져가겠다는 뜻이나 마찬가지였다. 그것은 절대 있을 수 없는 일이었다. 만약 동천비의 조건을 받아들이면 대대로 소주에서 터를 잡고 나름대로 세력을 갖고 있는 소씨상가는 졸지에 군소 상가로 전락할 것이다.

하나, 정말로 중요한 것은 그렇게 될 경우 나머지 거래처의 반응이었다. 보잘것없는 소규모 상가보다는 천상각 같은 거대 상가와 거래하는 편이 자금 회수나 여러 가지 면에서 이득이 되므로 나머지 거래선들마저 옮길 것이 자명했다. 말이 절반을 내놓으라는 것일 뿐, 동천비는 지금 자신의 가문을 통째 삼키려 하고 있었다.

“고…공자님, 그것은 너무 지나친 요구이십니다. 어떻게 삼 할까지는 양보를 할 수 있겠지만."

"헛헛! 그럼 하는 수 없구려. 여 총관, 소 가주를 문밖까지
잘 배웅해 드리시오."

동천비가 일어나 돌아섰다.

그 순간 소가지가 소리쳐 말했다.

"공자님, 제발 이 소 모를 살려주는 셈 치고 한번만!"

여추량이 나가자는 손짓을 해 보였다.

소가지가 안으로 들어가는 동천비를 향해 소리쳐 말했다.

"공자님, 잠깐만!"

동천비를 쫓아가려 하자 여추량이 앞을 가로막았다.

"공자님, 이 소 모를 살려주시오. 공자님… 공자!"

여추량에 의해 앞길이 제지당하자 소가지는 더욱 소리쳐
불렀다. 하지만 동천비는 냉정하게 걸어가고 있었다.

"좋습니다. 공자께서 원하는 대로 하겠소이다."

뚝!

저만치 걸어가던 동천비의 걸음이 멈추었다.

동천비가 천천히 돌아서자 소가지가 비장한 어조로 말했다.

"이 소 모, 동 공자님의 조건을 받아들이겠습니다. 본 가의
거래선 절반을 천상각으로 돌려 드리지요."

동천비가 천천히 다가와 소가지 앞에 섰다.

이를 악물고 서 있는 소가지를 보며 동천비가 입가에 미소
를 지으며 말했다.

“섭섭해하지 마시오. 돈만 갚으면 다시 돌려 드리겠소이
다.”

소가지의 두 눈이 동천비를 쏘아보았다.

지금의 거래선으로도 백이십만 냥을 막기 어려운데 절반
으로 줄어든 거래 가지고는 그 돈을 갚기란 꿈같은 얘기다.
자신도 일평생을 장사꾼으로 보냈지만 확실히 장사꾼에게는
피도 눈물도 없었다.

마침내 칠대에 거쳐 소주 북쪽 지역을 장악하고 있던 소씨
상가가 문을 닫게 되는 순간이었다.

“여 총관, 서류는 당신이 작성하시오. 그럼 나중에 또 봅시
다, 소 가주.”

가벼운 미소를 지어 보이고 동천비는 안쪽으로 사라졌다.
동천비가 사라진 안쪽 복도를 쳐다보는 소가지의 눈에서는
눈물이 흘러내리고 있었다.

第三章
사주호룡거

  복도를 지나면 후원으로 통하는 문이 있었다. 동천비는 후원으로 통하는 문을 열고 밖으로 나섰다. 아직 풀잎에 맺힌 이슬이 채 깨어나지 않은 이른 아침의 후원은 고요했다.

  양손을 벌리고 길게 심호흡을 한 동천비는 천천히 연못가를 따라 산책하기 시작했다.

  반월지(半月池), 연못의 이름이었다. 반월지는 철저히 인공 연못이다. 사대조 때 유명한 풍수가가 찾아와 이곳에 반달 모양의 연못을 만들면 가문이 세세연년 융성할 것이라고 하여 만들었다. 어쨌든 그 풍수가의 말대로 연못을 만들어서인지 천상각은 욱일승천의 기세로 뻗어나갔다.

"핫핫핫! 그럼 이만 가보겠소이다."

연못을 산책하는 동천비의 귓가로 호탕한 웃음소리가 들려왔다.

멀리 부친의 처소인 녹풍원(綠風院)에서 한 대의 마차가 나오고 있었다. 두 마리의 백마가 끌고 있는 이 마차의 네 기둥은 승천하는 용의 형상을 했고 뾰쪽하게 솟은 지붕 꼭대기에 배를 깔고 오만하게 엎드려 있는 붉은 대호상이 마차의 위엄을 한층 치켜세웠다.

사주호룡거(四柱虎龍車).

사주호룡거는 한 집단을 상징하는 마차이다. 이 시대 최강의 단체이며 불멸(不滅)하고 불사(不死)하며 불패(不敗)한다 하여 건곤무적(乾坤無敵)으로 불리는 무림맹의 호송거다.

부친이 사라지는 마차를 향해 깍듯하게 고개를 숙이고 있었다.

마차는 후원 쪽으로 천천히 다가왔다. 정문으로 나가기 위해서는 후원 옆으로 만들어진 포도를 따라가야 했다. 죽립을 깊숙이 눌러쓴 흑의인이 마부석에 앉아 말고삐를 쥐고 있었는데 동천비를 발견하고 알은체를 했다.

꾸뻑!

흑의인은 표정없는 얼굴로 고개만 슬쩍 숙였다.

'환도(幻刀) 가개묵(柯唶墨).'

단순한 마부로 봤다가는 큰코다친다. 한때 한 자루 칼로 대강 남북을 종횡무진 쓸고 다녔던 칼의 거목이다. 무림맹주에게 패해 스스로 수하 되길 자처한 인물이었다.

그동안 몇 번 지나치듯 만나긴 했지만 아직까지 단 한 번도 얘기를 나눠본 적은 없었다.

"세우게!"

문득 마차 뒤쪽으로부터 묵직한 음성이 들렸다.

마차가 멈추고 뒷문이 덜컹 하고 열리더니 육십가량의 회의노인이 모습을 드러냈다.

"헛헛헛! 동천비 대공자 아니신가? 도대체 이게 얼마 만인가?"

회의노인이 호탕한 웃음을 지으며 다가왔다.

동천비의 굳었던 표정이 신속하게 펴지며 포권의 예를 취했다.

"오랜만에 뵙는군요. 그간 별고없으셨습니까?"

동천비를 바라보는 회의노인의 시선은 무척이나 따뜻했다.

독산(獨山) 상관량(上官量), 무림맹의 모든 인사와 살림을 총괄 지휘하는 총관이다. 심기가 무척 깊고 자신의 진심을 좀체 드러내지 않아 은심자(隱心子)로도 불린다.

"부친께서 자네를 천상각의 차기 후계자로 마음에 두고 계시는 것 같더군. 잘해보세. 우리 무림맹이 뭐 도울 일은 없는가?"

"없습니다."

"언제든지 도움이 필요하면 요청하게. 만사를 젖혀두고 자네를 돕겠네. 그럼 난 바빠서 이만 가보겠네. 다음에 또 보세나."

상관량이 한 손을 들어 보이고 마차 안으로 사라졌다.

덜컹거리며 마차가 움직였는데 두 마리의 말이 몹시 힘들어하는 기색을 보였다.

'도대체 이번에는 또 얼마를 가져가기에 말 두 마리가 저렇게 힘들어한단 말인가.'

마차를 바라보는 동천비의 눈이 차갑게 가라앉았다.

마차는 동천비의 시선에서 사라졌다. 그러나 동천비는 한동안 움직일 줄 몰랐다.

동천비가 발길을 돌렸다. 잠시 후 그가 멈춘 곳은 단층짜리 푸른 전각 앞이었다. 그다지 화려하지 않았지만 묘하게도 전각에서는 범접할 수 없는 무게와 위엄이 풍겼다.

녹풍각(綠風閣), 천상각의 초대 각주인 녹풍상인이 직접 지은 건물이다.

멈칫!

전각 안으로 들어가려던 동천비의 걸음이 멈추었다. 그러더니 발길을 돌려 전각 뒤쪽으로 돌아갔다. 전각 뒤로 돌아가자 한 명의 노인이 꾸부정하게 허리를 구부리고 쭈그리고 앉아 두 마리의 닭이 싸우는 모습을 흥미진진한 눈으로 지켜보고 있었다.

퍼펌!

흑백의 두 닭은 갈기를 잔뜩 세우고 서로를 노려보다 벼락처럼 달려들어 양발로 상대를 할퀴었다.

흰 닭의 이름은 악계(鰐鷄), 싸움에서 이기면 패한 닭을 기어코 잡아먹는 포악성으로 악명이 높다. 검은 닭의 이름은 살모(殺母)이다. 얼마 전 자신을 낳아준 어미 닭과 싸움을 벌여 이겼다. 이겼을 뿐만 아니라 기어코 목줄까지 끊어버렸다. 자신을 낳아준 부모를 죽였다고 해서 살모라고 붙여졌는데 그 두 마리의 닭은 서로를 향해 무자비한 공격을 퍼붓고 있었다.

푸푸푹!

흑백의 닭털이 사방으로 날렸고 땅바닥에는 서로에게서 떨어진 핏자국이 흥건했다.

두 마리의 닭은 피를 질질 흘리면서도 결코 싸움을 멈추지 않았다. 오히려 피를 보자 더욱 흥분했고 고개를 낮게 숙인 채 매서운 시선으로 상대를 노려보았다.

화아악!

서로를 향해 달려들었고 허공에서 서너 차례 발톱이 뒤엉켰다.

허공 가득 닭털이 날렸다.

부친은 웃음 띤 얼굴로 쭈그리고 앉아 싸움을 지켜보고 있었다.

부친인 귀상(鬼商) 동오룡(童傲龍)이었다. 천상각의 현 각주이자 죽음의 상인으로 불리는 중원제일의 거상이었다.

부친의 유일한 취미는 닭싸움이었다.

꼬옥!

살모가 비명을 지르더니 득달같이 도망을 치기 시작했고, 그 뒤를 악계가 쫓아갔다.

그것을 바라보는 부친의 얼굴에 환한 웃음이 맺혔다.

쭈그리고 앉아 있던 부친이 자리에서 일어나 미소 가득한 얼굴로 동천비를 바라보았다.

"소 가주가 찾아왔다고 들었다."

이미 여추량이 결과에 대한 보고를 했을 것이다. 알고 있을 텐데도 묻는다는 것은 자신의 오늘 결정에 대해 만족한다는 뜻이었다. 즉, 장사란 그렇게 하는 것이다. 상대의 입장 따위는 절대 배려할 필요가 없다는 냉혹한 현실을 재차 가르치려는 것이다.

"아버님!"

동천비가 돌아서려는 부친을 불렀다.

부친이 돌아섰다.

"조금 전 무림맹의 상관량 총관이 다녀가더군요."

부친의 안색이 굳어졌다.

동천비가 날카롭게 물었다.

"오늘은……?"

"그만 가보거라."

오늘은 얼마를 주었느냐고 물으려는데 부친이 말을 가로막았다.

"언제까지 이렇게 당해야 합니까? 지금까지 그들이 가져간 돈이 얼만 줄 아십니까? 자그마치……!"

"시끄럽다. 넌 그런 일에 신경 쓰지 말고 내달 보름에 찾아오는 동영 상인들 영접 준비나 잘하거라."

그때 발자국 소리가 들려왔으므로 두 사람은 약속이나 한 듯 고개를 돌렸다.

온 얼굴에 원숭이를 방불케 하는 붉은 털이 뒤덮힌 거구의 장한이었는데 칼집도 없는 한 자루 녹슨 칼을 옆구리에 메고 있었다. 장한은 동천비를 발견하고 가볍게 목례로 예를 취했다.

"오랜만에 뵙는군요, 대공자님."

적면금도(赤面禽刀) 오만상(吳萬上), 부친의 개인 시위이자 오랜 가신 중 한 명이다.

"손님이 왔습니다."

오만상이 부친을 향해 말했다.

부친이 동천비를 보며 힘주어 말했다.

"다시 말하겠다. 그들이 몇 번을 찾아오든 얼마를 요구하든 우린 주면 될 뿐이다. 명심하거라."

부친이 단호히 내뱉고는 녹풍원 안으로 사라졌다.

동천비는 한동안 꼼짝도 않은 채 굳은 얼굴로 부친이 사라진 녹풍원을 바라보았다. 돈이면 불가능한 것이 없었다. 그러나 오직 한 곳만은 넘어서지 못하고 있었다.

무림(武林).

그들은 지난 세월 온갖 명목과 명분으로 돈을 가져갔다. 그들은 무소불위였고 천하를 움직였다. 그들의 비위를 거슬렀다가는 살아날 수가 없었다. 그래서 그들이 손을 내밀 때마다 조금도 거부 의사를 보이지 못한 채 주머니를 풀어야 했다. 그들은 어음 따위는 받지 않는다. 부정한 데 사용해도 전혀 추적이 되지 않을 은자와 황금만을 원했다. 두 마리의 말이 거품을 무는 것으로 보아 오늘 가져간 액수 또한 족히 황금 수십 관은 되리라.

그 대가로 중원의 수많은 상권을 넘겨주고 보호해 준다지만 그들의 손은 갈수록 자주, 그리고 많이 내밀어지고 있었다. 증조부 때 그들의 제의를 거절했다가 궤멸의 위기에까지 몰린 적이 있었다. 그 이후부터는 일체 불만이나 불쾌한 기색 없이 원하는 대로 내주었고 그들은 당연히 가져갈 돈을 가져가는 사람처럼 의기양양했다.

불끈!

동천비의 두 주먹이 거칠게 말려갔다.

언젠가 취중에 부친은 말했다. 선조 때부터 무림에 바친 돈을 합하면 중원을 서너 번은 사고도 남을 것이라고.

그날 이후 어떻게 해서라도 더 이상 그들의 주구 노릇을 하지 않겠다고 맹세했다. 하지만 막강한 그들을 상대할 비책은 결코 존재하지 않았다. 그렇다고 돈을 바치지 않겠다는 의지를 꺾은 것은 아니었다.

'난 절대 뺏기지 않겠다. 무슨 수를 써서라도!'

동천비의 어금니가 물렸다.

두 눈은 금방이라도 튀어나올 듯 이글거리며 붉어졌다.

동천비는 몸을 돌려 자신의 거처로 돌아왔다. 방으로 들어오자 여추량이 서류를 옆에 끼고 기다리고 있었다.

동천비가 원탁이 놓인 의자에 앉자 여추량이 서류를 내밀었다.

서류를 대충 훑어본 동천비가 여추량의 앞으로 서류를 던지며 물었다.

"손님이 찾아왔다던데, 누구요?"

"백쾌섬이라고……."

"백쾌섬?"

"아, 마침 저기 오는군요. 저자입니다."

여추량이 창문 밖을 가리켰다

멀리 창밖으로 한 명의 백의사내가 걸어가고 있었다.

사내는 눈같이 흰 백의를 걸쳤고 왼쪽 옆구리에 오색 수실이 달린 멋들어진 검 한 자루를 메고 있었다.

비록 거리는 조금 있었지만 사내의 용모는 관옥과도 같았다. 우뚝 선 콧날과 먹물을 듬뿍 묻혀 그어놓은 듯한 눈썹, 특히 두 눈은 깊은 심연처럼 무겁고도 날카롭게 번득이고 있었다.

백의사내는 여인처럼 양쪽 귀에 흑진주를 박은 귀고리를
해 걸음을 옮길 때마다 귀고리에 햇빛이 반사되어 반짝거렸
다. 그리고 긴 머리는 오색 수실로 단정히 묶었다.

"당대제일추적자로 알려진 자이옵니다."

흰 옷에 번개만큼이나 빠른 검을 갖고 있다고 해서 백쾌섬
이라 불린다. 그의 출신 사문이나 신분에 대해 드러난 사실은
제한적이었고 사람들이 그를 기억하는 이유는 누군가를 찾는
데 탁월한 능력을 갖고 있다는 것이었다.

그래서 백쾌섬의 또 다른 이름은 당대제일의 현상금 추적
자이다.

아무리 깊숙이 숨어 있는 인간이라도 일단 백쾌섬이 뛰어
들면 금방 잡히고 만다. 자신만의 독특한 능력으로 지금까지
수백 건의 청부를 완벽히 해결하여 그의 가치는 하루가 다르
게 솟구치고 있었다.

"결국 아버지께서 몽이 놈을 찾기 위해 저자를 끌어들였다
는 얘기로군?"

"아무래도 그런 것 같습니다."

동천비가 자리에서 일어나며 물었다.

"여 총관도 몽이 놈이 납치되었다고 생각하고 있소?"

여추량이 곤혹스런 표정을 지었다. 대답하기 곤란하다는
뜻이었다.

동천비가 단호히 자르듯 말했다.

"절대 아니오. 그놈은 납치된 것이 아니라 스스로 잠적한 거요."

여추량이 눈을 치켜떴다.

이유를 묻는 것이다.

"뻔하지. 자신에게는 아무것도 남겨주지 않을 것 같으니까 납치당한 척 스스로 잠적하여 아버지의 관심을 끌어보겠다는 수작이지. 결국 자신에게도 큰 업종 하나 달라는 항의인 거야. 하지만 그건 절대 안 돼. 그놈은 장사꾼의 자질도 없을 뿐 아니라 무엇을 쥐어줘도 망해 먹을 놈이야."

여추량은 아무 말도 하지 않은 채 동천비가 분노한 얼굴로 하는 말을 들었다.

"일생에 보탬이 안 되는 자식, 그 자식에게는 절대 은자 한 푼도 남겨줘서는 안 돼. 그건 내가 못 참아."

여추량이 가볍게 한숨을 내쉬었다.

눈앞으로 동천몽의 장난기 가득한 얼굴이 떠올랐기 때문이다.

아무리 보고 또 보아도 헷갈렸다. 사내가 분명한데 차린 행색은 영락없는 계집이었다. 귀고리는 그렇다 치더라도 열 개의 손톱을 붉게 물들인 것과 몸에서 나는 냄새는 계집들이 풍기는 향기였다.

그뿐만이 아니었다. 음식을 먹는 동작 역시도 계집들이 취하는 동작과 완벽하게 닮았다. 숟가락의 절반 정도만 밥을 떠 넣고 소리없이 우물거렸고 왼손에 쥔 흰 손수건으로 자꾸 입가에 묻은 찌꺼기를 닦아낸다.

'허참!'

삼식의 두 눈은 창가에 앉아 식사를 하는 백쾌섬에게서 떨어질 줄 몰랐다. 올해로 점소이 생활 팔 년이 되었지만 도무지 남자인지 여자인지 구별을 할 수 없는 사람은 처음이었다. 연신 고개를 좌우로 갸웃거리며 백쾌섬의 정체에 대해 의문을 풀려고 할 때 그가 고개를 들더니 조용히 불렀다.

"잠깐 와보겠는가?"

삼식이 잽싸게 달려가 넙죽 허리를 구부렸다.

"뭐가 필요하십니까, 손님?"

슥슥!

백쾌섬이 가녀린 손가락에 손수건을 쥐고 입을 닦으며 말했다.

"자네, 혹시 동천몽이란 친구에 대해 잘 아는가?"

"아, 천몽이 형님요?"

"아니, 천몽이 형님이라니? 내가 알기로 그는 올해 열여섯밖에 먹지 않은 걸로 아는데, 스물은 넘어 보이는 자네가 어찌 형님이라고 하는가?"

삼식이는 아무렇지도 않다는 듯 말했다.

"세상사가 꼭 나이로 형님 아우 따집니까? 한데 천몽이 형님은 왜 찾는데요? 그분 지금 이 바닥에 없을걸요?"

"이 바닥이라니?"

"여기 소주 말이에요. 이곳 소주에서는 독고였죠."

"독고?"

점소이가 약간 짜증스럽게 말했다.

"독고도 몰라요? 누구도 적수가 없었다구요."

"도대체 무슨 말을 하는 건가? 아무리 그렇다고 이제 갓 열
여섯 살 먹은 아이를 누구도 이기지 못하다니?"

점소이가 눈을 부릅떴다.

"이 손님, 이제 보니 영 뭘 모르시네. 세상이 나이로 싸움
실력 따집니까? 손님 말대로라면 구십, 백 살 먹은 노인들이
제일 쌈을 잘하겠네요?"

백쾌섬은 눈을 동그랗게 떴고 점소이는 우기듯 말을 이었다.

"그렇잖아요, 지금 손님 말투가."

백쾌섬이 환하게 웃었다.

"자네 말이 맞군. 싸움은 나이순이 아니지. 그 동천몽 형님
이라는 분에 대해 말 좀 해주겠나?"

"사실 천몽 형님께서는 얼마 전 정체불명의 인물들에게 잡
혀가셨습니다. 좀 더 자세한 얘기를 알고 싶으면 필광이 형님
을 찾아가 보세요."

"필광이 형님? 그는 또 누군가?"

그때 발자국 소리가 들리더니 다섯 명의 흑의사내가 이층

에 나타났다.

그들을 발견한 삼식의 안색이 변하더니 목소리를 낮추어 말했다.

“호랑이도 지 말하면 온다더니, 필광이 형님입니다. 저들 모두 천몽이 형님 밑에 있던 형천파 형님들입니다.”

그리고 잽싸게 사내들 쪽으로 다가가 넙죽 절을 하고 큰 소리로 말했다.

“형님들, 오랜만에 오셨군요. 어서 앉으십시오.”

우당탕!

퍼펵!

사내들은 거칠게 의자를 끌어당기며 주저앉았다.

의자에 등을 비스듬히 기대어 앉으며 거들먹거리는 목소리로 말했다.

“왜 이렇게 손님이 없느냐? 가서 시원한 계육탕 다섯 그릇만 가져오너라.”

“아, 예.”

점소이가 꾸벅 절을 하고 신속하게 주방으로 달려갔다.

카악!

한 사내가 그냥 주루 바닥에 가래침을 뱉으며 맞은편에 앉은 코에 커다란 사마귀가 붙은 뚱뚱한 사내를 향해 물었다.

“필광이 형님, 혹시 큰형님에 대해 소식 들은 것 있습니까?”

퍼억!

　순간 필광이 점소이가 마시라고 가득 채워준 물 잔을 들어 맞은편 사내의 얼굴을 찍어버렸다.

　"아이고!"

　사내가 비명을 지르며 양손으로 얼굴을 감쌌는데 코에서 피가 줄줄 흘러내렸다.

　"너 지금 뭐라고 했어? 이런 죽일 놈이."

　필광이 욕설을 뱉으며 일어나 자신이 앉았던 의자를 들어 그대로 내려쳤다.

　화악!

　꽈직!

　"허그아악!"

　사내가 뒤로 벌렁 나자빠졌다.

　사내의 얼굴은 피가 범벅이 되었는데 잽싸게 일어나 필광의 발아래 무릎을 꿇고 머리를 엎드렸다.

　"자, 잘못했습니다, 큰형님. 한번만 용서해 주십시오."

　필광이 으르렁거리며 말했다.

　"내가 누구냐?"

　"혀… 형천파의 두목이시자, 저희들의 큰형님이십니다."

　필광이 코피를 흘리고 있는 사내를 노려보았다.

　"너, 조금 전 날 뭐라고 불렀느냐?"

　"자비를 베풀어주십시오. 습관이 되어 저도 모르게 그만 천몽이, 그 자식을 큰형님으로 부르고 말았습니다. 이제 큰형님은 형천파의 하늘이십니다."

필광이 부하들을 보며 말했다.

"똑똑히 들어라. 이제 형천파에 동천몽은 없다. 오직 나 필광이만 존재할 뿐이다."

"예!"

"명심하겠습니다, 큰형님."

사내들이 일제히 허리를 구부렸고 그제야 필광이 분이 조금 풀린 듯 자리에 앉았다.

어려서부터 주먹 하나만큼은 알아주었다. 특히 배포만큼은 누구에게 뒤지지 않았다. 하지만 동천몽을 만나면서부터 자신의 주먹과 배포는 구겨져야 했다. 도저히 동천몽에게는 주먹과 배포 모두 비교가 되지 않았고 넘어설 수가 없었다.

그런 눈엣가시 같은 동천몽이 마침내 사라진 것이다. 그래서 이제 그토록 되고 싶어하는 큰형님이 되었는데 습관 탓인 듯 부하들이 동천몽을 큰형님으로 부르자 심사가 꼬였다.

"뭐야, 이 새끼? 코뼈가 아예 나가 버렸잖아?"

동료 한 명이 얻어터진 사내의 얼굴을 물수건으로 닦아주다 말고 흔들거리는 코를 보며 놀란 표정을 지었다.

"코… 코뼈는 다른 뼈와 달리 한 번 나가 버리면 붙더라도 삐딱하게 휘어지는데 큰일 났군."

"어디, 어디."

다른 동료가 코뼈 부러진 사내의 코를 만져 보더니 놀란 표정으로 말했다.

"이거 완전히 덜렁거리잖아?"

필광이 버럭 소릴 질렀다.

"새끼들아, 숨만 쉬면 되지, 코뼈 부러진 것이 무슨 부상이라고 호들갑들이야! 시끄러!"

필광의 호통에 모두들 제자리에 앉았고 두들겨 맞은 사내의 콧구멍에는 두 개의 휴지 조각이 박혀 있었다.

"말 좀 묻겠소."

그때 백쾌섬이 어느새 사내들 탁자 앞에 다가와 섰다.

사내들이 불량한 시선으로 백쾌섬을 바라보았는데 차림새에 모두가 놀라는 반응을 보였다.

"뭐… 뭐요?"

콧구멍을 종이로 막고 있는 사내 좌측으로 앉은 작달막한 체구의 사내가 물었다.

백쾌섬이 필광이를 보며 물었다.

"필광이라는 분이시오?"

누구냐는 듯 필광이 백쾌섬을 매서운 눈으로 올려다보았다.

백쾌섬이 입가에 가느다란 미소를 지으며 말했다.

"난 천상각의 부탁을 받고 동천몽이란 사람을 찾아다니는 중이오. 몇 가지만 묻고 싶은데 대답 좀 해줄 수 있겠소?"

동천몽이란 이름이 나오자 필광이 흠칫했다.

하지만 이내 표정을 굳히더니 무뚝뚝하게 물었다.

"뭘 알고 싶다는 것이오?"

"동천몽이 납치될 당시 함께 있었다고 들었소."

"사실이오."

필광이 이마를 약간 찌푸리더니 맞은편 코뼈 부러진 사내를 보며 말했다.

"혁상이, 네가 그날 있었던 일에 대해 설명해 줘라."

혁상이란 사내가 막힌 코로 인해 숨을 쉴 수가 없자 입을 떡 벌린 채 말했다.

"중들이었소."

"중이라면?"

혁상이 버럭 소릴 질렀다.

"니기미, 중도 몰라? 머리 깎고 뻘건 가사 입고 다니는 그 중 새끼들 말이오!"

백쾌섬이 알았다는 듯 미소를 지으며 고개를 끄덕였다.

혁상이 말했다.

"어휴~ 그날 우리가 술만 취하지 않았더라도 깨지지 않는건데."

혁상이 목구멍에 가득 찬 핏덩이를 뱉어내곤 그날 있었던 일을 얘기했다.

"한참 열 내고 있는데 남의 방에 양해도 구하지 않고 쳐들어오는데 눈이 확 돌더라고. 술 취하면 이따금 뒷간 갔다가 자기들 방을 못 찾고 남의 방으로 들어가는 띨띨한 인간들 있잖수.

우리도 그런 놈으로 알았지. 그런데 이 씨발놈들이 다짜고짜 천몽이 형님을 데리고 나가잖아. 그래서 붙었지. 그런데……."

잠시 말을 끊은 혁상이 다시 말했다.

"미치겠더라고. 어찌나 술이 취했는지 몸이 제대로 말을 들어야 말이지. 술 앞에 장사 없다는 말을 그때 깨달았지. 두 눈 뻔히 뜨고서도 당했지 뭐."

"지금 중들이라고 했소?"

"그렇다니까. 젠장!"

혁상이 버럭 소릴 질렀다.

백쾌섬의 이마가 찌푸려졌다. 전혀 예상을 빗나간 대답이 나온 것이다. 이미 동오룡을 통해 납치범들이 승려였다는 얘 긴 들었다. 하지만 오랫동안 많은 현상금 수배자들을 추적해 온 경험에 비춰 대부분의 범죄자들은 얼굴이나 행색을 바꾼 다. 이번 사건 또한 신분을 감추기 위해 납치범들이 승복을 걸쳤을 것으로 단정하고 있었는데 아니라는 대답에 혼란을 느낀 것이다.

"틀림없소? 확실히 승려들이었단 말이오?"

필광이 조용히 말했다.

"보아하니 승려로 위장한 사람들이 아니었느냐는 질문 같 은데 그들은 중놈들이었소. 아무리 승복으로 위장해도 중놈 에게서 나는 고유의 냄새까지는 어쩔 수가 없지."

"냄새라면?"

"불향 냄새, 알겠지만 불향은 일반 향과 다르다는 것쯤은 알 것이오."

백쾌섬의 얼굴이 딱딱해졌다.

필광의 말처럼 불향은 다르다. 조금만 냄새에 신경을 쓰다 보면 일반 향과 다르다는 것을 알 수 있다. 중들이 데리고 갔다면 사건은 의외로 복잡해진다.

툭!

백쾌섬이 조그만 주머니 한 개를 탁자 위로 던졌다.

혁상이 멈칫거리다 주머니를 주워 안을 들여다보더니 놀란 표정을 지었다.

"은자 아냐?"

"내 질문에 대답해 준 것에 대한 답례오이다. 고맙소이다. 그럼 맛있게들 드시오."

백쾌섬이 천천히 주루를 걸어나갔다.

필광을 비롯해 모든 사람들이 사라지는 백쾌섬을 돌아보았다. 그의 모습이 사라지자 사내들이 혁상의 손에 쥐어진 주머니를 낚아챘다.

"얼마야?"

"많아?"

앞 다투어 들여다보던 사내들의 눈이 휘둥그레졌다.

"조… 족히 은자 열 냥은 되겠는데요, 형님."

혁상이 백쾌섬이 사라진 입구 쪽을 보며 말했다.

“누굴까요? 새끼, 생긴 건 꼭 기생오라비 같은데 만만찮아 보이던데요.”

필광이 주머니 안을 들여다보는 부하들을 향해 버럭 소릴 질렀다.

“이 자식들아, 은자 첨 보냐?!”

필광의 외침에 화들짝 놀라며 사내들이 주머니를 밀어놓고 조용해졌다. 필광이 근엄한 표정으로 주머니 안의 은자를 들여다보더니 조용히 자신의 품속으로 집어넣었다.

*　　*　　*

문을 열고 들어서자 자욱한 수증기가 앞을 가렸다. 솥뚜껑을 열었을 때처럼 수증기는 뜨거운 열기를 내뿜고 있었다. 그러나 동천몽을 더욱 놀라게 하는 것은 냄새였다.

동천몽은 콧구멍을 벌름거리며 냄새를 흡입했다. 냄새가 콧속으로 빨려들어 가자 뱃속이 시원해졌고 머리 또한 시원한 찬물에 담근 듯 맑아졌다.

“흐흠!”

발정난 산양의 수컷이 고개를 쳐들고 허공에 흩어진 암컷의 흔적을 맡듯 한참 동안 냄새를 맡던 동천몽이 물었다.

“이건 무엇이냐? 쥐이는구나.”

천장금왕이 수증기 너머에서 대답했다.

“좋습니까?”

“쥐인다고 하지 않았느냐?”

동천몽은 연신 코를 벌름거리며 천장금왕을 향해 다가갔다.

천장금왕은 거대한 욕조 앞에 우뚝 서 있었는데 향기로운 수증기는 욕조 안에서 흘러나왔다.

“도대체 그 안에 뭐가 들어 있기에?”

동천몽이 욕조 가까이 다가가 안을 들여다보고 깜짝 놀란 표정을 지었다. 욕조에는 쌀뜨물 같은 흰 액체가 찰랑거리며 넘칠 듯이 가득 채워져 있었다.

동천몽이 고개를 숙이고 가까이 냄새를 맡더니 탄성을 내뱉었다.

“키햐, 이게 뭐냐? 보약이냐? 보약이 이렇게 많을 리는 없을 테고.”

“궁금하십니까?”

천장금왕이 손을 움푹하게 만들더니 흰 액체를 떠서 입에 넣고 마셨다.

“드셔보시겠습니까?”

동천몽이 잠시 멈칫거리다 손을 움푹하게 만들어 흰 액체를 떠 입에 넣었다. 짭짭 소리를 내며 맛을 음미하던 동천몽의 눈이 커졌다.

“이게 무슨 맛이지? 환상이로구나.”

어려서부터 머리에 좋다는 수많은 영약을 먹어보았지만

그 어느 것도 눈앞의 흰 액체의 맛을 따를 수 없었다.

"국화공주민박석백유(椈和恐主珉乳石白乳)이라는 것이옵니다. 본 궁 대대로 내려오는 비법으로 삼천육백쉰다섯 가지의 온갖 약재를 섞어 달인 영유(靈乳)이지요. 앞으로 백팔 일 동안 국화공주민박석백유에 몸을 담그시면 체질이 완벽하게 변할 것이옵니다."

동천몽은 연신 손으로 국화공주민박석백유를 떠서 쩝쩝거리며 맛을 보았다.

"국화공주민박석백유은 오로지 대법왕님에게만 사용되는 영유로써 단숨에 대법왕님을 환골탈태시킬 것입니다. 어서 옷을 벗고 들어가십시오."

"먹기도 아까운 이 귀한 것으로 목욕을 하란 말이냐?"

"먹는 것보다 담그는 것이 훨씬 큰 효과를 가져옵니다. 어서 들어가십시오."

동천몽이 옷을 홀라당 벗었다. 몸에 좋다고 했으므로 망설일 필요가 없었다.

"뭘 보느냐?"

동천몽이 인상을 썼다.

천장금왕의 시선이 하체의 중요 부위를 쳐다보았기 때문이다.

"아… 아미타불! 죄송스런 말씀이옵니다만, 어떻게 그것까지 전 대법왕님 것과 똑같단 말입니까?"

“서… 설마, 그 사람 것도 내 것처럼 작단 말이냐?”

“아미타불! 예.”

“그냥 들어가면 되느냐?”

“그렇사옵니다. 목욕하듯 가벼운 마음으로 들어가시면 됩니다.”

동천몽은 가볍게 양손을 좌우로 돌리며 몸을 풀더니 곧바로 욕조 안으로 들어갔다.

욕조는 제법 깊었고 바닥에 결가부좌하자 턱 밑까지 차올랐다.

“매일 아침 묘시에 들어가셔서 정확히 술시에 나오셔야 합니다. 식사는 때가 되면 팔용이 가져다 드릴 것입니다.”

“이 안에서 밥을 먹으란 말이냐?”

“백팔 일 동안 그렇게 하셔야 합니다. 그리고 그 안에서 한 가지 외워야 할 것이 있습니다.”

“흐흐! 어, 좋다! 그래, 뭐냐?”

“지금부터 소승이 불러주는 내용을 한 자도 빠뜨리지 말고 외우셔야 합니다.”

화악!

흡족한 얼굴로 앉아 있던 동천몽이 깜짝 놀라며 눈을 떴다.

“뭐… 뭘 외운단 말이냐? 설마 여기에 안에 앉아 공부를?”

“별것 아닙니다. 내용도 별것없지요. 지금부터 속하가 불러 드릴 테니 기억을 하였다가 하루에 세 번씩 외우셔야 합니다."

천장금왕이 심호흡을 하더니 느릿한 목소리로 주문을 외우듯 말했다.

도남라전 군성보벌 교고읍지 화중지천 목정지야.
아형발시 급시당명 세월부대 시불가상 독시무태.
연불가거 시불가지 종즉유시 일월파천 수라불타.
겸월불거 시혈여겸 아여세혈 진덕수수 햄우겸인.
천금미매 매청춘혈 일월진극 황하청혈 무위겸천.

천장금왕이 입을 닫고 돌아보았다.
"어떻습니까? 외울 수 있겠습니까?"
동천몽이 인상을 찌푸리며 물었다.
"처… 처음이 뭐라고 했더냐?"
"도남라전입니다."
"음… 도남라전, 도남라전, 도남라전……."
동천몽이 열심히 중얼거리며 외우기 시작했다.
"두 번째는?"
"군성보벌이지요."
"맞아. 군성보벌, 군성보벌, 군성보벌."
그리고 다시 고개를 갸웃했다.
눈치를 차린 천장금왕이 말했다.

“교고읍지.”

“어어! 그래, 교고읍지였지. 달빛이 교고하다 할 때 그 교고 아냐?”

천장금왕의 안색이 굳어졌다.

“그건 교고가 아니라 교교입니다.”

동천몽이 인상을 쓰며 쏘아붙였다.

“네 번째나 말해봐라.”

“화중지천이옵니다.”

“화중지천, 다섯 번째는?”

“한 번에 다 외우시려고 하지 말고 처음부터 하나씩 외우시지요. 그럼 처음 대목을 말씀해 보시겠습니까?”

동천몽이 입을 열었다.

“도… 도리… 도리.”

“도리가 아니라 도남입니다.”

“아 그렇지. 도남… 도남라면, 이건 아니고 도남라사… 이것도 아닌데.”

천장금왕의 눈빛이 흔들렸다.

동천몽이 천장금왕의 눈치를 살피며 열심히 눈알을 좌우로 굴렸다.

“도… 도리짓고… 아니고.”

천장금왕의 안색이 급기야 흑빛으로 변했다.

‘아… 아미타불! 머리 나쁜 것까지!’

동천몽은 눈치를 살피며 열심히 중얼거렸다.

"도… 도남삼봉, 이건 아니야. 도남육백… 아냐, 아냐."

"밖에 팔용이 있느냐?"

문이 열리는 소리가 들리더니 잠시 후 수증기를 뚫고 팔용이 들어섰다.

천장금왕이 빠르게 말을 이었다.

"당장 습기에 젖지 않는 양피지에 불사심법(不死心法)을 적어오너라."

"명을 받사옵니다."

팔용이 나갔다.

동천몽은 여전히 도남에서 더 나아가지 못하고 계속 중얼거리고 있었다.

"다시 한 번 불러 드리겠습니다. 정신 똑바로 차리고 들으십시오."

"불러보아라."

동천몽이 눈을 빛내자 천장금왕이 불사심법의 구결을 천천히 읊기 시작했다.

동천몽은 귀를 바짝 세우고 들었다. 모든 구결을 다 읽고 난 천장금왕이 묻자 동천몽은 또다시 더듬거리며 헤매기 시작했다.

"도남… 도남… 아유, 미치겠구만."

자신의 머리를 쥐어박으며 괴로워하는 동천몽을 보며 천

장금왕은 속으로 중얼거렸다.

'본 궁의 역사를 담은 포랍불서에 보면 수많은 대법왕의 환생자가 있었지만 이 정도로 완벽하게 똑같은 적은 없었다.'

완벽히 닮은 것은 기뻐해야 할 일이었지만 타계한 전 대법왕이 워낙 머리가 나빠 크게 이루어놓은 일이 없었으므로 은연중 걱정이 되었다.

"가져왔사옵니다."

그 순간 팔용이 나타났는데 그의 손에 한 장의 양피지가 들려 있었다.

천장금왕이 양피지를 살피더니 동천몽에게 건네주었다.

"국화공주민박석백유가 묻어도 젖거나 찢어지지 않을 테니 이걸 보면서 외우십시오."

동천몽이 양피지를 받아 들었다.

"도남라전. 맞아, 이거야. 군성보벌 교고웁지……."

동천몽이 큰 소리로 읽기 시작했고 잠시 염려스런 얼굴로 쳐다보던 천장금왕이 허리를 구부린 후 밖으로 나왔다.

침통한 표정으로 나오는 천장금왕을 보며 팔용이 조심스럽게 물었다.

"무슨 걱정이라도……."

"후유!"

천장금왕이 길게 한숨을 내쉬며 자신을 쳐다보는 팔용을

바라보았다.

"팔용아."

"하명하소서."

"넌 대법왕님을 어떻게 보느냐?"

팔용이 무슨 뜻인지 몰라 눈을 깜박거리고만 있었다.

"말해보아라, 네가 느낀 대로."

팔용이 한참 천장금왕의 눈치를 살피더니 조심스럽게 말했다.

"저 같은 놈이 감히 대법왕님께 대해 어찌 평가를 내릴 수가 있단 말이옵니까. 단지 너무 놀라울 만큼 닮았다는 것이 속하는 기쁠 뿐입니다."

천장금왕이 고개를 끄덕였다.

"나 또한 마찬가지다. 하나, 너무 닮았다는 것이 걱정이구나."

"……."

"타계하신 전 대법왕께서는 본 궁의 수많은 궁주님들 중 가장 무공이 낮으셨다. 그 이유가 어디에 있는지 아느냐?"

팔용은 모르겠다는 듯 쳐다보기만 했다.

천장금왕이 느릿하게 말을 뱉었다.

"이것이다. 두뇌가 떨어졌기 때문이지. 그분은 아침에 가르친 것을 점심때면 잊어버렸다. 그런데 환생하신 대법왕님 또한 머리가 상상을 벗어날 만큼 나쁘구나."

"그럼 어찌 되는 것입니까? 대법왕님이 배우셔야 할 무공은 엄청 어렵고 난해하여 머리가 뛰어난 사람들도 손쉽게 이해하지 못하는데."

"아미타불! 흉인지 복인지."

나직이 중얼거리며 천장금왕이 천천히 지하 계단을 올라갔다.

축 처져 올라가는 천장금왕을 보며 팔용이 중얼거렸다.

"도대체 얼마나 머리가 나쁘시기에 수석 법왕님께서 저렇게 고민하신단 말인가."

지하 석실을 벗어나 서너 걸음 걸어가던 천장금왕이 걸음을 세웠다. 잠시 우울한 낯빛으로 서 있더니 고개를 들어 하늘을 올려다보았다. 붉은 해는 어느덧 중천을 향해 오르고 있었고 하늘에는 구름 한 점 없었다.

햇빛 때문일까, 천장금왕의 인상은 잔뜩 찌푸려져 있었다.

"무슨 걱정거리가 있어 그렇게 하늘을 노려보느냐?"

약긴 비아냥대는 듯한 음성이었다. 순간 하늘을 올려다보고 있던 천장금왕의 표정이 멈칫했다. 목소리의 주인공이 누군지 파악한 듯했다.

천천히 소리 난 곳으로 고개를 돌렸다.

"사숙을 뵈옵니다."

우측 십여 장쯤에 칠층 석탑이 세워져 있었는데 탑을 등지
고 한 명의 비쩍 마른 고승이 맨발로 우뚝 서 있었다. 얼굴은
새끼줄을 칭칭 동여매 놓은 듯 주름살이 가득했고 키는 아주
작았다. 걸치고 있는 승포 또한 닳고닳아 헝겊을 잇대어 꿰맨
바느질 자국이 빼곡했다.

만경선불(萬敬仙佛), 올해 세수 백오십으로 궁내에서 가장
나이가 많으며 천장금왕에게는 사숙이 된다.

"말해봐라, 왜 하늘을 보고 한숨을 내쉬었는지."

만경의 움푹 팬 두 눈에서 푸른 섬광이 뻗어 나왔다.

"아니, 이놈이 내 말이 말 같지 않단 말이냐? 왜 하늘을 보
고 한숨을 지었느냐고 묻지 않느냐?"

천장금왕이 대답을 하지 않자 몇 가닥 남아 있지 않는 눈썹
이 파동을 쳤다.

비록 자신의 나이가 백 살이 넘었지만 사숙이면 하늘과 같
은 존재이다.

"그… 그렇잖아도 지금 사숙님을 찾아가던 중이었습니
다."

"네놈이 날 왜?"

만경이 쏘아붙이듯 물었다. 사실 만경과 천장금왕의 관계
는 그다지 원활하지 못했다. 항렬로는 사숙이 되지만 직분은
자신이 높다. 사대법왕 중 수석이면 대법왕에 이어 궁내 서열
이위인 것이다. 그래서 대법왕이 타계하고 난 지난 십육 년

동안 적지 않게 만경과 부딪쳤다. 좀 더 솔직히 말한다면, 만경이 대법왕 자리를 노골적으로 내놓을 것을 요구했고 자신은 막았다. 포달랍궁의 대법왕은 아무나 올라앉을 수 있는 자리가 아니었다. 대법왕이 타계하기 전 자신이 미리 다음 대법왕을 지목한다. 혹 지목을 받지 못할 경우에는 대법왕의 환생자로 생각되는 사람을 찾아 천하를 뒤져 찾아내는 것이다.

아무튼 자신이 대법왕 자리에 앉겠다는 요구를 가로막은 천장금왕 사이에는 이미 메울 수 없을 큰 고랑이 파여 있었다.

"대법왕님의 환생자를 찾았사옵니다."

"뭐… 뭐라고 했느냐? 대법왕의 환생자를 찾았다고 했느냐?"

"예, 사숙."

믿을 수 없다는 듯 만경이 숨을 크게 들이마셨다.

"그게 정말이냐? 그는 지금 어디에 있느냐?"

"송구하오나 말씀해 드릴 수 없사옵니다. 분명한 건 궁내에 들어와 계신다는 것입니다."

"네 이놈, 노납은 포달랍궁 최고의 어른이다. 전 대법왕의 환생자인지 아닌지 나 또한 직접 확인할 의무와 자격이 있다는 얘기니라."

천장금왕이 허리를 조아리며 말했다.

"조금만 참아주소서. 찾으려 하시지 않아도 어느 정도 시간이 지나면 대법왕께서 친히 사숙을 뵈러 갈 것입니다."

"그래서 끝내 보여줄 수 없단 말이냐?"

“용서하소서.”

“이놈이 보자 보자 하니까.”

만경의 오른손이 반쯤 쳐들려 올려졌고 소맷자락이 풍선처럼 팽팽하게 부풀어 올랐다. 금방이라도 천장금왕을 향해 살수를 펼칠 기세였다. 천장금왕은 전혀 주눅 들지 않고 만경을 똑바로 쳐다보았다.

파파파팡!

소맷자락에서 거친 바람 소리가 흘러나왔고 한참을 노려보던 만경이 오른손을 내렸다.

“그럼 소질은 이만.”

천장금왕이 가볍게 허리를 구부리고 천천히 만경을 지나 사라졌다.

한동안 분노를 거두지 못하고 석상처럼 서 있던 만경이 천천히 몸을 돌려 사라지는 천장금왕을 노려보았다.

천장을 바라보는 만경의 두 눈에서는 매서운 살기가 뻗어나오고 있었다.

“일목, 있느냐?”

휘이이!

한줄기 미풍이 불어오더니 어느새 만경 앞에 한 사내가 우뚝 섰다. 사내의 키는 호리호리했다. 그런데 놀랍게도 사내의 눈이 하나뿐이었다. 두 개의 눈 중에서 한쪽을 상실하여 하나가 된 것이 아니라 미간과 코 중간에 주먹 크기로 한 개만 박혀 있는 것이었다.

"금왕, 이놈이 환생한 대법왕을 찾았다는구나."

파앗!

하나뿐인 사내의 눈이 발광했다.

푸른 녹광이 번개처럼 피어났는데 쇠라도 꿰뚫을 만큼 강렬했다.

"찾아라."

"……."

"죽여라. 아니, 산 채로 내 앞으로 끌고 와라."

"예, 주인."

"궁 안에 있다고 했으니 샅샅이 뒤지면 찾을 수 있을 것이다. 반드시 찾아야 한다."

"걱정 놓으십시오. 아무리 깊이 감춰두었다고 해도 한 달이면 찾아낼 자신있습니다. 그럼 지금부터 뒤지겠습니다."

일목이 나타날 때처럼 바람과 같이 사라졌다.

만경이 나직이 중얼거렸다.

"건방진 놈들, 절대 묵과하지 못한다."

만경의 두 눈에서 바늘 같은 한기가 뻗어 나왔다. 꼼짝 않고 분노의 표정으로 서 있던 만경이 몸을 돌려 사라졌다.

第四章
불사심법

팔용의 얼굴이 벌겋게 달아올라 있었다. 솟구쳐 오르는 분노와 답답함을 가까스로 짓누르느라 가슴이 터질 것 같았다. 벌써 수백 번을 읽어주었고 어느새 여덟 달이 흘렀는데도 동천몽은 단 한 줄도 외우지 못했다. 사람의 머리는 다 똑같지 않다고 하지만 이건 숫제 돌덩이가 따로 없었다.

"제… 제발 외워주십시오."

팔용도 지쳤고 이제는 애원으로 나왔다.

"허흠! 미… 미안하다. 내가 너무 좀 그렇지?"

스스로도 계면쩍은 듯 헛기침을 하며 어색하게 웃었다. 하지만 이내 표정을 고치며 진중해졌고 반드시 외우고야 말겠다는 의지가 넘쳐흘렀다.

"도남라… 라… 라돈, 아니지. 도남라… 라라… 절. 이것도 아니고."

팔용이 고개를 들어 천장을 올려다보았다.

대법왕만 아니라면 이미 옛날에 패 죽였을 것이다.

"이봐, 너 지금 인상 쓰는 거야?"

동천몽이 천장을 보며 괴로워하는 팔용을 노려보았다.

팔용이 화들짝 놀라며 표정을 고쳤다.

"그… 그게 아닙니다. 잠시 배가 아파."

"이제 생각났다. 도남라전 어때? 맞지?"

팔용의 굳었던 얼굴이 활짝 펴졌다.

"오오! 장하십니다. 맞추었습니다. 그다음 부분을 말씀해 보십시오."

동천몽이 침을 삼키며 눈을 희번덕거렸다.

"구… 군성… 보오… 군성보… 통, 이건 아니고, 군성보안 이것도 아니고… 아! 생각났다. 군성보벌."

"오! 예! 계속하십시오."

"그다음에는 교고… 교고… 교고… 교고."

팔용이 눈을 빛내며 말했다.

"서두르면 절대 안 됩니다. 곰곰이 생각하고 대답하십시오. 교고 그다음에는 뭡니까?"

"교고읍."

"맞습니다. 마지막 한 글자?"

동천몽의 눈알이 부지런히 돌았다.

생각해 내기 위해 안간힘을 쓰고 있었다.

"그래, 교고읍지."

"아미타불! 또 맞추었습니다, 대법왕이시여."

팔용이 좋아 어쩔 줄 몰라 했다. 그에 반해 동천몽의 이마에는 땀방울이 송골송골 맺혀 있었다.

＊　　　＊　　　＊

밖은 아직도 캄캄했다. 동녘 하늘에 붉은 서광이 비추려면 상당한 시간을 더 기다려야 할 것 같은 어두운 새벽에 천장금왕이 묵는 천량전 문이 열렸다.

흠칫!

들어서던 천검은왕이 깜짝 놀라는 표정을 지었다. 자신은 아직 천장금왕이 잠자리에 있을 것이라고 생각하여 너무 이른 방문이 아닐까 은근히 걱정했었다. 그런데 천장금왕은 이미 이부자리를 단정하게 개놓고 결가부좌하여 운기조식을 취하고 있었다.

칠채서광이 천장금왕의 온몸을 감싸고 있는 것이 운기조식이 절정에 이르고 있음을 알 수 있었다. 잠시 후 몸을 감싸고 있던 칠채서광이 천장금왕의 콧속으로 스며들며 눈을 떴다.

"아직 날이 새려면 멀었는데 무슨 일로 이렇게 일찍 날 찾아왔는가?"

사대법왕 중 천검은왕의 행동이 가장 진중하다. 함부로 경솔하게 움직이지 않고 남의 말을 쉽게 믿지 않는다. 생각은 길게 하지만 일단 결심이 서면 과감히 행동으로 나선다.

"자네가 날 이렇게 일찍 찾아온 걸 보면 궁내에 좋지 않은 중차대한 일이 벌어진 게로군."

"그렇습니다. 불법(不法)이 살해되었습니다."

"몇 명인가?"

"벌써 일곱입니다."

천장금왕의 표정이 굳어졌다.

지금 포달랍궁에는 열 명의 가짜 동천몽이 있다. 가짜 대법왕이라고 하여 불법(不法)이라고 불리는 십 인.

반대 세력의 시선을 유도하기 위해 제자들 중 일부를 골라 가짜 행세를 하도록 만든 것이다. 그런데 불과 며칠 만에 일곱이 죽었다는 것은 자신들의 의도가 큰 효과를 보지 못하고 있다는 뜻이었다.

"역시 사숙 쪽이겠지?"

"그럴 것입니다."

"으음……!"

천장금왕이 자리에서 일어나 무거운 얼굴로 천검은왕을

쳐다보았다.

만경이 노골적으로 나섰다는 것은 더 이상 물밑 작업 따위는 하지 않겠다는 의도였다. 정면 돌파를 하겠다는 의지인 것이다. 포달랍궁에서 가장 배분이 높고 그를 따르는 원로들이 적지 않다. 그가 본격적으로 나섰다면 사태는 더욱 엄중해진다.

만경은 사제인 전전 대법왕에게 대법왕의 위(位)를 빼앗겼다. 그런데다 사질인 전 대법왕에게조차 밀리자 그의 분노는 폭발 직전에 있었다.

"어찌할까요?"

천검은왕이 물었지만 천장금왕은 대답하지 않았다.

지금으로서는 뾰족한 수가 있는 것도 아니었다. 최선을 다해 만경 사숙 쪽의 시선을 다른 곳으로 돌리고 그사이에 부지런히 동천몽을 키워내는 것만이 유일한 방법이었다.

사실 만경에게 끝까지 동천몽의 존재를 감출 수가 있었다. 하지만 이유야 어쨌든 포달랍궁 제일어른이다. 상대가 아무리 자신과 대립각을 세우고 있다고 해도 만경에게는 얘길 해주는 것이 도리일 것 같았다.

* * *

보통 사람이라면 하루 정도면 충분히 외울 심법을 동천몽은 무려 한 달 만에 가까스로 기억했다. 그것도 처음부터 끝까지 단숨에 일사천리로 외우지는 못하고 더듬거리는 수준이었다.

"허음!"

국화공주민박석백유에 들어앉은 동천몽이 목을 좌우로 돌렸다. 팔용으로부터 훌륭하다는 칭찬을 받은 뒤이기도 했지만 자신의 머리로 그 복잡한 불사심법을 외웠다는 것이 꿈만 같았기 때문이다. 어떤 내용인지 알 필요도 없고 알고 싶지도 않았다. 단지 외우라고 했으므로 외웠을 뿐이다.

한 달 만에 겨우 외워놓고 잔뜩 목에 힘을 주고 있는 동천몽을 쳐다보는 팔용의 입가에 씁쓸한 미소가 떠올랐다.

지난 한 달 동안 지켜본 동천몽의 지능은 생각보다 심각했다. 동천몽은 게으름을 피우지 않았고 나름대로 최선을 다했다. 그렇기 때문에 더욱 답답한 것이다. 차라리 요령을 피우며 노력을 하지 않은 상태에서 한 달 만에 외웠다면 어느 정도 이해가 가는데, 죽자 사자 매달리며 심지어는 잠까지 줄여가며 외우는 것을 보았기 때문에 차라리 가슴이 아플 지경이었다.

그런데도 동천몽은 스스로의 능력에 감복한 듯 연신 헛기침을 하며 목을 좌우로 돌려대고 있었다.

"대법왕님."

"뭔데 또?"

"외운 불사심법을 오늘부터 하루에 세 번씩 외우십시오."

"세 번씩, 아침 점심 저녁으로 말이냐?"

"예! 아침 점심 저녁을 드시기 일다경 전에 외우시면 국화공주민박석백유가 조금씩 몸속으로 스며들 것입니다. 물론 외우고 이해하는 속도가 빠를수록 스며드는 속도는 빨라질 것입니다."

"한마디로 불사심법을 외우면서 국화공주민… 박석백… 유를 몸으로 흡수하란 뜻 아니냐?"

"갈수록 지혜로워지십니다. 맞습니다. 아주 정확히 보셨습니다."

"알았어. 염려 말고 나가봐. 지난 한 달 동안 가르치느라 고생했어. 나중 내가 큰 상을 내리지."

"가… 감사하옵니다. 그럼 속하는 이만."

팔용이 크게 허리를 구부리고 밖으로 나갔다.

팔용이 나가자마자 동천몽은 등을 기대며 길게 한숨을 내쉬었다. 어려서부터 책이라면 몸서리가 쳐질 만큼 싫었고 책만 보았다 하면 잠이 들었다. 가뜩이나 지능도 떨어지는데다 책까지 멀리하자 부친의 꾸중을 달고 살았다. 보통 사람은 꾸중을 들으면 다음부터 잘해야지 한다는데 이상하게 자신은 부친이 꾸중을 하면 할수록 오기로 책을 더욱 멀리했다. 그럴수록 자신에 대한 부친의 태도는 가혹했다.

그런데 그토록 글이라면 쳐다보기도 싫어한 자신이 한 달 만에 외웠다는 것은 흥분될 일이며 그만큼 마음을 독하게 먹었다는 뜻이기도 했다.

보통 사람들에게는 입 밖으로 꺼낼 수조차 없는 창피한 애기지만 자신으로서는 최선을 다했다. 하나라도 빨리 배울수록 이곳을 빠져나가는 날이 빨리 온다는 사실에 미친 듯이 노력한 것이었다.

'이럴 때가 아니지.'

잠시 눈을 감고 피곤함에 젖어 있던 동천몽이 등을 떼었다.

촤악!

가부좌를 틀고 앉아 불사심법을 외우기 시작했다.

'도남라전 군성보벌……!'

동천몽은 외우고 또 외웠다.

단 한시도 쉬지 않고 혀가 부르트도록 외운 결과 이제는 막힘이 없었다.

그런데 사흘쯤 지났을까. 열심히 불사심법을 외우던 동천몽이 억! 하는 놀라움을 터뜨렸다. 열심히 불사심법을 외우느라 미처 발견하지 못했는데 처음 턱 밑까지 차올랐던 국화공주민박석백유가 명치 부위까지 내려와 있었다.

'하면 줄어든 만큼 내 몸속으로 들어갔단 말인가?'

한 번도 몸으로 스며드는 광경을 목격하지는 못했다. 그런데 명치 부위까지 떨어졌다면 몸속으로 스며들었음이 분명했다. 그리고 석 달째가 되는 날 동천몽은 더 큰 놀라움을 경험했다. 국화공주민박석백유는 배꼽 아래까지 내려가 있었다.

그러나 더욱 놀라운 일은 다음에 벌어졌다.

술시가 되어 밖으로 나오던 동천몽이 그대로 머리를 석실 천장에 부딪친 것이다.

"아이고!"

비명을 지르며 바닥에 떨어진 동천몽의 눈이 커졌다.

바닥과 석실 천장은 약 이 장 정도 될 만큼 아주 높았다. 그런데 밖으로 나오기 위해 가볍게 다리에 힘을 주고 뛰어올랐을 뿐인데 천장에 머리를 박은 것이다.

잠시 부딪친 머리 부위를 오른손으로 감싸며 생각에 잠기던 동천몽이 다시 한 번 발끝에 힘을 주고 뛰어올랐다.

슈욱!

퍼억!

이번에는 조금 전보다 더욱 세차게 부딪쳤다.

"끄윽!"

머리가 깨질 듯 아파왔다.

그러나 바닥에 내려선 동천몽의 눈은 휘둥그레졌다. 까마득한 석실 천장까지 힘들이지 않고 뛰어오를 수 있다는 사실이 믿어지지가 않았다.

팟!

또다시 바닥을 박차며 뛰어올랐다. 이번에는 부딪칠 것을 염려해 양손으로 머리를 감싸 쥐었다.

푸욱!

손등이 천장에 부딪치고 몸은 다시 바닥으로 내려섰는데 떨어질 때도 가볍다. 또다시 한참을 생각에 잠겨 있던 동천몽의 머릿속으로 한 가지 생각이 떠올랐다.

'어쭈구리, 이게 바로 무림인들이 말하는 내공이라는 것이로구나.'

그는 무예에 대해서 전혀 문외한은 아니었다.

천상각에는 적지 않은 호위무사들이 있었고 왕왕 그들이 수련하는 장면을 구경할 수가 있었다. 무공을 모르는 입장에서 그들이 고수다 아니다 할 수는 없었지만 어지간한 높이와 거리는 단숨에 날아올랐다.

그런데 자신이 지금 그런 광경을 보이고 있는 것이다.

스윽!

동천몽은 걸음도 조용히 내딛지 않고 펄쩍 뛰어봤다. 그러자 놀랍게도 이 장 정도를 단숨에 건너뛰어 버렸다.

재미가 붙은 동천몽은 개구리처럼 폴짝폴짝 뛰었고 순식간에 석실의 계단을 벗어나 밖으로 나갔다.

밖은 이미 캄캄했는데 걸음에 재미가 붙은 동천몽은 일광전을 향해 계속 뛰었다. 그때마다 동천몽의 몸은 이삼 장씩 쏘아갔다. 그에 재미가 붙자 더욱 용을 쓰며 땅을 박찼다.

어둠 속에서 그 모습을 지켜보고 있던 천장금왕을 비롯한 천검은왕과 천권동왕이 감탄을 했다.

　"이상하군요. 머리가 나쁘면 상식적으로 무예의 진전도 느린 편인데 대법왕님은 전혀 그렇지 않다니."

　천검은왕이 말했다.

　천권동왕 또한 감탄 섞인 목소리로 말했다.

　"허참, 볼수록 희한합니다. 보법을 가르쳐 주지도 않았는데 시늉을 낼 줄 알다니 말입니다."

　"어쨌든 무예에 흥미를 가진 것이 다행일세. 배우기 싫다고 또다시 고집을 피우면 어떡하나 염려했는데."

　그때 문이 열리고 천지철왕이 들어섰다.

　들어서는 천지철왕을 보며 천장금왕이 물었다.

　"어찌 되었던가?"

　"조금 전 마지막 열 명째 불법이 시체로 발견되었습니다."

　천장금왕이 나직이 불호를 외웠다.

　예상보다 빠르다. 열 명 모두를 제거하는 데 최소한 반년은 걸릴 것으로 내다보았다. 그 반년 안에 동천몽을 완성시키지는 못해도 확실히 기초는 잡아놓으리라고 계산한 것이다. 그런데 불과 한 달 조금 지났을 뿐인데 가짜 동천몽 열 명이 모두 제거되었다는 것은 만경의 의지를 읽을 수 있는 대목이었다.

　"다 죽였으니 안심하겠죠?"

　천검은왕이 물었다.

　천장금왕이 고개를 저었다.

"아직도 사숙을 모르는가? 영민하기가 누구도 따르지 못하네. 열 명 모두 가짜라는 것을 금방 알아차렸을 걸세."

"그럼 어떡하지요?"

천장금왕의 안색이 딱딱하게 굳어졌다.

마땅히 좋은 방법이 떠오르지 않았기 때문이다.

*　　　*　　　*

열 명의 모두 죽였다고 보고를 했는데도 만경의 표정은 밝지 못했다. 약간 이마를 찡그리며 골똘히 뭔가 생각하는 듯했다.

잔뜩 칭찬을 받을 것이라고 자신하고 들어온 일목은 그런 만경을 불만스런 얼굴로 보았다.

만경은 자신이 조금만 잘한 일이 있어도 항상 칭찬을 아끼지 않았다. 주인으로부터 칭찬을 받는다는 것은 그 어떤 것보다 즐겁고 기쁜 일이었다.

"주인, 왜 그러시오? 기분 나쁘시오?"

만경이 아무런 대답이 없자 일목의 하나뿐인 눈이 깜박거렸다.

일목의 눈은 태어날 때부터 한 개였다. 보통 사람에게는 태어날 때부터 하나뿐인 눈이 치명적인 장애가 되겠지만 한 조직에서만큼은 예외였다.

그곳은 희미한 전설 속에 묻혀 있는 집단이었다. 워낙 은밀하고, 좀체 세상에 모습을 드러내지 않지만 어딘가 존재하는 것으로 인구에 회자되는 신비지처.

전설은 있으나 실체를 드러내지 않아 더욱 부풀려지고 온갖 기변괴사로 뭉쳐지고 다져진 그곳에서는 하나의 눈만을 갖고 태어난 사람을 목신(目神)이라고 부른다. 그들의 역사에 의하면 목신이 태어나면 자신들이 세상을 지배하고 찬란한 자신들만의 문화를 꽃피운다고 했다. 하지만 전설은 어디까지나 자신들의 문파의 정통성과 위력을 돋보이게 하기 위해 만든 가설일 뿐이었다.

목신, 즉 일목이 태어났으나 세상을 지배하기는커녕 오히려 포달랍궁의 제일고수라고 할 수 있는 만경에게 제압되어 그의 시위 노릇을 하고 있었다.

대설산 십 년 면벽에 들어간 만경 앞에 일목이 나타난 것은 실로 우연이었다. 수하들과 사냥을 나왔다가 폭설을 피해 들어간 동굴이 하필 만경이 수행하고 있는 석굴이었다. 두 사람은 만나자마자 석굴의 임자를 자처하며 언쟁을 벌였다. 만경은 자신이 먼저 차지하고 있었으니 주인이라고 우겼고 일목은 대설산은 예로부터 조상들의 땅이므로 자신이 주인이라고 했다. 급기야 두 사람은 힘으로 주인을 가리기로 했고 만경이 이긴 것이다. 패자는 승자의 평생 종복이 되기로 약속하였기에 그날 이후 일목은 만경의 충실한 시위가 되었다.

일목은 약속대로 만경에게 충실했다. 그가 지시하고 내린 명령은 불구덩이라도 거부하지 않고 뛰어들었다. 더구나 만경이 하고자 하는 일에 반대를 하거나 가로막은 자는 일목에게 있어 무조건 적이었다. 하늘처럼 믿고 따르는 만경을 괴롭히는 사람들은 절대 용서해 줄 수가 없었다.

자신의 주인에게 함부로 말하거나 비위를 건드린 사람들을 보면 기어코 죽이려고 했고 만경 또한 눈엣가시들은 일목에게 몰래 제거토록 했다. 하지만 누구도 만경 옆에 일목이라는 보이지 않은 가공할 살수가 있다는 사실을 알지 못했다. 아는 사람은 모두 죽었기 때문이다.

"조금 이상하지 않느냐?"

"뭐가요?"

"네가 모두 죽였는데도 그놈들이 별로 이상한 낌새를 보이지 않지 않느냐? 만약 대법왕의 환생자가 죽었다면 지금쯤 난리 법석을 피우고 있을 텐데 말이다."

"아닙니다. 아까 낮에 금 돼지를 보았는데 아주 괴로워하는 표정이던데요."

일목은 천장금왕을 금 돼지라고 불렀고, 나머지 세 법왕을 서열대로 은 돼지, 동 돼지, 철 돼지라고 부른다.

"아니다. 아무래도 느낌이 좋지 않다. 뭔가 있어."

"주인님, 차라리 이번 기회에 그 네 마리의 돼지를 내가 죽여 버리겠습니다."

금방이라도 명령만 내리면 당장이라도 목을 베어버릴 듯 일목의 눈에서 섬뜩한 광채가 번득거렸다.

일목은 단순했다.

조금만 눈에 거슬리거나 만경의 심기를 괴롭히는 사람은 덮어놓고 죽이려 들었다.

일목의 능력이 아무리 뛰어나다고 해도 사대법왕의 적수가 되지는 않는다. 일목도 강하지만 사대법왕도 강하다. 특히 네 사람이 힘을 모으면 천하에 대적할 인물이 없다. 만경 자신 또한 네 명이 합공을 펼치면 이기지 못하는데, 그 이유는 사대법왕 각기 한 사람마다 강력한 무공 한 가지씩을 갖고 있기 때문이다.

대법무(大法武), 네 사람에게는 대법왕이 배우게 될 무공이 한 가지씩 주어져 있었다. 사대법왕은 대법왕이 공석일 때에는 철저히 그의 권한을 넘겨받는다. 또한 대법왕이 생존해 있을 때는 완전한 충신이어야 한다.

그런 그들이지만 사람의 마음은 알 수 없는 법, 혹시라도 반란을 꿈꿀 것을 대비해 죽기 직전 대법왕은 네 사람을 차례대로 불러 자신이 지닌 절기를 나눠 가르쳐 주었다. 혼자서는 완성된 기예가 아니기 때문에 위력이 없지만 넷이 뭉치면 사숙인 자신도 절대 당해낼 수가 없는 것이다.

팟!

만경의 두 눈이 갑자기 빛을 발했다. 뭔가 좋은 계교를 생각해 낸 것 같았다.

*   *   *

처음 앉아 있을 때 턱 밑을 적시던 국화공주민박석백유가 완전히 바닥을 드러내었다. 자리를 잡고 앉으면 이제 엉덩이만 겨우 적실 정도밖에 남아 있지 않았다.

알몸으로 결가부좌한 동천몽은 생각할수록 신기했다. 그 많던 흰 액체가 자신의 몸속으로 들어간 것이 믿겨지지가 않았다. 가뜩이나 까만 피부로 인해 숯덩이라는 놀림까지 당했는데 이제는 어린아이처럼 희어졌고, 온몸에서는 터질 것 같은 힘이 넘쳐흘렀다.

동천몽은 자신의 체질이 예전과 다른 엄청난 변화가 생겼음을 알아차렸다. 완전히 체질이 변한 것이다. 어려서부터 색을 밝히고 술을 좋아해 몸이 비리비리했는데 이제 온몸은 단단하게 균형이 잡혀져 있었다.

근육질 사내들을 보면 얼마나 부러워했던가.

여자들은 근육질 사내들을 좋아한다는 말을 듣고 해보지 않은 운동이 없었다. 심지어 근육을 키우기 위해 좋다는 약까지 복용했지만 키워지기는커녕 가짜 약장사에게 속아 하마터면 목숨까지 잃을 뻔했었다.

"흐흐!"

갑자기 동천몽이 음흉한 웃음을 흘렸다.

수많은 야월루 기녀들을 모두 품어봤지만 주인 홍화는 아직 품어보지 못했다. 홍화는 항상 붉은옷을 자주 입어 붙여진 이름인데 얼굴이 아름다울 뿐 아니라 몸매 또한 팔등신이라고 하기에 조금도 부족함이 없었다. 문제는 그녀는 아무리 돈을 많이 주어도 몸이 나약한 사내와는 잠자리를 같이하지 않는다는 것이었다.

그래서 그녀가 상대하는 사내들은 대부분이 강호의 이름난 고수들이었다.

자신의 허약한 몸으로 그녀를 넘어뜨린다는 것은 불가능했다.

그런데 구리빛 근육질로 바뀐 자신의 몸을 보자 가장 먼저 홍화가 떠올랐다.

'계집, 돌아가면 가장 먼저 네년을 죽여주겠다. 기다려라.'

동천몽은 불사심법을 외우며 운기조식에 들어갔다. 불사심법을 외우다 보니 어느새 자신의 몸속에 기를 다스리는 법을 배웠고 그것이 운기조식이라는 것을 깨우쳤다.

마침내 바닥이 드러났다. 국화공주민박석백유가 완전히 몸속으로 사라진 것이다.

"지금 기분이 어떠십니까?"

팔용이 물었다.

동천몽이 통 밖으로 나와 옷을 걸치며 말했다.

"좋구나."

"하늘을 훨훨 날아갈 것 같고 뭐든지 부숴 버릴 것 같은 힘이 느껴지지 않습니까?"

"오냐! 엇! 이게 뭐야?"

의복을 걸친 동천몽이 인상을 찌푸렸다.

옷이 착 달라붙어 금방이라도 찢어질 듯했다.

"핫핫! 대법왕님께서 벌모세수로 인해 옥체가 성장하여 옷이 작아졌군요. 당장 새 옷으로 대령하겠나이다."

마치 어린아이의 옷을 입은 것 같았다.

동천몽은 무릎을 구부리고 슬쩍 뛰었다.

팍!

슈우우!

슬쩍 바닥을 박차고 뛰어올랐을 뿐인데 또다시 몸은 화살처럼 천장을 향해 숏구쳤다. 번개처럼 양손을 머리 위로 올려 천장과의 충돌을 완화시켰다.

빠악!

재미가 있었다. 그래서 동천몽은 뛰다가 지하 석실을 걸어 보기도 하고 날아보기도 했다.

휙!

휘이익!

자신의 몸이 깃털처럼 가벼워져 순식간에 이동을 한다는 사실이 너무 신기하고 즐거웠다. 재미에 푹 빠져 열심히 지하 석실을 뛰어다니고 있을 때 팔용이 돌아왔다.

"갈아입으소서."

몸을 세운 동천몽이 팔용이 내민 옷을 보더니 와락 인상을 썼다.

팔용이 내민 것은 승려들이 입는 재색의 법의였다.

"왜 그러시옵니까?"

"이걸 날더러 입으란 말이냐?"

"이제 대법왕님께서는 속인이 아니시옵니다. 앞으로 이런 옷을 걸치셔야 하옵니다."

동천몽이 불쾌한 듯 한참을 노려보더니 하는 수 없다는 듯 법의를 받아 입었다. 머리만 짧으면 영락없는 승려였다.

"어울리십니다, 대법왕님."

그때 문이 열리고 천장금왕이 들어섰다.

법의를 걸치고 서 있는 동천몽을 바라보는 천장금왕의 얼굴에 모처럼 환한 미소가 감돌았다.

"단지 법의만 걸쳤을 뿐인데도 당당하신 모습이 과연 대법왕다우신 풍도입니다. 자, 이쪽으로 앉으십시오."

천장금왕이 한쪽에 놓인 의자로 앉을 것을 권유했다.

동천몽이 멈칫거리다 의자에 앉자 천장금왕이 소매 춤에서 은빛이 번쩍이는 삭도(削刀)를 꺼내 쥐었다.

"그… 그건 또 뭐냐?"

"이제 불가에 들어오셨으니 삭발을 하셔야지요."

"그… 그래서 지금 내 머리를 자르겠단 말이냐?"

"왜 그렇게 놀라십니까? 머리가 긴 중을 보셨습니까? 금방 깎아드릴 테니 염려 마십시오."

동천몽이 천장금왕을 노려보았다.

천장금왕이 여전히 미소 가득한 얼굴로 말했다.

"왜 그런 눈으로 보십니까? 어서 머리를 숙이십시오."

슥!

동천몽이 고개를 숙였다.

여기까지 온 마당에 이들의 비위를 상하게 하거나 제의를 거절할 필요는 없었다. 평생 중이 되어 살 것도 아니고 잠시뿐이니 깎은 머리는 다시 기르면 된다.

싹!

싸아악!

차가운 한기를 품은 삭도 지날 때마다 긴 머리가 바닥으로 우수수 떨어졌다. 이미 많은 제자들의 머리를 깎아본 듯 천장금왕의 칼질은 능숙했다. 불과 차 한 잔 마실 시간도 되지 않았는데 동천몽의 머리에 긴 머리털이라고는 찾아볼 수가 없었다.

슥!

슥!

천장금왕이 소매 춤에서 손바닥만 한 동경을 꺼내주었다.

"보십시오."

동천몽은 동경에 비친 자신의 모습을 보며 피식 웃음을 터뜨렸다. 머리를 깎고 법의를 걸친 자신의 모습은 완전한 중이었다.

"처음 며칠은 어색하겠지만 차차 괜찮아질 것입니다."

천장금왕이 건네준 동경을 받아 품속에 넣더니 나직이 말했다.

"내일부터 무공을 배우시게 될 것입니다."

"누구에게 말이오?"

"쌍거불(雙巨佛)을 비롯해 본 사대법왕이 한 가지씩의 무예를 가르칠 것입니다. 배우게 될 무공은 본 궁 대대로 대법왕님만 배우실 수 있는 절학이지요."

동천몽이 인상을 썼다.

"어렵겠지?"

"쉽지는 않습니다. 하지만 대법왕님께서 워낙 영민하시니 금방 배우실 것입니다."

영민하다는 표현에 팔용이 천장금왕을 돌아보았다.

천장금왕은 전혀 웃지도 않고 진지했는데, 동천몽으로 하여금 용기를 북돋아주기 위해 뱉은 말이라는 것을 어렵지 않게 알 수 있었다.

동천몽은 지금까지 자신이 만난 사람들 중에서 가장 멍청했다.

"사형!"

지하 석실에 다급한 음성이 흘렀다.

석실 입구 문이 열리고 사대법왕 중 나머지 세 사람이 들어섰다. 모두의 안색이 돌덩이처럼 굳어 있는 것이 무엇인가 변고가 생겼음을 천장금왕은 직감적으로 느꼈다.

예상대로 천검은왕의 입에서 나온 말은 놀라웠다.

"이틀 후 십이법회가 열린다 하옵니다."

"십이법회?!"

천장금왕이 깜짝 놀랐다.

십이법회(十二法會), 십이법신으로 불리는 포달랍궁의 열두 명의 장로를 가리킨다. 십이법신은 일체 궁내의 일에 관여하지 않는 대신, 중요 간부들 인사와 율법을 개폐하는 역할을 할 뿐이었다. 십이법신회에서 의결된 사안은 무조건 이행되어야 한다.

"십이법회를 요청한 사람은 누구던가?"

"만경 사숙입니다."

그럴 줄 알았다는 듯 천장금왕의 낯빛이 어두워졌다.

"무슨 안건을 토론하기 위해 십이법회를 요청했을까요?"

천권동왕이 물었다.

천장금왕이 고개를 숙이고 잠시 생각에 젖더니 조용히 고개를 들고 말했다.

"더 이상 기다릴 수가 없는 모양이군. 아마 자신이 직접 대법왕의 위에 오르겠다는 선언을 하려는 것일세."

"말도 안 됩니다."

"그런 억지가?"

모두가 놀란 표정으로 보았다.

천장금왕이 굳은 얼굴로 말했다.

"알다시피 십이법회에 올려진 안건은 철저히 다수로 결정되네. 사숙이 갑자기 십이법회를 요청한 것은 자신이 있기 때문일 걸세."

"십이법신 중 여덟 명이 우리 쪽에 발을 담그고 있다는 것은 궁내 제자들이라면 모르는 이가 없사옵니다."

"그렇기 하지만 사람의 일이란 한 치 앞을 내다볼 수가 없네. 배신이 속세에만 있는 것이 아니지."

"하면 우리 쪽 인물 중 누군가가 사숙 쪽으로 넘어갔다는 얘깁니까?"

"가세, 이러고 있을 때가 아닐세. 당장 십이법회를 대비해야겠네."

천장금왕이 팔용을 향해 말했다.

"넌 곧바로 대법왕님을 쌍거불에게 모셔가라."

"예, 수석 법왕님."

네 사람이 긴장한 표정으로 석실을 나갔다.

그들이 모두 사라지자 기다렸다는 듯 동천몽이 팔용에게 물었다.

"십이법회라는 것이 구체적으로 뭐냐?"

"한마디로 본 궁 내 최고 의결기구입니다. 중요한 안건을 결정하고 집행하는데 십이법회에서 결정이 나면 누구도 거역할 수 없고 무조건 따라야 합니다. 하지만 유일한 예외가 있습니다. 대법왕님에 대한 간섭이나 통제만큼은 십이법회에서도 관여하거나 제지할 수 없다는 것입니다."

"한마디로 대법왕은 누구의 간섭이나 영향을 받지 않는 황제나 마찬가지라는 얘기 아니냐?"

"그런 셈이지요."

동천몽의 입가에 야릇한 미소가 나타났다.

팔용이 계속 말했다.

"대법왕님은 십이법회에서 결정된 사안을 거부할 수도 있습니다. 하지만 지금은 대법왕님께서 정식으로 착좌하지 않았으므로 십이법회는 현재 본 궁 최고 핵심부이지요. 그래서 결정된 사안은 무조건 따라야 할 것입니다."

이미 팔용을 통해 만경이라는 백오십 살 먹은 노인이 대법왕 자리를 노리고 있다는 얘길 들었다. 전전 대법왕의 사제로 무공은 이미 입신의 경지에 올랐으며 사대법왕이 합공을 해야만 겨우 상대가 될 것이라고 했다.

천장금왕은 갑자기 열린 십이법회가 만경이 노골적으로 야욕을 드러내는 것이라고 말했다. 그러나 동천몽은 생각을 달리했다. 이번 십이법회는 필시 자신 때문에 열린 것이었다. 그것은 장사꾼에게만 있는 본능적인 육감이었다.

                    *   *   *

　동오룡이 느닷없이 천상회의를 소집했다. 천상회의는 천상각 최고 회의로, 중요한 사업이나 거래를 앞두고서 좋은 묘안을 듣기 위해 소집하며 이따금 큰 인사이동이 있을 때 열린다.

　자주 열리지 않은 천상회의가 소집되었기 때문에 발걸음을 옮기는 간부들 얼굴에 의문과 궁금증이 잔뜩 묻어 있었다.

　천상회의가 열리는 상대옥(商大屋)의 공기는 뜨겁게 달아오르고 있었다. 오십여 명의 간부가 동오룡이 나타나길 기다리고 있었는데 숨소리 하나 흘러나오지 않았다. 오늘의 천상회의가 평소와 다르다는 것을 모두가 느낀 듯 모두의 얼굴이 잔뜩 굳어 있었다.

　딸칵!

　문이 열리고 여추량이 들어섰다.

　"각주님께서 오시오."

　앉아 있던 오십여 명의 간부가 일제히 자리에서 일어났고 오만상을 거느린 동오룡이 회의장에 들어섰다.

　천천히 자신의 빈자리로 가서 앉자 그제야 나머지 사람들이 착석했다. 모든 시선이 궁금증을 듬뿍 담고 동오룡을 쳐다보았다.

　동오룡 역시 자신을 바라보는 오십여 명의 간부를 주시했는데 그 표정에서 어떤 낌새도 읽어낼 수가 없었다.

"……"

"……"

침묵이 길어지고 회의장 내 공기는 달아올랐다.

문득 꽉 물린 동오룡의 입술이 열렸다.

"모두 궁금할 것이다. 사전 예고도 없이 천상회의를 소집한 본각주의 의중이 말이다."

목소리는 카랑카랑했다.

조용한 실내에 동오룡의 목소리가 칼날처럼 뻗어나갔다.

"알다시피 지난달에 소씨상가의 거래선 절반이 우리 쪽으로 넘어오면서 이제 절강성은 물론 복건성과 광동, 안휘까지 우릴 대적할 상가는 없다. 이 모든 것이 여러분이 열심히 뛰어준 결과라고 나는 생각한다. 그런데 어제 소가지가 날 찾아와 나머지 거래선마저 모두 인수받아 달라고 했다."

"그… 그게 사실이옵니까?"

"하면 소씨상가는 완전히 궤멸되는 것이옵니까?"

궤멸이라는 표현을 쓴 간부를 향해 동오룡이 차갑게 말했다.

"궤멸이란 표현은 어울리지 않는다. 소가지가 능력이 부족하여 내게 경영을 의뢰한 것이다. 물론 그의 식솔 일부도 내가 거두기로 약조했느니라."

오십 쌍의 눈빛이 일제히 동오룡에게 집중되어 있었다.

동오룡이 마른침을 삼키며 계속 말을 이었다.

"오늘 천상회의의 안건은 다른 것이 아니라 내가 지쳤다는 말을 하려고 소집했느니라. 다시 말해 일선에서 물러나 휴식을 취하고자 한다."

"휴… 휴식이라뇨?"

"그… 그게 도대체 무슨 말씀이시옵니까?"

사람들이 놀라며 물었다.

동오룡이 감정없는 목소리로 말했다.

"말 그대로다. 나도 늙었는지 이제 지쳤다. 그래서 조금 쉬고 싶을 뿐이다."

"가… 각주님."

"아직 할 일이 태산 같은데 여기서 물러나시면 아니 되옵니다."

사람들이 여기저기서 강력히 반대를 했다.

"천하의 상권을 완벽히 틀어쥐기 전까지는 절대 현역에서 물러나지 않겠다고 하지 않았사옵니까?"

"지금이야말로 각주님의 능력이 절대적으로 필요한 시기인데 물러나신다는 것은 천부당만부당합니다."

동오룡의 일선 퇴진을 가로막는 요청이 빗발치듯 쏟아졌다.

스윽!

동오룡이 오른손을 들었다.

그러자 시끄럽던 실내가 쥐 죽은 듯 고요해졌다.

"앞으로 날 대신해 천상각은 이들이 이끌어갈 것이다. 들어오너라."

문이 열리고 세 명의 사내와 한 명의 여인이 들어섰다.

그들은 모두 동오룡의 자녀들로, 동천비를 비롯한 동생들이었다.

동오룡이 나직한 목소리로 말했다.

"쇠(鐵)와 유기(鍮器), 도기(陶器)는 앞으로 천혁이 맡을 것이다."

동오룡의 말이 끝나자 동천비 곁에 서 있던 백의사내가 한 걸음 앞으로 나섰다. 약간 마른 체격에 코가 우뚝하고 광대뼈가 불거져 약간 차가운 인상을 풍겼다. 동천룡의 둘째 아들 동천혁이다. 특히 이마가 좁아 약간 음침한 느낌까지 풍겼다.

"면(棉)과 약재는 천완이 맡을 것이다."

세 번째 백의사내가 한 걸음 나섰다. 창백한 안색에 약간은 유약해 보였다. 올해 스물일곱으로 동오룡의 셋째 아들이다. 어려서부터 병치레가 유난히 잦았고 상술보다는 학문에 뜻이 깊다고 전해진다.

"향(香)과 피혜(皮鞋)는 천화가 이끌 것이다."

맨 끝에 선 백의여인이 앞으로 나서 사람들을 향해 절을 했다.

오남매 중 유일한 여식인 동천화이다. 여자지만 사내의 배포를 넘어선다고 알려지며 어려서부터 사람 관리에 매우 뛰어난 능력을 보여 주위에 적지 않은 가신들이 들끓는다.

"잘 부탁드려요."

그녀가 살짝 흰 이를 드러내며 웃었다.

"그리고 비단과 모피는 천비가 잘 끌어갈 것이다."

"와아아!"

조용하던 실내에 함성이 터져 나왔다. 모두가 동천비를 따르는 간부들이었다.

비단과 모피는 천상각이 취급하는 업종 중 규모가 제일 컸다. 즉, 동천비야말로 천상각의 중심임이 드러난 것이었다.

스윽!

조용히 하라는 듯 동오룡이 손을 쳐들자 장내는 다시 침묵으로 빠져들었다. 모든 시선이 다시 동오룡에게 멎었고 그의 두툼한 입술이 느릿하게 열렸다.

"마지막으로 객점(客店)은 천몽이에게 줄 생각이다."

순간 네 자녀의 고개가 일제히 동오룡을 향해 돌아갔다. 모두 깜짝 놀란 표정이었다.

"천몽이라면."

"오래전 사라진 막내 공자님 아니옵니까?"

사람들도 의외인 듯 서로를 돌아보았다.

"이만 회의를 마치겠노라."

동오룡이 자리에서 일어나 뒷문을 통해 걸어나갔고 그 뒤를 오만상이 따랐다.

탁!

문이 닫히고 동오룡이 사라지자마자 장내는 시끄러워졌다.

"이게 어찌 된 일입니까? 말도 안 됩니다. 공자님께 고작 유기와 도기라뇨?"

"축하드립니다, 아가씨."

"예상된 결정 아니옵니까?"

각자 자신들이 따랐던 동오룡의 자식들 주위로 몰려들며 기뻐하거나 불만을 터뜨렸다.

특히 삼공자 동천완 주위로 몰려든 간부들의 얼굴은 잔뜩 굳어 있었다.

"공자님, 이럴 수는 없습니다. 어떻게 공자님께 면과 약재를 주실 수 있단 말입니까?"

면과 약재는 천상각이 취급하는 업종 중 가장 소규모이다. 규모가 작다 보니 가내에서의 발언권 또한 보잘것없었다.

"당장 각주님을 찾아가 따져야 합니다. 죽었는지 살았는지도 모르는 막내 공자에게는 객점을 주셨는데 어떻게 삼공자님에게는 이런 대우를 한단 말입니까?"

천상각이 소유하고 있는 중원의 객점은 모두 스무 곳이다. 하지만 스무 곳이라고 해서 우습게보다가는 큰코다친다. 중원의 객점 중 가장 화려하고 고급스럽다.

천상각이 경영하는 객점을 이용하는 손님들 대부분이 강호의 귀빈들이었고 어지간한 경제력 가지고는 한 끼 식사도 꿈꿀 수 없다. 하룻밤 숙박료만 해도 금화 닷 냥이 넘을 만큼 비싸지만 예약을 하지 않으면 투숙할 수 없는 최고급 객점들인 것이다.

"공자님."

자신을 따르는 간부들의 추궁에 동천완이 가벼운 미소를 지었다.

"아버님의 결정이오. 더 이상 왈가왈부하지 맙시다."

동천완이 흥분한 측근들을 다독이며 말했다.

"뭘 그렇게들 화를 내시오. 난 이것도 감사하거늘."

어려서부터 병약했고 내성적이며 하루 종일 방에 틀어박혀 책으로 소일하는 자신을 부친은 달가워하지 않았다. 대륙을 종횡하며 치열하게 이윤을 추구해야 하는 상인의 아들로서는 철저히 부적합했기 때문이었다. 스스로도 부친의 기대를 저버리지 않기 위해 노력했지만 천성이 그래서인지 잘되지 않았고 언제부터 자신과 장사는 맞지 않다는 것을 깨달았다. 하지만 운명은 결코 그를 가만두지 않았고 어쩔 수 없이 장사를 배우며 나름대로 최선을 다했지만 항상 형제들 중 가장 저조한 결과를 낳아 부친의 눈에서 조금씩 멀어졌다.

그래서인가 예상대로 가장 보잘것없는 업종이 주어진 것이다. 하지만 전혀 불만은 없었다. 자신에게 그나마도 넘겨주었다는 것은 자신을 자식으로 여긴다는 의미였으므로 오히려 부친이 고마울 뿐이었는데 측근들은 영 못마땅한 얼굴들이다.

동천비는 방 안으로 들어서자마자 냉수를 들이켰다. 연거푸 두 잔을 가득 비운 뒤 소매로 입가에 묻은 물을 닦고 돌아선 그의 표정은 굳어 있었다.

동천비의 얼굴이 굳어져 있는 반면에 따라 들어온 측근들의 표정은 환해져 있었다. 비단과 모피는 천상각의 매출에서 삼분지 일을 차지할 만큼 가장 규모가 큰 업종이다. 그런 두 개를 맡았으니 보나마나 미래의 천상각 주인은 동천비라는 것이 뻔했으므로 흥분된 것이다.

"이제 대내외적으로 대공자님을 천상각의 정식 후계자로 선포하는 일만 남은 것 같습니다."

"꼭 그렇게 즐거워할 일만은 아니오."

동천비가 입을 열었다.

"분명히 비단과 모피는 본 가의 주력이오. 하지만 또 하나의 주력이 있소."

"그게 무엇입니까?"

"객점이오. 물론 객점이라고 해봤자 중원에 고작 스무 곳밖에는 되지 않소. 하지만 문제는 본 각이 경영하는 객점을 찾는 손님들의 면면이오. 소위 명사라는 사람들은 본 각이 경

영하는 객점에서 유숙하고 한 끼 식사를 하는 것을 자존과 명
예로 생각하오."

"그렇긴 하지만 어떻게 그것이 주력이 될 수 있는지요?"

"매출 규모로 봐서는 비교가 될 수 없지만, 조금 전에도 말
했듯 객점을 출입하는 사람들의 면면이오. 객점을 맡게 되면
당연히 그들과 친분을 쌓을 수밖에 없소. 그들은 황실의 고관
대작에서부터 무림의 명사들까지 망라되어 있소. 장사는 인
간관계가 승패를 좌우하오. 아니, 장사뿐만이 아니라 인간의
삶 자체가 사람과 사람 사이의 교류 아니겠소."

순간 측근들의 표정이 굳어졌다.

동천비의 말뜻을 알아차린 것이었다.

"객점을 잡아야 하오."

"하지만 이미 막내 공자님께 주신다는 말씀이 계셨는데."

동천비의 두 눈이 예리하게 빛을 뿌렸다.

"죽은 아이에게도 넘겨줄 수 있겠소?"

흠칫!

사람들이 일제히 놀랐고 동천비의 얼굴에 살기가 내려 앉
았다.

동천몽이 말하는 뜻을 모두가 깨달은 것이었다. 그것은 곧
동천몽이 살아 있으면 죽여야 한다는 뜻이었다.

第五章
천하제일추적자

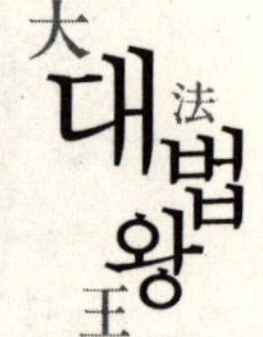

회의장을 빠져나온 동오룡은 녹풍원 뒤뜰을 걷고 있었다.
뒤뜰에는 형형색색의 온갖 꽃이 만개해 있었고 벌과 나비가
꿀을 찾아 쉬임없는 비행을 하고 있었다.

팔(八)자형으로 생긴 연못 팔담(八潭) 가에 우뚝 선 동오룡
은 무슨 생각을 하는지 깊이 잠긴 시선으로 푸른 연못 속을
들여다보듯 내려다보고 있었다.

그때 총관 여추량이 다가왔다.

"시끄럽겠지?"

여추량이 공손히 허리를 구부렸다.

"조금은."

“모두가 불만일 거야. 단 한 놈도 만족해하는 놈은 없을 걸세.”

한 마리의 벌이 접시 모양으로 활짝 피어 있는 분홍색 수련 위로 조심스럽게 내려앉고 있었다.

“사실은… 조금 시끄럽습니다.”

동오룡이 고개를 끄덕였다.

“자넨 어떻게 생각하는가? 내 결정을 말일세.”

“소, 속하는 그저.”

“놀랐겠지. 가장 내 뜻을 잘 알고 날 위해 헌신한 자네에게 까지 일체 귀띔도 없이 그런 큰 발표를 해서 말일세.”

“아… 아니옵니다. 전혀.”

당황한 표정을 짓던 여추량이 조심스럽게 물었다.

“정말로 이제 가내 문제는 관여하지 않을 생각이시옵니 까?”

“그렇네. 녀석들이 하는 것을 지켜보다 가장 쓸 만한 놈이 다 싶으면 정식으로 완전히 자리를 넘겨주고 마누라와 함께 여행이나 다니면 인생을 마무리할 걸세.”

여추량이 가만 동오룡을 살폈다.

오늘따라 동오룡이 무척 늙어 보였다. 잔혹하리 만치 앞만 보고 밀어붙이는 저돌성에 수많은 중원의 군소 상가가 무너 지고 짓밟혔다. 살려달라고 피눈물을 흘리는 상가 주인들의 절규와 호소에도 눈 하나 깜짝이지 않을 만큼 냉정하던 그가 갑자기 평범한 노인으로 보인 것이다.

"홀가분하군. 헛헛!"

가벼운 미소를 지었지만 여추량이 보기에는 결코 홀가분한 얼굴이 아니었다.

그때 등 뒤로부터 발자국 소리가 들리더니 오만상이 다가와 말했다.

"손님께서 오셨습니다."

두 사람이 동시에 돌아보았다.

오만상은 백쾌섬을 데리고 있었다.

"그럼 속하는 이만."

여추량이 잽싸게 허리를 구부리며 자리를 피해주었다.

여추량이 완전히 시야에서 사라지자 그제야 백쾌섬이 동오룡 곁으로 다가섰다. 그러자 오만상 또한 멀찍이 물러나 섰다.

"자식들에게 거의 전권을 일임했더군요."

"아직 대문 밖으로 흘러나갈 시간도 되지 않았는데 자네는 알고 있군."

백쾌섬이 가벼운 미소를 지었다.

"저의 가장 큰 고객인데 한 치도 소홀함이 없어야 하지요. 한데 한 가지 궁금한 것이 있습니다."

"말해보게."

"객점을 동천몽 공자에게 넘긴다고 하셨던데 그건 곧 그가 아직 살아 있다는 의미 아니겠습니까?"

"그럼 그가 죽기라도 했단 말인가?"

동오룡이 눈을 빛냈다.

백쾌섬이 말했다.

"뿐만 아니라 다섯 핏줄 중 유독 동천몽에게 야멸차게 대했다던데 그럼에도 불구하고 그에게 그런 큰 재산을 맡긴 이유는 뭡니까?"

동오룡이 백쾌섬을 빤히 쳐다보았다.

백쾌섬 또한 마주 쳐다보았는데 어서 대답을 해보라는 추궁을 두 눈에 담고 있었다. 동오룡은 선뜻 입을 열지 않았다. 뭔가 깊이 생각을 하는 듯하더니 다시 백쾌섬을 보며 말했다.

"그렇게 궁금한가?"

동천몽을 찾는데 그런 것까지 일일이 알아야 하느냐는 질문이었다.

백쾌섬은 지체없이 고개를 끄덕였다.

"물론입니다. 많이 알수록 찾는 시간이 빨라집니다."

"미안하네. 자네가 무슨 의도로 묻는지 짐작은 하겠는데 대답이 너무 간단해서. 그놈 또한 내 자식이기 때문일세."

"이상하군요. 남의 자식 대하듯 하셨으면서 천상각이 취급하는 알짜배기 업종 중 하나로 알려진 객점을 맡겼다는 것이 말입니다."

"좋네. 이왕지사 말이 나왔으니 제대로 대답해 주겠네. 그건 주위의 눈 때문이었네. 평소 모질게 대했는데 넘긴 재산까지 형편없다면 사람들이 날 어찌 보겠나?"

"그게 이유의 전부입니까?"

"아니란 말인가?"

동오룡의 눈을 크게 뜨고 쳐다보았다.

백쾌섬이 약간 고개를 갸웃했다. 결코 그렇게 보이지는 않는다는 뜻이었다.

한참을 쳐다보던 백쾌섬이 포권의 예를 취했다.

"잘 알겠습니다. 이만 가보겠습니다."

돌아선 백쾌섬을 향해 동오룡이 물었다.

"뭔가 진전은 있는가?"

백쾌섬이 돌아서서 가벼운 미소를 지었다.

"약간은."

그러면서 다시 몸을 돌려 걸어갔다.

걸어가는 백쾌섬의 두 눈은 예리한 빛을 뿌렸다.

자신이 조사한 바에 의하면, 동천몽을 대하는 동오룡의 행동은 상상을 초월했다. 다섯 자식 중 가장 멍청했고 온갖 말썽을 피우며 부친의 뜻을 철저히 저버린 망나니적인 행동 때문이었다. 동천몽에게 대한 그의 여러 행동을 종합해 본다면 객점을 남긴 것은 선뜻 이해가 되지 않았다. 설혹 남겨준다고 해도 재산 같지도 않는 보잘것없는 업종을 넘겨야 했는데 알짜배기인 객점을 남겼다는 것은 누구도 예상치 못한 행동이었다.

 천상각이 운영하는 객점은 최고급이다. 특히 객점은 다른 업종과 달리 철저히 현금으로 거래된다. 외상이나 어음이 통용되지 않기 때문에 때에 따라서는 천상각의 전장(錢場) 역할도 했다. 중상들에게 결제할 자금이 부족할 때면 항상 객점에서 나온 돈을 끌어다 메웠다. 돈주머니라 할 수 있는 그런 중요한 기관을 가장 차별하고 혹독하게 대했던, 뿐만 아니라 죽었는지 살았는지 알 수도 없는 동천몽에게 넘겼다는 것이 도무지 이해가 되지 않았다.

 멈칫!
 한참 생각에 젖어 걸어가던 백쾌섬의 걸음이 세워졌다.
 맞은편에서 한 대의 마차가 다가오고 있었다. 삼두마차로 마부석에는 한 명의 노파가 앉아 있었다.
 '저 노파는?'
 백쾌섬이 마차가 지나갈 수 있도록 한쪽으로 비켜서며 마부석에 앉아 있는 노파를 보며 눈을 빛냈다.
 '틀림없는 비천야차(飛天夜叉)!'
 힐끔!
 백쾌섬 앞을 지나가는 순간 마부석의 노파가 고개를 돌려 쳐다보았다. 잠깐 일별했을 뿐인데 노파의 두 눈에서 푸른 광채가 번득였다.
 사라지는 마차를 보며 백쾌섬의 이마가 찌푸려졌다.

'천상각이 모용세가와 사돈을 맺었다는 소문이 사실이란 말인가?'

백쾌섬은 사라지는 마차에서 한동안 시선을 떼지 못했다.

"어서 오십시오, 야차."

마차가 멈췄다. 맞은편에서 동천비가 다가왔다.

비천야차가 대뜸 마부석에서 내려오며 말했다.

"부친은 계시는가?"

"물론입니다. 안에 계시옵니다."

"오라버니."

마차 뒤에서 뾰쪽한 음성이 들려왔다. 푸른 경장을 한 백의 여인이 마차에서 내려 다가왔다. 스물 중반쯤 되어 보였는데 버들잎 같은 눈썹과 높으나 우뚝하지 않은 코가 시선을 끈다. 피부는 풍후하고 윤택하여 한 개의 보석을 박아놓은 듯했고 입술은 광택이 났으며 붉디붉어 도발적인 느낌을 주었는데 둥근 포두에 풍만한 귀까지 더해져 그야말로 십전지미라 할 수 있었다.

"어서 오너라, 산."

동천비가 가벼운 미소를 지었다.

모용산(慕容山), 당금 오대세가 중 한 곳인 모용세가의 후예이다. 가주 모용파가 쉰네 살에 겨우 얻은 모용세가의 유일한 혈육으로, 여인답지 않게 다혈질적이며 선이 굵어 어려서부터 부친의 뒤를 이을 재목으로 키워졌다. 학문은 물론이고 무예가 뛰어나 당금 후기지수 중에서도 그 명성이 으뜸에 이르고 있는데다 무림쌍미 중 한 사람이었다.

"어떻게 된 일이죠? 막내 몽 도련님에게 객점을 주셨다구요?"

"벌써 낭자의 귀에까지 들어가다니, 빠르구려."

"그럼 사실이란 말인가요?"

"일단 아버지부터 뵈시오."

모용산이 눈을 부릅떴다.

"아무리 그래도 그렇지, 그따위 망나니에게 객점을 넘긴다는 게 말이 되는 건가요? 뭔가 크게 잘못된 거예요. 막아야 해요."

"나도 아버지의 생각에 문제가 있다고 생각하오. 하지만 이미 결정이 난 일인데 어찌하겠소?"

"내가 따져 보겠어요. 아니, 내가 가로막겠어요. 아버님은 지금 어디 계시죠?"

"헛헛! 여전히 급한 성정은 변함없군요."

들려오는 소리에 고개를 쳐들어 바라보니 녹풍원 입구 계단 끝에 동오룡이 서 있었다.

휙!

단번에 도약하여 동오룡 앞에 날아내린 모용산이 날카롭게 말했다.

“정말인가요? 막내 도련님께 객점을 주셨나요?”

“사실이오.”

“그걸 지금 말씀이라고 하시나요? 차라리 길가의 개에게 주고 말지, 그런 사람에게 넘기다니 망하자는 수작 아닌가요?”

순간 동오룡의 표정이 약간 굳었다.

“모피와 비단이 본 가의 주력이오. 천비에게 주력 업종을 넘겼으니 후계자인 것이나 마찬가지 아니오?”

“당장 번복하세요. 객점을 오라버니에게 주세요.”

“아가씨!”

비천야차가 목소리를 높여 불렀다. 아무리 무가(武家)와 상가(商家)의 신분적 차이가 있다고 하지만 명색이 예비 시부이다.

“일단 안으로 들어가십시다, 야차.”

“그간 별고없으셨겠죠?”

“헛헛! 묘용가에서 많은 도움을 주시는데 별탈이 있을 리가 없지요.”

동오룡은 이내 두 사람을 데리고 녹풍원 안으로 들어갔다.

붉은 가사를 걸치고 백염이 가슴까지 내려온 고승 열두 명이 근엄한 얼굴로 앉아 있었다. 하나같이 전신에서 장중한 기세가 뻗어 나왔는데, 그들은 바로 포달랍궁의 최고 의결 기관인 십이법신들이었다. 모두 세수 아흔을 넘긴 인물들로 나름대로 한 분야를 거머쥔 일대 종사라 할 만한 거목들이었다.

"그럼 지금부터 십이법신 회의를 시작하겠소이다."

오 척 단구에 귀가 유난히 큰 육십가량의 노승이 입을 열어 말했다.

총법사(總法師) 노강 선사(怒江禪師), 일반 집단으로 말하면 총관인 셈이었다.

노강의 좌측으로는 만경이 앉아 있었고, 오른쪽으로 사대법왕이 무거운 얼굴로 앉아 있었다.

노강이 맞은편에 앉은 십이법신을 보며 말했다.

"오늘 법신회의는 본 궁의 최고 어른이신 만경 사조의 청으로 열리게 되었습니다."

노강에게 만경은 사조가 된다.

노강이 좌측에 앉은 만경을 보며 말했다.

"사조님, 말씀하시지요?"

모든 시선이 만경에게 멈췄다. 천장금왕을 비롯한 사대법왕 또한 과연 만경의 입에서 무슨 말이 떨어질지 자못 긴장한 얼굴이었다. 어떤 얘기가 나올 것인지는 대략 짐작하기에 숨을 죽였다.

만경이 자신을 쳐다보는 십이법신을 한번 스윽 훑어보더니 나직한 목소리로 말했다.

"내가 오늘 십이법회를 청한 것은 대법왕 때문이다. 내가 아는 바로는 본 궁에 지금 타계한 전 대법왕의 환생자가 들어와 있다고 한다. 포달랍궁의 제일 어른으로서 난 환생자로 지목된 그를 이 자리에 데리고 오길 사대법왕에게 청한다."

'우후웁!'

천장금왕이 기겁할 듯 놀랐다.

나머지 삼대법왕 역시 엄청나게 놀란 표정을 지었다. 만경의 말은 자신들의 예상을 완전히 벗어났기 때문이다.

자신들의 생각은 만경이 더 이상 대법왕 자리를 비워둘 수 없으니 십이법신들에게 거수로 당장 대법왕을 옹립하자고 강요할 줄 알았다. 물론 옹립 대상은 자신일 것이다.

그래서 어제, 그제 이틀 동안 부지런히 십이법신들을 찾아다니며 만경이 대법왕이 되어서는 안 되는 부당함을 설명하고 거수 시 반대해 줄 것을 청했다. 그런데 만경은 꿈에도 예상하지 못한, 동천몽을 이 자리에 데리고 나와줄 것을 요구했다.

'아차!'

천장금왕은 앞이 캄캄했다.

완전히 만경에게 당한 것이다. 만경이 동천몽을 이 자리에 데리고 나오라고 요구한 것은 과연 자신이 대법왕 환생자를 죽였는지 죽이지 못했는지 확인을 하려는 것이다. 십이법신이 데리고 오라고 의견을 모으면 꼼짝없이 동천몽을 데리고 나와야 하고 그가 살아 있는 것을 확인한 만경이 가만있을 턱이 없었다.

"십이법신께서는 어찌 생각하시오? 본 궁 최고의 어른이신 만경 사조의 말씀이 일리있다고 생각하시는지요?"

노강이 물었다.

"아니, 정말로 전 대법왕님의 환생자를 찾아냈단 말이오?"

"그가 누구요? 지금 어디에 있는 거요?"

"아미타불! 그렇다면 본 궁의 염원이 이뤄진 경사가 아니오? 지금 궁내에 있다면 당장 이 자리에 모셔야 할 것이오."

십이법신들이 앞 다투어 놀라고 흥분하여 동천몽을 데려올 것을 말했다. 그러자 천장금왕의 표정이 굳어졌다. 평소 논리정연하고 입담 좋기로 소문난 자신이지만 이 상황에서는 어떻게 변호할 방법이 떠오르지 않았다.

"뭣들 하는가? 십이법신들이 당장 대법왕님의 환생자로 규정한 그 아이를 데려오라고 하지 않는가?"

모든 시선이 사대법왕의 수장인 천장금왕에 쏠렸다.

"아미타불!"

친장금왕의 입술을 비집고 탄식에 가까운 불호가 흘러나왔다. 강하게 뒤통수를 맞은 것이다.

원래는 어제부터 대법왕이 지녀야 할 무예를 수련키로 했지만 십이법회로 인해 연기되었다. 동천몽은 지하 석실에 놓인 의자에 비스듬히 앉아 팔용과 이런저런 얘기를 나누었다.

주로 동천몽이 묻고 팔용이 대답했는데 질문의 대다수가 포달랍궁에 관한 내용이었다.

동천몽이 한마디 한마디 물을 때마다 팔용은 극도로 공손하게 대답해 주었다.

동천몽의 두 눈이 빛나고 있었다. 팔용의 얘기를 듣고 보니 천장금왕의 말이 거짓이 아니었다. 대법왕은 포달랍궁의 최고 어른이고, 서장의 하늘이며, 그의 한마디면 제자들의 목숨이 왔다 갔다 했다. 자금성의 황제가 따로 없었다.

"이봐, 팔용."

"네엣, 대법왕님."

팔용은 끝까지 부동자세로 서 있었는데 동천몽의 부름에 꼿꼿하게 허리를 세우며 대답했다.

"내가 널 이 자리에서 죽으라고 하면 죽겠느냐?"

움찔!

팔용이 너무 놀란 듯 아무 말도 못하고 쳐다보았다.

동천몽이 눈을 부라렸다.

"내 말 한마디는 곧 하늘의 말과 같으므로 누구도 거절할 수 없다며?"

"그… 그렇습니다. 대법왕님께서는 전지전능하십니다."

"그러니까 내가 죽으라고 하면 화끈하게 죽어줄 자신이 있느냐고."

동천몽이 눈을 부라리며 노려보자 팔용은 당황한 표정을

감추지 못했다. 자신이 죽지 않으면 보나마나 이것들이 날 속 였다고 난리를 치며 또다시 도망칠 궁리를 멈추지 않을 것이 뻔했다. 팔용은 두 눈을 감고 조용히 중얼거렸다.

"위대한 선조님들이시여, 이 한목숨 죽어 대법왕님께서 본 궁을 이끌어갈 수만 있다면 기꺼이 죽겠나이다."

동천몽이 버럭 소릴 질렀다.

"뭐야, 이거? 순 거짓말 아냐? 이것들이 진짜 날 뭘로 보고 사기를 쳐."

질끈!

팔용이 비장한 얼굴로 이를 물었다.

"죽겠나이다. 이 한 몸 대법왕님을 위해서라면."

퍼억!

팔용이 그 자리에 무릎을 꿇고 앉아 오른손을 서서히 머리 위로 올렸다.

그 모습을 지켜보던 동천몽의 두 눈이 빛났다.

"너, 죽으라고 했더니 왜 손을 쳐들고 그래?"

"마지막으로 한 말씀 드려도 되겠사옵니까?"

"해봐."

"본 궁을 훌륭하게 이끌어주십시오. 억조창생을 위해 대법 왕님의 혼을 태우시길 간절히 소원하며, 불충한 소승 이만 이 승을 떠날까 하옵니다."

그러면서 그대로 자신의 천령개를 내려쳤다.

“잠깐!”

동천몽이 크게 소릴 질렀다.

칼날처럼 곤두선 팔용의 오른손이 천령개 한 치 위에서 멈췄다.

“죽지 마.”

“네엣? 조금 전까지는 죽으라고 했잖습니까?”

동천몽이 자리에서 일어나 웃었다.

“그냥 한번 해본 소린데 진짜 죽으면 어떡하나? 일어나 편히 쉬어.”

“대법왕님의 성은에 감사드립니다.”

죽었다 살아난 팔용은 눈물까지 찔끔 짜며 이마가 바닥에 닿도록 절을 했다.

그때 문밖으로 발자국 소리가 나더니 그그긍 하는 소리와 더불어 석실 문이 열렸다.

천장금왕인 줄 알고 있던 동천몽은 낯선 사람이 들어서자 눈을 빛냈다. 입구에 선 노강 선사를 본 팔용이 잽싸게 가까이 다가가 예를 취했다.

“총법선사님이 아니시옵니까?”

‘이… 이럴 수가.’

동천몽을 쳐다보던 노강 선사가 벼락을 맞은 듯 온몸을 세차게 떨며 볼 근육을 실룩거렸다.

‘이… 이런 일이 어찌 일어날 수 있단 말인가? 틀림없는 대

법왕님이시다.'

동천몽이 이죽거리듯 물었다.

"당신은 또 누구지?"

퍼어억!

노강 선사가 무릎이 깨질 듯 바닥에 꿇어 엎드렸다.

"소, 소승 노강이 삼가 대법왕님을 뵈옵나이다."

동천몽이 누구냐는 듯 팔용을 쳐다보았다. 팔용이 노강 선사에 대해 빠르게 설명을 해주었고 얘길 들은 동천몽이 씨익 웃으며 입을 열어 말했다.

"일어나거라. 무릎은 괜찮느냐? 아무리 내가 무섭다고 해도 그렇지, 늙은 노인이 그렇게 사정없이 무릎을 꿇으면 어떡하느냐?"

노강 선사가 일어나며 큰 소리로 말했다.

"대법왕님의 자비에 감사하옵나이다!"

팔용이 나서서 물었다.

"한데 어떻게 총법선사님께서 이곳을?"

이곳은 사대법왕과 자신을 제외하고는 누구도 출입할 수 없었고, 여기에 동천몽이 있다는 사실은 더욱 극비였다.

그제야 노강 선사가 자초지종을 말해주었다.

팔용의 두 눈이 경악으로 부릅떠졌다. 동천몽을 데려오라는 만경의 의도가 너무 뻔했기 때문이다. 또한 노강 선사가 이곳에 왔다는 것은 천장금왕이 허락을 했다는 의미이기도 했다. 이는 자신이 가로막을 수 있는 성질의 것이 아니었다.

"그래서 날더러 회의에 참석하라는 얘기더냐?"

노강이 허리를 구부렸다.

"아미타불! 그러하옵니다. 소승이 앞장을 설 테니 뒤를 따르시지요."

"뭔 일인지는 모르지만 일단 오라고 하니까 가지. 앞장서도록."

노강 선사가 조심스럽게 허리를 구부리고 앞장을 서자 동천몽이 그 뒤를 따랐다.

그렇게 석실 문을 나갈 때 등 뒤로부터 팔용의 음성이 들려왔다.

"대법왕님."

동천몽이 돌아섰다.

팔용이 근심 가득한 시선으로 쳐다보았다.

"역대 조사님들이 대법왕님을 지켜 드릴 것입니다."

팔용의 말뜻을 알아차리지 못한 동천몽은 단순히 자신을 생각해서 던지는 말로 알아듣고 누런 이를 드러내고 웃었다.

"오냐, 금방 돌아올 테니 기다리거라."

쿵!

문이 닫히고 혼자 남은 팔용이 근심 가득한 시선으로 입구를 쳐다보았다. 그리고 속으로 아미타불을 끝없이 중얼거렸다.

회의장엔 긴장이 흘렀다. 모두가 동천몽이 나타나길 기다리고 있었는데 사대법왕의 얼굴뿐만이 아니라 의외로 만경선불까지 표정이 딱딱해져 있었다. 사대법왕은 끝내 동천몽이 죽지 않았다는 사실을 증명해야 하는 현실 때문에 굳었고, 만경선불은 모조리 척살했는데 그것이 실패했다는 사실에 표정이 어두워진 것이다.

하나 정작 중요한 것은 사대법왕이 자신을 완벽히 속이고 동천몽을 보호했다는 사실이다. 그것은 상대의 능력이 생각 밖으로 뛰어나다는 것을 반증했다. 특히 일목의 암살 능력을 비춰본다면 더욱 만만치 않았다. 어쨌든 만약 동천몽이 진짜 들어선다면 그가 아직 살아 있다는 사실을 확인한 것이야말로 가장 큰 소득이랄 수 있었다.

딸칵!

문 열리는 소리가 들리자 일제히 고개가 돌렸다.

노강이 앞장을 섰고 뒤를 따라 동천몽이 들어섰다.

벌떡!

"오오!"

"대… 대법왕이시여!"

동천몽이 들어서자 자리에 앉아 있던 십이법신이 일제히 자리를 박차고 일어나 외쳤다. 일부는 그 자리에 엎드려 오체복지를 마다하지 않았고 일부는 눈물까지 흘렸다. 원로들답

게 한눈에 동천몽의 외모에서 타계한 전 대법왕의 모습을 찾은 것이다.

만경 또한 다른 사람들과 다르게 자리에 꼿꼿하게 앉아 있었지만 소스라치게 놀라는 표정은 감추지 못했다.

"어… 어쩌면 코도 저렇게 똑같을 수가 있단 말이오?"

"이게 꿈이오, 생시오?"

"어서 오소서, 대법왕이시여."

여기저기서 감격에 들뜬 목소리들이 터져 나왔다.

동천몽이 의자에 앉아 있는 천장금왕 곁으로 다가왔다.

"금왕, 날 보자고 한 만경이란 늙은이가 누구야?"

동천몽의 입에서 늙은이라는 표현이 거침없이 쏟아지자 사람들은 또 한 번 소스라쳤다. 목소리 또한 구분할 수 없을 만큼 똑같기 때문이기도 했지만 현재 포달랍궁 내에서 제일 연장자인 만경을 향해 거침없이 늙은이라는 표현을 쓴 것 때문이었다. 타계한 전 대법왕도 사숙이 되는 만경에게 하대는 물론, 조금만 화가 나도 욕을 바가지로 퍼부었다.

'또… 똑같다.'

'대… 대법왕님이 기어코 환생하셨구나.'

아무 대꾸가 없자 동천몽이 인상을 썼다.

"내 말 안 들려? 날 오라고 한 만경이란 자가 누구냐고!"

"이 몸이올습니다, 대법왕이시여."

만경이 자리에서 일어나 입을 열었다. 그의 입에서 대법왕이란 호칭이 나왔다는 것은 그 역시 외형적이라도 일단 동천몽을 죽은 대법왕의 환생자로 생각한다는 뜻이었다.

동천몽은 팔용을 통해 포달랍궁의 서열과 직책 및 관습, 예절에 대해 자세히 들었다.

대법왕은 결코 누구에게도 공대를 하지 않는다고 했다. 아무리 나이가 많은 사람이라도 대법왕 앞에서는 공손해야 하고 대법왕의 명령은 지엄하다고 했다.

이왕지사 당분간 이곳에 머무르기로 한 이상 어정쩡하게 나가는 것보다는 대차게 밀어붙이는 것이 좋다는 것이 동천몽의 판단이었다.

"늙은이가 만경이야? 날 왜 불렀지?"

파르르!

만경의 몇 가닥 남지 않는 눈썹이 떨림을 보였다.

새파란 동천몽에게 욕설에 가까운 말을 들어서가 아니라 말투나 성격이 죽은 전 대법왕이 살아온 것 같았기 때문이다.

"말해봐. 날 보자고 한 용건이 뭐지? 뭐, 날 두려워할 것 없어. 허심탄회하게 말해보도록."

만경의 마른 입술이 조용히 물렸다.

'아미타불! 아미타불!'

속으로 불호만 열심히 되뇔 뿐이었다.

"이봐, 노승. 내 말 안 들려? 감히 나 대법왕의 말을 우습게 여기는 건가?"

그제야 만경은 화들짝 놀라는 표정을 지었다.

"아, 아니옵니다. 감히 이 늙은이가 어찌 위대하신 대법왕님의 말씀을 가벼이 듣겠나이까. 절대 그렇지 않사옵니다. 소승은 단지……."

"단지 뭐지?"

"구, 궁의 제일 어른으로서 환생하신 대법왕님의 옥체를 뵙고 싶어 청했을 뿐이옵니다. 너무 노여워 마소서."

"그럼 이제 됐나? 확인했으니까 돌아가도 되겠지?"

"무, 물론이옵니다, 대법왕이시여."

동천몽이 자신을 쳐다보는 십이법신을 쭈욱 노려보았다.

눈빛이 마주친 십이법신들은 움찔거리며 놀라기도 했고, 서둘러 눈빛을 피하는 사람도 있었다.

'젠장! 못해도 평균 나이가 백 살은 넘겠구만. 그나저나… 어휴, 냄새들.'

동천몽이 인상을 쓰며 돌아섰다.

자리에 앉아 있던 모든 사람이 일어나 일제히 허리를 숙이며 외쳐 말했다.

"대법왕이시여!"

탁!

문이 닫히고 동천몽이 사라지자 이곳저곳에서 수군대는 소리가 들렸다. 천장금왕의 귀에 들려온 수군거림의 대부분은 전 대법왕과 너무 닮았다는 얘기가 주류를 이루었다.

목소리는 물론, 말투와 생김새까지 찍어낸 듯 같다면서 모두가 놀라움을 감추지 못했다. 일부에서는 마침내 대법왕님이 환생해 오셨으니 본 궁의 미래는 더욱 쾌청하다고 즐거워하기도 했다.

그러나 단 한 사람만은 여전히 표정이 굳어 있었다.

그런 만경의 굳어진 표정을 보며 사대법왕이 자리에서 일어났다.

"사숙, 소질들은 이만 물러갈까 하옵니다."

만경은 굳은 시선으로 노려볼 뿐, 아무런 대답을 하지 않았다.

네 사람은 이내 회의장을 빠져나왔다. 회의장을 빠져나온 천장금왕이 황급히 세 사람을 보며 입을 열었다.

"큰일 났네. 대법왕이 자신의 손에 죽지 않고 살아 있다는 것이 확인됐으니 그를 죽이고자 더욱 날뛸 텐데 좋은 방법들 있으면 말들을 해보게."

모두가 꿀 먹은 벙어리처럼 어두운 표정만 지을 뿐 누구도 선뜻 입을 열지 못했다.

"우선 대법왕님의 거처부터 옮겨야겠네."

네 사람은 서둘러 동천몽이 묵고 있는 지하 석실을 찾아갔다. 동천몽에게 만경의 야망과 그가 꾸미는 계략을 설명하고 장소를 옮길 것을 청했다.

만경이 자신을 죽이려 한다는 말에 동천몽은 피식 웃었다.

모두가 충격을 받을 줄 알고 있다가 어이없다는 듯 웃는 동천몽을 보며 고개를 갸우뚱했다.

보다 못해 천검은왕이 말했다.

"무공으로 따지면 그는 본 궁에서 최고의 고수라고 할 수 있습니다."

"이봐, 은왕. 당신 보기에 내가 그따위 늙은이에게 죽을 사람처럼 보이나?"

천검은왕이 화들짝 놀라며 허리를 구부렸다.

"아, 아니옵니다. 절대 그렇지 않사옵니다. 대법왕님은 불사불노의 위대한 지체이십니다. 누구도 감히 해할 수 없습니다."

동천몽이 씨익 웃었다.

"그나저나 어디로 가잔 얘긴가?"

"이럴 때를 대비해 준비해 둔 비밀 장소가 있지요. 소승을 따라오시지요."

천장금왕이 앞장섰고 동천몽을 가운데 두고 나머지 세 법왕이 에워싸듯하며 석실을 빠져나갔다.

동천몽이 새롭게 자리를 잡은 곳은 일광전에서 동쪽으로 십 마장쯤 떨어진 석굴이었는데 자연적인 석굴에 사람의 손길이 보태져 무척 아늑하게 꾸며져 있었다. 천장금왕은 역대 대법왕들이 깨우침이 부족할 때마다 이곳에서 면벽을 하던 장소라고 설명해 주었다. 동천몽이 이곳은 안전하느냐고 묻자 천장금왕이 대법왕이 머무는 곳은 누구도 알지 못하는 것이 포달랍궁의 율법이라고 했다.

"언제 만경 사숙의 살수가 들이닥칠지 알 수 없습니다. 그러므로 서둘러야 합니다."

"하루라도 빨리 무공을 배우란 얘기군?"

"그러하옵니다. 옛말에 열 장정이 한 도둑 막지 못한다고 했습니다. 소승들이 아무리 엄중하게 지킨다고 해도 틈은 생기고 언젠가 위험을 맞이할 것입니다. 유일한 방법은 대법왕님 스스로 완성되어 적의 위험을 막는 것입니다."

동천몽이 이마를 찡그리며 물었다.

"한 가지 이해 못할 것이 있군. 대법왕의 권위는 하늘과 맞닿아 있으며 본 궁 제자들의 모든 생살여탈권을 거머쥐고 있다고 했지 않느냐?"

"그러하옵니다."

"그럼 날 진정으로 대법왕으로 인정한다면 만경인지 뭔지 하는 그 늙은이를 죽이라고 명령하면 간단히 끝나는 것 아니겠어?"

천장금왕이 표정을 고치며 말했다.

"만경 사숙은 본 궁의 어떤 직책도 갖고 있지 않습니다. 그게 무슨 뜻이겠습니까? 누구에게도 구속당하지 않고 지시를 받지 않는다는 의미이지요."

"한마디로 최고 어른에 대한 예우라는 것이군?"

"맞습니다. 하지만 그렇다고 해서 그분이 대법왕님을 시해하려고 했다면 결코 죽음을 피할 수가 없습니다. 지난 몇 달 동안 우리가 내세운 가짜 대법왕 모두가 살해되었지만 어느 누구의 몸에서도 만경 사숙이 직접 죽였다는 증거는 나오지 않았습니다."

"심증은 가지만 물증이 없기 때문에 지금으로서는 피하는 도리밖에 없다는 것이군. 무슨 뜻인지 알겠다."

천장금왕이 천검은왕을 향해 물었다.

"자네는 빨리 가서 쌍거불을 데려오게. 이곳으로."

천검은왕이 대답을 하고 석굴 밖으로 사라졌다.

동천몽이 물었다.

"쌍거불은 누구냐?"

"잠시 후면 도착할 테니 직접 보시지요."

동천몽이 알았다는 듯 한쪽에 만들어진 석좌에 털썩 주저앉았다. 천장금왕을 비롯한 나머지는 입구를 가로막고 서 있었다. 혹시라도 있을지 모를 만경의 침입을 막겠다는 행동이었다.

일각쯤 흘렀을 때 발자국 소리가 들려왔다.

맨 선두에 천검은왕이 들어섰고, 그 뒤를 따라 거구의 두 승려가 들어섰다. 사대법왕의 덩치도 컸지만 지금 들어서는 두 거승에 비하면 어린아이에 불과했다.

쿵쿵!

두 사람이 걸음을 옮길 때마다 석굴이 울렸는데 그들은 어깨에 각기 한 개씩 커다란 포대 자루를 메고 있었다.

퍼퍽!

어깨에 메고 있던 포대 자루를 내려놓은 두 거승은 천장금왕을 향해 깍듯하게 허리를 숙였다.

"쌍거불이 법왕님을 뵈옵니다."

목소리가 우렁찼다.

"어엇!"

"으와앗!"

고개를 쳐든 두 사람은 순간 돌 의자에 앉아 있는 동천몽을 발견하고 기겁할 듯 놀라는 표정을 지었다.

퍼퍽!

그러고는 말릴 틈도 없이 무릎을 꿇더니 큰 소리로 외쳐 말했다.

"대, 대법왕이시여!"

"오오! 환생을 하셨군요. 쌍거불이 인사 올립니다!"

무릎을 꿇고 있는 거구의 두 승려를 바라보는 동천몽의 눈은 여전히 부릅떠져 있었다. 태어나 아직 이토록 큰 덩치를 가진 사람을 보지 못했기 때문이다.

동천몽이 석좌에서 일어나 엎드린 두 사람 곁으로 다가가며 물었다.

"쌍거불?"

두 사람이 엎드린 채 머리를 조아리며 대답했다.

"소, 소승은 동불이라 하옵고."

"저, 저는 서불이라 하옵니다."

"합해서 쌍거불이라는 얘기구나."

"그렇사옵니다."

동천몽이 천장금왕을 바라보았다.

이들은 도대체 누구며 무엇 하는 사람들이냐는 질문이었다. 천장금왕이 바닥에 엎드린 쌍거불을 보며 설명했다.

"이들은 앞으로 대법왕님께 걸병광우철포공(傑屛鑛旰鐵袍功)을 가르칠 것입니다."

"거… 걸… 걸… 걸."

"걸병광우철포공."

"응, 그래. 그건 또 뭐지?"

"대법왕님의 신체를 도검불침의 철벽으로 만드는 무공이지요. 자세한 설명은 쌍거불에게 들으시면 이해가 빠르실 것입니다. 그리고… 아참."

스윽!

천장금왕이 품에서 한 가지 물건을 꺼냈다. 놀랍게도 그것은 동천몽의 얼굴을 빼닮은 인피면구였다.

"숨는 것도 한계가 있다는 것이 내 생각이네. 그래서 어젯밤 대법왕님의 용안과 똑같은 가짜 면구를 만들었지. 받게."

천장금왕이 천지철왕에게 말하며 면구를 내밀었다.

천지철왕이 눈을 빛내며 말했다.

"설마 소제더러 대법왕님의 대리 노릇을 하라는 얘깁니까?"

"시간없네. 어서 이것을 쓰고 이 약을 먹게."

품에서 푸른 약병을 꺼냈는데 그 안에는 가루약이 가득 들어 있었다.

"이것은 반위성이라는 걸세. 이걸 복용하면 목소리까지 대법왕님과 똑같아질 걸세."

천지철왕의 표정이 가볍게 변했다.

그것은 자신이 동천몽을 대신하여 만경의 표적이 되라는 뜻이기도 했다.

"뭣 하는가? 어서 받지 않고?"

"아미타불! 알겠사옵니다."

만경은 무공은 이미 인간의 한계를 벗어났다. 아무리 대법왕의 호위하는 사대법왕일지라도 한 사람씩 그와 붙는다면 상대가 되지 않는다. 오직 대법왕에게 전수해 줄 무공으로 합공을 할 때에만 상대가 가능하다. 그만큼 강력한 만경의 암살 표적에서 자신이 동천몽 노릇을 한다면 살수를 피할 가능성은 낮았다.

그러나 자신의 한목숨보다 대법왕의 생명이 훨씬 중요했으므로 천지철왕은 망설이지 않고 인피면구를 쓰고 천장금왕이 건네준 가루약을 단숨에 입 안으로 털어 넣고 삼켰다.

“이제 어떡해야 합니까?”

화악!

동천몽의 눈이 커졌다.

생김새도 같았는데 목소리까지 똑같았다. 이따금 천상각의 호위대장인 오만상이 변장을 하는 모습은 보았지만 목소리까지 바꾸는 비법이 있다는 건 오늘 처음 알았다.

“자넨 이제부터 대법왕님이 되어 다른 석굴에 숨어 있게. 그리고 대법왕님은 이것을 쓰시고 역시 이 약을 드십시오.”

또 하나의 면구는 천지철왕의 얼굴이었고 또다시 가루가 든 약병을 건네주었다. 동천몽은 주저앉아 인피면구를 쓰며 단숨에 가루약을 입에 털어 넣고 물을 마셨다.

“허허험!”

일부러 실험 삼아 헛기침을 했는데 전혀 엉뚱한 목소리가 흘러나왔다. 그건 바로 천지철왕의 것이었다. 한순간에 자신의 외형이 사대법왕 중 한 명인 천지철왕이 된 것이다. 동천몽은 무척 신기한 듯 자꾸 헛기침을 해댔다. 그런 그를 보며 사대법왕이 입가에 미소를 지었다.

어쩔 수 없는 소년의 모습 그대로였기 때문이다.

“그럼 소제는 이만 가보겠습니다.”

“조심하게. 너무 드러내 놓고 다니면 오히려 가짜라는 것을 고백하는 꼴이 되니 더욱 깊숙이 은신해야 하고 가급적 밖으로 나다니는 행동은 삼가게.”

"여부가 있겠습니까?"

동천몽으로 변한 천지철왕이 밖으로 사라지자 천장금왕이 천지철왕으로 변장해 있는 동천몽을 향해 허릴 숙였다.

"소승들도 이만 가보겠나이다."

천장금왕 일행이 석굴 밖으로 사라졌다.

쌍거불은 여전히 오체투지를 하듯 바닥에 엎드려 있었다.

"두 사람, 그만 일어나가라."

"대법왕님의 은혜에 감사드립니다!"

두 사람은 큰 소리로 대답을 하며 몸을 일으켰다. 어찌나 큰지 동천몽은 하늘을 올려다보듯 고개를 쳐들어 그들을 바라봐야 했다.

"조금 전 금왕이 말한 거… 걸병광우… 처… 철포공이라는 게 뭐냐?"

"사형이 설명해 드리십시오."

서불이 동불을 향해 말했다.

그러자 동불이 큰 소리로 말했다.

"천잠금왕께서 말씀하셨듯 대법왕님의 몸을 쇠처럼 단단하게 만드는 것입니다!"

"그러니까 내 말은 어떻게 해서 내 몸을 단단하게 만드느냐는 거지."

"아주 간단합니다. 철타십병(鐵打十兵)으로 만듭니다."

동천몽이 힐끔 두 사람이 내려놓은 자루를 보았다. 자루에는 다섯 개씩 모두 열 개의 병기가 들어 있었는데 모양이 모두 달랐다.

"저것이 철타십병이라는 것이냐?"

"예."

동천몽이 쭈그리고 앉아 자루 속에 들어 있는 병기들을 살펴보았다.

쇠몽둥[鐵杖]에서부터 검(劍)과 칼(刀)을 비롯해 련(鍊), 활[弓]을 포함한 화살[矢]과 채찍[鞭], 큰 도끼[鉞], 창[矛], 밧줄[索], 낫[鎌]이었다.

하나같이 흉측하게 생긴 병기들을 보며 동천몽이 고개를 갸웃거렸다. 아무리 머리를 굴려보아도 걸병광우철포공이라는 무예에 대해 떠오르는 것이 없었기 때문이다.

동천몽이 일어서며 말했다.

"아무튼 상당히 기대가 되는구나. 한 가지 부탁을 하겠다."

"부, 부탁이라뇨. 당치 않으시옵니다. 그냥 명령만 내리소서. 그럼 소승들은 죽을힘을 다해 받들겠나이다."

"가급적 빨리 완성시켜 달라는 얘기를 하고 싶다."

두 사람의 고개가 동시에 숙여지며 올려다보는 동천몽의 시선과 마주쳤다.

"저희 또한 법왕님들로부터 무슨 수를 써서라도 석 달 내에 완성을 시켜야 한다는 엄명을 받았습니다. 반드시 석 달

이내에 성공을 시켜드리겠나이다.”

“다른 사람은 어느 정도 걸렸느냐? 역대 법왕들 말이다.”

“저희들이 알기에 걸병광우철포공을 가장 빨리 익히신 대법왕님은 칠대 법왕님으로서 반년 걸린 것으로 아옵니다.”

“반년?”

동천몽의 눈이 약간 커졌다.

역대 수많은 포달랍궁의 대법왕 중 가장 빠른 사람이 반년 걸렸다는 말에 동천몽은 승부욕이 타오르는 눈으로 물었다.

“어렵냐?”

“저희는 잘 모르겠습니다. 다만…….”

“다만 뭐냐?”

“모든 건 참느냐 못 참느냐가 좌우합니다.”

“잘만 참으면 석 달이 걸리지 않을 수 있다는 얘기구나.”

“물론이지요.”

동천몽이 씨익 웃었다.

“좋다. 난 두 달 만에 끝내고 싶다. 할 수 있겠느냐?”

“결과는 우리가 쥐고 있지 않습니다. 대법왕님께 달려 있지요.”

“걱정 마라. 난 얼마든지 열심히 가르쳐 준대로 배울 준비가 되어 있다.”

하루라도 이곳을 빨리 빠져나가고 싶었다. 그렇기 위해서는 단 하루도 소홀히 보낼 수 없다. 어떻게 해서라도 서둘러 무공을 배우고 싶었다.

"지금 당장 시작할 수 있겠지?"

동불이 눈을 크게 뜨고 말했다.

"곧바로 수련에 들어가자는 말씀입니까?"

"어차피 할 거라면 하루라도 빨리 시작하는 것이 좋지 않겠느냐? 자자, 어떻게 하는 것이냐, 어서 설명을 해보거라."

동불과 서불이 서로 눈빛을 교환했다.

잠시 후 동불이 무거운 어조로 입을 열었다.

"좋습니다. 대법왕님의 뜻이 정 그러하시다면 곧바로 시작하겠습니다. 그럼 우선 옷을 벗으십시오."

흠칫!

느닷없이 옷을 벗으란 말에 동천몽의 눈이 커졌다.

"걸병광우철포공은 옷을 벗고 수련하는 것입니다."

동천몽이 고개를 갸웃거리더니 알았다는 듯 대답했다.

"거참, 알겠느니라."

동천몽이 순식간에 옷을 벗었다.

몸에 걸친 것이라고는 사타구니를 가린 사각의 천 조각밖에 없었다.

"됐느냐?"

"그것도 마저 벗으십시오."

동천몽이 눈을 크게 떴다.

"홀라당 벗으란 말이냐?"

"걸병광우철포공은 몸에 단 한 조각의 옷을 걸치고 있어도 안 됩니다. 어서 벗으시지요."

동천몽이 약간 이상하다는 듯 동불과 서불을 쳐다보더니 고개를 미미하게 끄덕였다.

"허험! 그렇다면 벗지."

마지막 천 조각까지 완전히 벗은 동천몽을 보며 쌍거불이 허리를 숙였다.

"그럼 지금부터 걸병광우철포공 수련을 시작하겠습니다."

그러더니 두 사람이 동시에 무릎을 사정없이 꿇었다.

"왜 그러느냐? 왜 갑자기 무릎은 꿇고 그러느냐?"

동천몽이 놀라 묻자 쌍거불이 고개를 조아리며 말했다.

"대법왕이시여, 지금부터 저희들이 하는 짓은 결코 고의가 아님을 이해해 주십시오."

"무슨?"

"절대 고의가 아니며 오로지 대법왕님과 본 궁의 미래를 위한 길임을 이해하시고 절대 화를 내거나 미워하시면 아니 되옵니다."

동천몽이 잠시 멍한 표정으로 두 사람을 쳐다보았다. 그러나 도무지 머릿속에 잡히거나 떠오르는 것이 없었다.

第六章
걸병광우철포공

동천몽은 뭔지 모르지만 일단 알았다고 대답했다. 그러자 두 사람이 다시 한 번 크게 절을 올리더니 몸을 일으켜 세웠다. 동불이 자신이 짊어지고 온 포대 자루에서 쇠몽둥이 한 개를 꺼냈다.

"카악!"

"퉤!"

손바닥에 가래침을 뱉더니 쇠몽둥이를 힘껏 움켜 쥐었다.

"다시 한 번 말씀드리지만 죽어도 고의가 아닙니다. 또한 주의할 것은 절대 반항하거나 피해서는 안 된다는 것입니다. 그렇게 될 경우 걸병광우철포공은 얻을 수 없을 것입니다."

뭔가 분위기가 이상하게 돌아간다는 것을 그제야 알아차
린 동천몽이 이마를 찡그렸다.

"알겠는데 그 몽둥이는 왜 그렇게 힘껏 거머쥐고 그러느
냐?"

"백문이불여……."

동불이 더 이상 말을 하지 못하고 서불을 바라보자 그가 대
답했다.

"일견."

"직접 보면 압니다."

말이 끝나자마자 동불의 손에 쥐어 있던 쇠몽둥이가 허공
을 갈랐다.

동천몽이 깜짝 놀라며 소리쳤다.

"뭐, 뭐 하는 것이냐!"

빠아악!

"으악!"

동천몽은 단 한 방에 나가떨어졌다.

"아이고… 나 죽네."

바닥을 나뒹군 동천몽이 벌떡 일어나 동불을 바라보며 씹
어뱉듯 말했다.

"이런 개자식이, 너 미쳤냐? 감히 날 쳐?"

동불이 다시 허릴 숙였다.

"흑흑흑! 용서하시옵소서. 걸병광우철포공을 얻기 위해서

는 어쩔 수 없습니다. 결단코 고의가 아니라고 했지 않사옵니까?"

"그… 그럼 뭐냐? 걸병광우철포공이라는 것이 날 때리는 것이란 말이냐?"

"허… 허헝! 그…그러하옵니다. 앞으로 대법왕님께서는 여기 있는 철병십병이 모조리 닳고 부서질 때까지 맞고 또 맞을 것입니다. 상당한 고통이 뒤따르겠지만 열매는 아주 달다고 할 수 있습니다. 저… 절대 소… 소승을 미워하지 말아주십시오."

동천몽이 입을 떠억 벌렸다.

철병십타는 모두 쇠로 만들어져 있었다. 그런데 저 열 개의 병기가 닳고 부서질 때까지 맞아야 한다는 말에 눈을 휘둥그레 떴다.

"무… 무슨 무공이기에 사람을 때린단 말이냐?"

"맷집이라고 들어보셨습니까?"

"……"

"인간의 육체는 참으로 신기하여 맞을수록 단단해집니다. 저 열 개의 병기가 모두 닳고 나면 대법왕님의 몸은 어떤 병기도 파고들지 못할 것입니다."

동천몽의 얼굴이 하얗게 변했다.

세상에서 가장 큰 고통이 두들겨 맞는 것이다. 그것도 함께 싸우며 치고받는 것이면 몰라도 일방적으로, 그것도 쇠몽둥이로 맞아야 한다는 말에 잠시 할 말을 잃었다.

"이름하여 무림에서는 금종조 또는 철포삼이라고 하는데, 이 걸병광우철포공은 그런 것들과 차원이 다르지요. 그럼 다시 시작하겠나이다. 이… 이 몸, 나중에 실컷 때려주십시오."

휘이익!

"자암깐!"

동천몽이 소리쳐 제지를 시켰지만 소용이 없었다.

빠아악!

"으아아악!"

동천몽은 힘없이 무너졌고 동불이 다가오며 큰 소리로 외쳐 말했다.

"어흥허웅! 이 나쁜 놈, 맞아 죽을 각오로 대법왕님을 때리겠나이다. 또다시 강조하지만 절대 때리고 싶어서 때리는 것이 아님을 헤아려 주소서."

퍽!

퍼퍼퍽!

이어 그는 쓰러진 동천몽의 몸을 무자비하게 때리기 시작했다. 동천몽은 이리저리 피하며 죽는다고 비명을 질렀다.

"멈춰, 개자식아! 나 이딴 것 안 배워. 빨리 안 멈춰? 대법왕인 날 우습게보는 거야! 아이고."

동불은 몽둥이질을 하며 통곡하듯 말했다.

"호호흑! 아이고, 다시 말씀드리지만 절대 제가 때리고 싶어 때리는 것이 아닙니다. 모두가 대법왕님을 위한 어쩔 수 없는 조치이니 자비를……."

"자비고 개비고… 그만 해! 으악!"

"아이고, 우리 대법왕님 죽네… 아미타불."

급기야 동불은 통곡을 하며 때렸다.

"대법왕님을 때려야 하는 소승의 가슴은 천 갈래 만 갈래 찢어지옵니다. 아아, 미타불. 으어어엉!"

"이런 개자식들이 진짜… 악… 컥… 윽!"

빡!

퍼어어—억!

꽈직!

소나기처럼 몽둥이 세례가 가해졌다. 처음에는 악착같이 피하던 동천몽도 이제 기력을 잃은 듯 몽둥이에 몸을 맡겼다. 대신 입으로는 쉴 새 없이 욕을 해댔다.

"모… 모두 죽여 버릴 거야. 이런 상노무새끼들… 나 동천 몽을 우습게봤다, 이거지? 이런 사기꾼 새끼들."

뚝!

동천몽을 때리던 동불이 동작을 멈추었다.

그러자 뒤에 서 있던 서불이 다가와 쇠몽둥이를 넘겨받았다.

"대법왕님이시여, 이 서불을 용서하소서. 소승 또한 절대 미워서 때린다거나 개인적으로 어떤 감정이 있어서 때리는 것이 아니옵니다. 모든 것은 오로지 대법왕님을 위하고 본 궁을 위한 충성심의 발로이니 부디 자비를 베풀어주소서. 그럼 지금부터 때립니다.”

“그… 그만!”

빠아아악!

공기를 가르며 몽둥이가 옆구리를 찍었다.

“우왁!”

활처럼 휘어진 동천몽의 몸에 서불의 몽둥이가 작렬하기 시작했다.

동천몽은 또다시 온갖 욕설을 다 뱉었다. 그러나 서불의 몽둥이질은 결코 멈추거나 흔들리지 않았다.

한데 한 가지 놀라운 일이 있었다.

쇠몽둥이로 두들겨 맞는데도 동천몽의 몸에서는 단 한 방울의 피도 흘러나오지 않고 있었다. 뿐만 아니라 몽둥이질을 피하기 위해 이리저리 뒹구는 동천몽의 행동을 보면 뼈 또한 부러지거나 하지는 않은 것 같았다.

빠악!

퍽!

두 사람은 지칠 만하면 서로 번갈아 때리기 시작했다.

욕설을 퍼부으며 떠들던 동천몽이 어느새 지친 듯 축 늘어져 아무런 반응을 보이지 않았다. 그러나 두 사람의 몽둥이질은 쉬지 않고 계속되었다.

그날 저녁 석굴로 천장금왕이 들어섰다.

바닥에 쓰러져 있는 동천몽을 보며 숙연한 표정을 지었다.

'아미타불! 참으셔야 합니다. 아무리 힘들어도 참으셔야 합니다.'

천장금왕이 온몸에 땀이 흥건히 젖은 쌍거불을 돌아보았다.

천장금왕의 시선이 닿자 그들은 움찔 놀랐다.

"소… 소승들이 죽을죄를 지었습니다."

"아마 우린 지옥에 떨어질 것입니다."

천장금왕이 말했다.

"아니다. 너희들은 의당 해야 할 일을 하고 있는 것이다. 다시 말하지만 사사로운 직위와 정에 연연하여 봐주거나 대충해서는 안 된다. 대법왕님이 똑바로 서야 본 궁이 선다. 혼신을 다해 때리거라. 그리고 약속대로 석 달 안에 걸병광우철포공을 완성시켜야 한다."

"아미타불."

"알겠사옵니다."

"주, 죽여 버릴 거야. 네놈들 모두 죽여 버릴 거야. 내가 네놈들을 살려두면 개새끼다. 으으으!"

동천몽이 꿈틀대며 중얼거렸다.

"내… 내가 바보인 줄 알… 아. 이렇게 사람을 때리며 수련… 하는 무공이 있다는 말은 금시초… 문이다. 느이들 사기

집… 단이지. 정체를 밝혀… 라.”

동천몽이 반쯤 상체를 일으켜 세우더니 세 사람을 쏘아보았다. 그의 두 눈에서 야수와 같은 살기가 쏟아지자 세 사람은 흠칫했다.

“주… 죽여 버릴 거야.”

천장금왕이 침통한 표정으로 말했다.

“시작은 쓰지만 끝은 달 것입니다. 조금만 참아주십시오.”

“닥쳐, 이 후레자식… 아.”

천장금왕이 길게 한숨을 내쉬더니 포권의 예를 취하고 석굴을 나갔다.

“무, 물을 줘. 목이 마르다.”

동불이 고개를 가로저었다.

“안 됩니다. 수련 중에 절대 물은 드시면 안 됩니다.”

“입… 닥치… 고 물 가져… 와.”

“음식은 가능하지만 물만큼은 절대 안 됩니다.”

“이 새끼가!”

휙!

동천몽은 가까스로 일어나 주먹을 날렸다.

빡!

동불의 배에 주먹이 격중되었지만 오히려 동천몽이 나가떨어졌다.

바닥에 주저앉은 동천몽이 눈을 크게 뜨고 자신을 바라보는 동불을 쏘아보았다.

한참 동안 동불을 쳐다보던 동천몽의 눈이 빛을 뿌렸다.

'이건 아니다!'

지금까지 겪은 바와 여러 정황에 비춰 이들은 자신을 진짜로 죽은 전 대법왕의 환생자로 확신하고 있었다. 그건 즉, 지금 자신을 때리는 이 모든 행위가 어떤 사심이나 부당한 목적이 개입되어 있지 않다는 것이었다. 작금의 모든 것은 진실성이 가득 담겨 있는 것이다. 정말로 자신을 강한 대법왕으로 만들기 위한 행동인 것이다.

아프고 금방이라도 죽을 것 같지만 절대 다른 음모나 계략은 없다. 그러므로 자신의 소원처럼 빨리 이곳을 벗어나려면 악착같이 버티는 것밖에 달리 방법이 없음을 깨달았다.

그리고 또 한 가지 그가 깨달은 것이 있었다. 보통 사람 같았으면 쇠몽둥이로 그만큼 맞았다면 죽었어야 정상이다. 그런데 아프긴 하지만 목숨에는 아무런 지장이 없었다. 그건 곧 철저한 선의임이 분명했다.

'좋다. 그렇다면……'

다음날부터 동천몽의 입은 굳게 닫혔다. 단 한마디의 비명도 내지르지 않았다. 두 사람이 때리는 쇠몽둥이를 고스란히 맞으며 참고 또 참았다. 그리고 석 달이 어서 빨리 지나가기를 기다렸다.

'시간은 거꾸로 매달아도 간댔지.'

동천몽은 피가 나도록 이를 악물었다.

만경의 오른발이 일목의 정강이에 부딪쳤다. 정강이뼈가 불에 데인 것처럼 화끈거리고 아팠지만 일목은 이를 악물고 참았다. 눈앞으로 노랗고 빨갛고 파란 온갖 별들이 떠올랐다.

"벌써 보름이 지났는데 그놈의 흔적을 못 찾았다는 게 말이 되느냐? 어엉!"

빠박!

만경이 또다시 정강이를 걸어찼다.

일목의 하나뿐인 눈이 격렬하게 꿈틀거렸다. 맞은 곳을 또 맞은 것처럼 아픈 것은 없다. 그런데 조금 전 맞은 정강이에 또다시 만경의 발이 꽂힌 것이다.

너무 아파 눈물이 나오려고 했지만 사내가 흘려서는 안 될 것 중 하나가 눈물이라고 어머니는 말했었다.

"찾아라. 당장 찾아 죽이란 말이다."

"최선을 다하겠습니다."

만경이 버럭 소릴 질렀다.

"똑바로 해, 이놈아!"

"네에!"

일목 또한 큰 소리로 대답했다

멍청하긴 해도 동물적인 감각을 갖고 있다. 그런데도 일목의 감각으로도 대법왕이 숨어 있는 장소를 아직 찾아내지 못하고 있다는 것은 그만큼 사대법왕 측 또한 신중히 대처하고 있다는 뜻이었다. 더욱 빨리 서둘러야 했다.

십이법회를 이용해 동천몽의 존재를 확인하려는 자신의 계획은 성공했다. 하나 그에 못지 않은 실(失)도 있었다. 자신을 따르던 일부 원로들이 동천몽을 보고 돌아선 것이다. 자신이 보기에도 동천몽은 확실히 전 대법왕의 환생자임이 분명했다. 그러나 사제와 사질에 이어 사손에게까지 대법왕 자리를 넘겨줄 수는 없었다.

"놈의 시체를 갖고 오너라."

"기대해 주십시오!"

일목이 큰 소리로 대답하고 밖으로 사라졌다.

얼마 전까지 자신을 추종하는 제자들이 과반수 가까이 되었다. 그런데 동천몽이 모습을 드러낸 이후 썰물처럼 흩어지고 떨어져 나갔다. 죽였는지 죽이지 못했는지 확인하기 위해 불러냈는데 그것이 오히려 자신에게는 커다란 악수로 등장할 줄이야.

'죽일!'

홍산을 비롯해 대설산에는 수백, 수천 개의 자연 동굴이 있다. 사대법왕은 그 많은 동굴 어딘가에 동천몽을 숨겨놓고 무예를 가르치고 있을 것이었다. 하지만 모두를 뒤져서라도 찾아내야 한다.

오늘도 동불과 서불의 몽둥이질은 계속되었다. 피 한 방울 흘러나오지 않고 신체에 전혀 손상이 없다는 것이 동천몽은 몹시 신기했다.

뚝!

한참을 때리던 몽둥이질이 갑자기 멈췄다.

죽은 듯 축 늘어져 있던 동천몽이 장대비처럼 쏟아지던 몽둥이질이 멈추자 꿈틀거리며 고개를 쳐들었다.

팟!

순간 동천몽의 눈이 기광을 뿌렸다.

놀랍게도 지난 보름 동안 자신을 두들기던 쇠몽둥이가 부러져 있었다.

“왜… 왜 부러진 것이냐?”

동불이 떨리는 음성으로 말했다.

“철장(鐵杖)이 부러진 것은 몸의 저항력이 철장의 힘보다 강해졌다는 뜻이옵니다. 이로써 제일단계인 철장 수련은 끝났사옵니다.”

동천몽은 손으로 자신의 피부를 만져 보았다.

피부는 물렁거렸고 여전히 예전과 큰 차이가 없었다.

그걸 보며 동불이 입을 열어 말했다.

“다른 외문 무공과 달리 걸병광우철포공은 경지가 높아질수록 피부가 부드러워지고 윤기가 흐르옵니다. 그럼 지금부터 제이단계 수련인 검타(劍打) 수련을 시작하겠사옵니다.”

동불이 이번에는 커다란 검을 뽑아 들었다.

금방이라도 몸을 두 동강 낼 듯 검신에서는 무시무시한 섬광이 뿜어져 나왔다.

"그… 그것으로 날 찌른단 말이냐?"

몽둥이는 둥글기 때문에 단순히 충격만 주었지만 검은 다르다. 날이 서 있기 때문에 피부가 잘려지고 피가 흐를 것은 불문가지.

"하오면 지금부터 검타 수련을 시작하겠나이다. 또다시 말씀드리지만 절대 고의가……."

동천몽이 버럭 소릴 질렀다.

"알았어. 이제 그 소리 그만 해!"

동불이 처음 시작할 때처럼 깍듯하게 허리를 구부려 예를 취하더니 검을 세워들었다.

동천몽의 두 눈이 심하게 흔들거렸다. 저 거구가 검을 내려치면 자신의 몸은 단번에 두 조각 날 것 같았다. 하지만 결코 죽이지는 않을 것이라는 생각을 품으며 두근거리는 가슴을 진정시키고 눈을 질끈 감아버렸다.

획!

검이 떨어져 내렸다.

양손으로 검의 손잡이를 쥐고 내려쳤는데 파공성에서 가공할 힘이 느껴졌다.

푸우욱!

예리한 검날이 동천몽의 몸에 찍히듯 박혔다.

"크후훅!"

동천몽이 비명을 지르며 얼른 눈을 뜨고 자신의 아랫배를 내려다보았다.

화악!

검이 맞은 자리에는 가느다란 혈선이 나타나 있었다. 피가 베어 나오기 직전의 모습이었다. 건드리기만 하면 피가 샘물처럼 솟아나올 것 같았다.

파악!

동불의 검타가 본격적으로 시작되었다. 하지만 붉은 혈선만 생길 뿐, 피는 흘러나오지 않았다. 동천몽은 그 이유가 지난 보름 동안 쇠몽둥이로 맞아 피부가 다져진 탓이라고 여겼다.

콰— 콰콰콱!

삽시간에 동천몽은 몸은 붉게 변해 슬쩍 건드리기만 해도 핏물이 왕창 쏟아질듯 달아올랐다. 그러나 동불과 서불은 돌아가며 검을 내려쳤고 그때마다 동천몽의 비명이 석굴을 울렸다.

이른 아침의 전각은 옅은 안개 속에 잠겨 있었다. 단출한 전각의 용 머리에 두 마리의 까치가 나란히 앉아 짹짹거리며 시끄럽게 떠들다 갑자기 푸드득 소리를 내며 뒷산으로 날아가 버렸다.

전각 앞마당에 한 사내가 나타났다.

앞가슴에 적오(赤烏)가 선명하게 새겨진 백의를 걸친 당당한 체구의 사내는 바로 동천비였다. 마당에 잡초가 수북한 것으로 보아 주인이 오랫동안 집을 비웠음을 알 수 있었는데 그 순간 동천비의 고개가 들려졌다.

화생각(火生閣).

피식!

동천비의 입꼬리가 말려 올라갔다.

불처럼 화끈하게 살다 죽겠다고 동천몽이 직접 쓴 현판이다. 그래서 빼어난 필치를 자랑하는 여타 현판과 달리 삐뚤빼뚤했다.

"미친놈!"

차가운 중얼거림을 흘리며 동천비는 천천히 전각을 향해 다가섰다. 신발은 신은 채 안으로 들어선 동천비는 텅 빈 방 안을 천천히 돌아보았다.

팟!

방 안을 살피던 동천비의 두 눈이 예리한 광채를 발했다. 주인이 실종된 지 오래되었는데도 방 안이 깨끗했다. 누군가 날마다 청소를 하고 있음을 알 수 있었다. 이부자리도 단정하게 개어져 있었고, 바닥 또한 따뜻한 것을 보면 어젯밤까지 누군가 불을 지폈다는 것을 알 수 있었다.

동천비가 방 안의 이곳저곳을 둘러보고 있을 때 돌연 밖으로부터 여자의 목소리가 들려왔다.

"안에 누구냐? 설마 몽이가 왔단 말이냐?"

약간 흥분에 젖은 목소리와 더불어 벌컥 문이 열리며 한 여인이 들어섰다. 그녀는 오십가량의 중년 여인이었는데 눈가에 잡힌 몇 개의 주름만 없앤다면 이십대라고 해도 좋을 만큼 빼어난 용모를 자랑하고 있었다.

"너… 너는 천비가 아니냐?"

중년 여인이 흠칫 놀라며 물결처럼 두려움 한줄기가 얼굴을 가로질러 사라졌다.

동천비는 중년 여인을 날카롭게 쳐다보았다.

중년 여인은 천상각의 안주인 능씨였다. 동오룡에게는 모두 두 명의 부인이 있었다. 첫 부인은 십육 년 전 병으로 타계했고 지금의 능씨는 두 번째 부인인 것이다. 그래서 동천몽을 제외한 나머지 사 남매는 모두 전 부인이 낳은 자식들이었다.

"네… 네가 여긴 어인 일로?"

"동생의 방에 형이 찾아오면 안 되는 것입니까?"

"그… 그렇지는 않지만."

그때 두 명의 시녀가 밥상을 들고 들어왔다.

능씨가 두 시녀를 향해 말했다.

"저쪽으로 놓거라."

능씨의 지시에 따라 두 시녀는 밥상을 아랫목에 놓았다. 밥상을 바라보는 동천비의 눈이 이채를 발했다. 화려한 반찬들이 즐비했는데 그중 동천비의 시선을 끄는 것은 김이 모락모락 피어나는 곽탕(藿湯)이었다.

시녀들이 물러나고 방 안에는 동천비와 능씨 단 두 사람만이 남아 있었다.

"뭡니까, 저건?"

능씨가 더듬거리며 말했다.

"벼… 별것 아니다. 사실 오늘이 천몽, 그 아이의 생일이다. 그래서……."

능씨는 제대로 동천비와 시선을 마주치지 못하고 안절부절못했다.

생일이라는 말에 동천비의 눈이 커졌다.

"오늘이 막내의 생일이란 말입니까?"

"주… 죽었는지 살았는지 알 수 없지만 어미로서 그냥 지나칠 수가 없더구나."

"이런… 소자에게 귀띔이라도 하시지 그랬사옵니까? 그러고 보니 항상 이맘때가 녀석의 생일이었죠."

동천비가 눈을 크게 뜨며 고개를 끄덕였다.

"형이 되어 동생의 생일도 까맣게 잊고 있었다니… 송구합니다. 용서하십시오."

능씨가 약간 당황한 얼굴로 말했다.

"아… 아니다. 괜찮느니라. 워낙 바쁜 너 아니냐?"

"도대체 어딜 가서 이렇게 이 형의 애간장을 태우는 거야, 몹쓸 놈 같으니."

동천비의 얼굴에 동천몽을 염려하는 낯빛이 가득했다.

동천비가 생일상을 바라보고 있는 능씨를 향해 말했다.

"너무 염려 마십시오. 워낙 똘똘한 녀석이니 별 탈 없을 것입니다. 소자 또한 나름대로 열심히 천몽을 찾아보고 있으니 머잖아 좋은 소식이 올 것입니다."

능씨의 표정이 조금 환해졌다.

"고… 고맙구나."

"고맙다뇨? 진즉부터 찾아봤어야 했는데 워낙 바쁘다 보니 신경을 쓰지 못했습니다. 책임지고 막내를 어머니 곁에 데려다 줄 테니 마음놓으십시오."

능씨가 가벼운 미소를 지었다.

고마움이 깊이 배인 표정을 지은 능씨가 차려진 생일상을 쳐다보았다. 한동안 물끄러미 밥상을 쳐다보던 능씨의 두 눈에 갑자기 이슬이 맺혔다.

주르륵!

끝내 눈가에 맺힌 물방울이 볼을 타고 흘러내렸다.

능씨의 눈물을 발견한 동천비의 표정은 무심했다. 아니, 언뜻 경멸의 표정이 나타났다.

한참 속으로 흐느끼던 능씨가 손수건으로 눈물을 훔치며 돌아섰다. 능씨가 문턱을 넘어갈 때 돌연 동천비가 조용한 목소리로 불렀다.

"어머니."

흠칫!

도둑질이라도 하다 들킨 사람마냥 능씨가 깜짝 놀랐다.

자신이 시집왔을 때 동천비의 나이는 열다섯이었다. 그때부터 지금까지 그의 입에서 단 한 번도 어머니라는 소리는 흘러나오지 않았다. 그런데 오늘 처음으로 어머니라는 소리를 들은 것이다.

"어머니께서도 아버님의 결정이 잘된 것이라고 생각하십니까? 죽었는지 살았는지도 모르는 천몽이에게 객점을 넘긴 것 말입니다."

부르르!

능씨의 몸이 가볍게 떨렸다.

등을 돌리고 서 있는 능씨를 향해 동천비는 차갑게 말했다.

"아시겠지만 객점은 본 가의 전장입니다. 다른 업종에 비해 규모는 크지 않지만 가장 많은 현금이 도는 관계로 아주 중요한 역할을 차지하고 있지요. 그런 중요한 객점을 그놈에게 넘기겠다는 아버지의 결정을 옳다고 보느냐구요."

능씨가 등을 돌린 채 더듬거렸다.

"나… 난 잘 모르겠다. 너희 아버지가 하는 일이라."

"어머니께서 좀 말려주십시오. 천몽이에게 객점을 넘기겠다는 아버님의 뜻을 돌려달라는 것입니다. 객점은 제가 맡아야 합니다."

능씨의 몸이 빳빳하게 굳었다.

그런 능씨를 보며 동천비가 다그치듯 언성을 높였다.

"왜 아무런 말씀이 없으십니까?"

"나… 난 그냥."

"어머님만을 믿겠습니다."

한마디를 남기고 동천비가 능씨를 지나 밖으로 나갔다. 걸어가는 동천비를 쳐다보는 능씨의 얼굴에는 식은땀이 송골송골 맺혀 있었다.

걸병광우철포공을 수련한 지 두 달이 지나고 있었다. 어느새 철장을 비롯해 검과 칼, 쇠사슬, 활, 채찍까지 끊어졌다. 남은 타병은 이제 네 가지였다. 이제는 두들겨 맞아도 자국 따위는 생기지 않았다. 하지만 통증은 전혀 변함이 없었다. 그래서 그 이유를 쌍거불에게 물었다. 피부가 강해지면 통증까지 느끼지 않아야 하는 것 아니냐고.

그런데 돌아온 대답은 아주 간단했다. 걸병광우철포공은 피부의 저항성을 강하게 만들어 외부로부터 전해지는 공격을 막는 것이지, 감각까지 죽이는 무공이 아니라는 것이었다. 통증은 엄연히 살아 있는 사람이라면 당연히 느껴야 한다는 것이었다.

동불이 도끼를 쥐었다.

도끼도 여러 종류가 있는데 지금 동불이 거머쥔 것은 도끼 중 가장 큰 월(鉞)이었다.

흠칫!

동천몽은 자신도 모르게 몸을 떨었다. 도끼가 너무 큰데다 날이 어찌나 날카롭게 섰는지 푸르스름한 광채가 뿜어져 나왔기 때문이다. 철타십병 중 가장 크고 무시무시했다.

이미 맞을 만큼 맞아 두려움에 대한 면역이 생겼는데도 커다란 도끼를 보자 더럭 겁이 났다.

"잠깐!"

도끼를 내려치려는 동불을 향해 외쳤다.

그 말에 동불이 서둘러 도끼를 멈추자 동천몽이 침을 삼키며 동불에 손에 들린 도끼를 보며 말했다.

"나… 날이 너무 섰지 않느냐?"

아닌 게 아니라 도끼의 날은 하얗다 못해 시퍼렇게 서 있었다.

"이… 이것 봐라."

동천몽이 바닥에 떨어진 종이 조각 한 개를 도끼날에 갖다 대자 깨끗하게 잘려 나갔다.

동천몽이 더욱 소름이 끼치는 듯 몸을 떨며 더듬거렸다.

"나… 날을 조금 무디게 하여……."

"용서하십시오."

말이 끝나기가 무섭게 도끼가 떨어졌다.

"개… 개자식아, 찍으면 찍는다고 말을 해야지."

빠악!

"크아아아!"

둔탁한 소리와 더불어 동천몽의 입에서 처절한 비명이 흘러나왔다. 동천몽은 바닥에 쓰러져 있었는데 금방이라도 곧 죽어갈 사람처럼 온몸을 바르르 떨고 있었다.

눈앞이 캄캄했고 호흡이 뜻대로 이뤄지지 않았으며 온몸이 벼락을 맞은 듯 화끈했다. 예상대로 도끼로부터 전해지는 충격은 이전의 여타 병기와는 차원이 달랐다.

"기… 기다려 봐."

손을 쳐들며 잠시 멈출 것을 요청했지만 동불의 도끼는 무자비하게 떨어졌다.

콰콱!

"컥!"

반쯤 들려진 고개가 바닥에 처박히며 또다시 동천몽의 몸이 개구리처럼 떨렸다. 동불은 동천몽의 반응에는 전혀 주목하지 않았다. 그는 오로지 있는 힘을 다해 도끼를 휘두를 뿐이었다.

동불의 도끼가 갈수록 빨라지며 그의 입에서도 거친 숨소리가 흘러나왔다. 동천몽의 몸은 움직일 힘도 없는 듯 축 처져 있었고 서불이 도끼를 넘겨받아 내려치기 시작했다.

동불은 한쪽 바닥에 털썩 주저앉아 목이 마른 듯 떠다 놓은 냉수를 벌컥벌컥 마시며 바닥에 늘어져 있는 동천몽을 쳐다보았다. 그러면서 고개를 설레설레 흔들었다.

쌍거불의 임무는 딱 한 가지뿐이었다. 오직 다음 대법왕에게 가르칠 걸병광우철포공의 수련법을 배우고 익히는 것이었다. 올해로 두 사람의 나이는 쉰하나였다. 열다섯 살에 궁에 들어와 오늘 이때까지 새로 환생하게 될 다음 대 대법왕을 위해 오로지 걸병광우철포공에 대한 가르침만을 받았고 연습했다. 동천몽에게 걸병광우철포공을 가르치면 곧바로 차기 대법왕에게 가르치게 될 두 명의 쌍거불을 새로 제자로 거두어 가르친다.

사실 겉보기에는 아무 곳이나 마구잡이로 두들기는 것 같지만 절대 그렇지 않았다. 철저히 걸병광우철포공의 구결에 따라 내려쳐야 하며, 제대로 하기만 하면 뼈가 부러지거나 살이 찢어지는 일은 발생하지 않는다. 그렇기 때문에 더욱 심혈을 기울여 지난 삼십육 년 동안 하루도 쉬지 않고 연습을 했다.

빡― 빠빠박!

서불이 씩씩거리며 도끼를 내려치고 있었다. 지친 듯 보였으므로 다시 교대해 주어야 했다.

천장금왕이 가파른 산길을 올라가고 있었다. 나무라고는 찾아볼 수도 없고 온통 붉은 암벽으로 이뤄져 있는 홍산은 대설산의 지류지만 높이가 무려 수천 장에 달할 만큼 높다. 멀리서 보면 산 전체가 불길에 휩싸여 있는 듯해 홍산이라는 이름이 붙었다. 특히 뒤쪽의 대설산의 흰 눈과 비교가 되면서 산은 더욱 붉게 보인다.

중턱쯤 올라선 천장금왕이 산 아래를 내려다보았다. 저 밑으로 포달랍궁의 웅장한 모습이 눈에 들어왔다. 잠시 호흡을 가다듬은 천장금왕이 산허리를 돌아갔는데 얼마 가지 않아 한 개의 동굴이 입을 떡 벌리고 있었다.

바로 동천몽으로 분장한 천지철왕이 은신해 있는 곳이었다.

뚝!

동굴 입구로 막 들어서던 천장금왕이 걸음을 멈추며 코를 벌름거렸다. 동굴 안으로부터 피 냄새가 맡아진 것이다.

휙!

천장금왕이 단번에 몸을 날려 쏘아 들어갔다.

동굴은 십여 장쯤 좁게 이어지다 상당히 넓은 광장 형태로 이뤄져 있었는데 바닥에 내려선 천장금왕은 소스라칠 듯 놀랐다.

"사… 사제!"

동천몽으로 분장한 천지철왕이 피를 흘리며 바닥에 쓰러

져 있었다.

누군가와 치열한 싸움을 벌인 듯 동굴 천장에 매달려 있던 수많은 종유석들이 바닥을 나뒹굴고 있었고 천지철왕의 승포 자락도 갈기갈기 찢겨져 있었다.

다행히 아직 숨이 완전히 끊어지지 않은 듯 미세하나마 심장이 뛰고 있었다.

척!

곧바로 천지철왕을 등에 업은 천장금왕이 동굴 밖을 향해 몸을 날렸다.

퍼어억!

일목은 빙굴에 들어서자마자 엎어졌다. 일목의 몸은 완전히 피투성이였고 가슴에 갈비뼈가 드러날 만큼 깊이 패어 있었다. 숨을 들이 쉴 때마다 가슴으로부터 샘물처럼 피가 흘러내렸다.

파콱!

만경이 재빠르게 혈도를 눌러 지혈을 시켰다.

이윽고 안쪽으로 들어가더니 조그만 선반석 위에 놓인 약병을 가져와 마개를 열고 안에 든 가루를 일목의 상처에 뿌렸다. 가루약은 상처에 닿는 순간 흰 연기가 피어나더니 삽시간에 살 속으로 파고들었다.

상처 부위에 가루를 뿌리고는 땅을 보도록 일목을 엎드리게 한 후 등 뒤 명문혈에 대고 내기를 주입하기 시작했다. 만경의 손바닥을 통해 뜨거운 내기가 몸속으로 들어가자 하얗던 일목의 얼굴이 조금씩 혈색을 띠기 시작했다.

내기 주입은 반 각가량 계속되었다.

우왁 하는 소리와 함께 엎드린 일목이 바닥에 검붉은 피를 토했다. 그제야 장심을 통해 내기를 주입하던 만경의 동작이 멈췄다.

일목이 꿈틀거리며 상체를 일으켜 세운 후 주위를 휘둘러보다 결가부좌하고 있는 만경을 발견하고 화들짝 일어나 무릎을 꿇었다.

"주… 주인."

만경이 날카로운 시선으로 물었다.

"어찌 된 일이냐?"

"소… 속았사옵니다. 놈은 동천몽이 아니라 바로 천지철왕이었습니다."

"뭣이? 정말이더냐?"

"예!"

만경이 이제야 알겠다는 듯 고개를 가볍게 끄덕였다.

그제야 일목이 왜 이렇게 다쳤는지 이해가 된 것이었다. 처음 일목이 빙굴 입구에 들어오자마자 의식을 잃었을 때 그는 무척 놀랐다. 일목의 능력을 누구보다 잘 아는 자신이었기 때문에 그의 부상은 충격이었다. 순간적으로 시간이 너무 이르다는 것은 알았지만 동천몽이 완성되었을지도 모른다는 우려 때문이었다.

포달랍궁의 대법왕이 익히는 무공은 누구도 적수가 되지 않는다. 그래서 일목에게 중상을 입힐 고수라면 대법왕밖에 없다고 여긴 것이다. 그런데 그의 말을 듣고 보니 수긍이 갔다. 사대법왕 중 한 사람이라면 일목에게 부상을 입힐 수는 있었다. 물론 상대는 더 많이 다쳤을 것이다.

"쉬어라!"

일목의 상처는 깊었다. 하루 이틀 쉬어 가지고는 나을 정도가 아니었다. 일목이 동굴 안쪽으로 들어가자 만경의 입술을 비집고 나직한 불호가 흘러나왔다.

직접 나설 수도 있지만 자신의 무공은 노출되어 있었다. 설혹 대법왕의 환생자를 죽인다 해도 금방 자신의 짓임이 드러나는 것이다. 그렇게 되면 제자들의 지지는 더욱 멀어진다. 자신을 따르던 사람들까지 등을 돌릴 수 있었다. 그래서 자신이 거둔 일목을 동원한 것이었다.

운기조식에 빠져든 일목을 바라보는 만경의 시선이 강렬한 빛을 뿌렸다. 아무리 생각해 봐도 방법이라고는 한 가지뿐이었다.

동불의 손에는 한 자루 낫이 들려 있었다. 일반 농사에 이용되는 낫보다 손잡이가 길었고 날의 폭이 좁았다. 비록 농기

구 중 하나이지만 낫은 어떤 병기보다 상대에게 주는 위압감
이 크다.

이미 철타십병 중 아홉 개를 모두 부러뜨렸지만 낫을 바라
보는 동천몽의 눈빛은 흔들렸다. 금방이라도 자신의 목을 베
어 버릴 듯 시퍼런 광채가 눈을 쏘았다

"그… 그것은 어떻게 쓰느냐?"

동불이 아무렇지도 않다는 듯 말했다.

"낫이 뭡니까? 농작물이나 풀을 벨 때 쓰는 기구 아닌지
요."

"설마, 그것으로 날 베겠다는 말이냐?"

"예!"

동천몽이 움찔 몸을 떨었다.

설마 베어지지는 않겠지만 등골이 서늘했다.

"베는 병기는 많습니다. 검으로도 벨 수 있고, 칼로도 벨
수 있지요. 그러나 낫보다 베는 데 더 유익한 병기는 없지요.
같은 힘이라면 낫이 훨씬 더 물체를 잘 벱니다."

"으응……!"

"지금부터 대법왕님을 저와 서불이 번갈아 벨 것입니다.
물론 아홉 개의 병기를 모두 부러뜨린 몸이기 때문에 베어지
지는 않겠지만 무척 아플 것입니다. 두들기는 철장이나 다른
병기와 달리 베어지지 않는 아픔이야말로 상상할 수조차 없
는 고통입니다."

차라리 베어지면 고통은 덜하다. 오히려 베어지지 않아 뜯기는 것이 더욱 아픈 것이다. 동천몽의 안색이 약간 파래졌다.

"하지만 너무 겁먹을 것은 없습니다. 이제 마지막이므로 힘을 내십시오. 대법왕이시여, 또다시 강조하지만 저… 절대 고의가 아님을……."

"시끄러."

동불이 낫을 쳐들었다. 푸른 섬광이 뿜어져 나온 낫을 올려다보던 동천몽이 왼손을 들어 올리며 제지했다.

"조금만 기다려라, 조금만."

동천몽이 길게 심호흡을 했다. 뭐든지 닿으면 베고 말 것 같은 섬뜩함이 등줄기를 적셨다.

동천몽이 길게 숨을 들이마신 후 눈을 감고 조용히 중얼거렸다.

"난 할 수 있다……."

이를 악물고 눈을 뜬 동천몽이 힘차게 외쳤다.

"베라, 씨벌!"

낫이 동천몽을 막 베어가려던 순간 동불이 움직임을 멈췄다. 귓가로 발자국 소리가 들려왔기 때문이다.

천장금왕이 굳은 신색으로 동굴을 들어서고 있었다

"그… 금왕님이 아니시옵니까?"

동불과 서불이 잽싸게 한쪽으로 도열하여 예를 취했고, 그제야 동천몽은 눈을 떴다. 천장금왕의 굳은 얼굴을 보며 동천몽은 무슨 좋지 않은 일이 발생했음을 직감했다.

"막내 사제가 당했사옵니다."

"다, 당하다니?"

"지금 의식불명 상태에 빠졌습니다."

"천지철왕이 말이오?"

천장금왕이 길게 한숨을 내쉬었다.

"그게 정말입니까? 감히 누가 막내 법왕님을 해할 수가?"

동불과 서불이 기겁하며 놀란 표정을 지었다. 자신들이 아는 사대법왕의 무공은 인간의 경지를 벗어나 있었다. 천하에 그들의 적수는 몇 되지 않을 것이라는 것이 두 사람의 확신이었는데 천지철왕이 의식불명 상태에 빠졌다고 하자 놀란 것이다.

"서둘러야겠다."

동불과 서불은 무슨 뜻인지 금세 알아차렸다. 걸병광우철포공을 최대한 단축시키라는 의미였다. 두 사람은 사태가 심각하다는 것을 깨닫고 곧바로 동천몽을 베기 시작했고 천장금왕은 비명을 지르며 나뒹구는 동천몽을 깊은 눈으로 보고 있었다.

삼 개월을 예정했는데 두 달 보름 만에 걸병광우철포공이 끝났다. 포달랍궁 사상 가장 빠른 기록이 반년이라고 했는데 동천몽은 거의 두 배를 단축시킨 것이다. 이런 추세로 나간다면 예상보다 훨씬 빨리 동천몽의 무예를 완성시킬 수 있을 것이라 천장금왕은 생각했다.

"이미 심법과 내공은 얻으셨습니다. 또한 걸병광우철포공까지 얻어 모든 기초는 완벽해졌습니다. 앞으로는 본격적인 초식 연마에 들어가실 것입니다. 국화공주민박석백유로 인해 대법왕님의 내공은 누구에게도 뒤지지 않습니다. 불사심법 또한 아직은 부족하지만 계속 수련을 하시면 죽지 않는 신체가 될 것입니다."

동천몽의 눈이 부릅떠졌다.

"내… 내가 안 죽는다고 했느냐?"

"그러하옵니다. 말 그대로 불사의 신체가 되지요. 전신이 토막나고 심장이 밖으로 끄집어내지지 않는 한 절대 죽지 않습니다."

"꿀꺽!"

동천몽이 마른침을 삼키더니 심각한 표정으로 말했다.

"진짜인가, 그 말? 거짓이라면 넌 나쁜 놈이다."

"소승이 어찌 대법왕님 앞에 거짓을 말하겠나이까? 믿으셔도 됩니다."

"내가 안 죽는단 말이지?"

동천몽은 몇 번이고 속으로 중얼거렸다. 자신이 안 죽는다는 사실이 믿어지지가 않았다. 거짓이 아니라고 천장금왕이 정색하며 말했지만 너무 믿을 수 없는 소리였기 때문에 반신반의했다. 그에 천장금왕이 불사심법의 특징에 대해 자세한 설명을 해주었다. 설명을 들은 동천몽의 얼굴이 흥분이 떠올랐다.

'극성에 이르면 내가 불사의 신체가 된다니⋯⋯.'

소리라도 지르고 싶었다.

너무 기쁜 나머지 갑자기 눈물이 나오려고 했다. 언제부터인가 자신의 소원은 오래사는 것이었다. 집안에 돈이 워낙 많았으므로 병에 걸리거나 죽지만 않으면 미치도록 재밌게 세상을 살 자신이 있었다. 특히 돈이 많은 관계로 자신이 표적 삼아 자빠뜨리지 못한 여자가 없었다. 천상각의 막내아들이라고 하면 알아서 훌훌 옷을 벗어 던진 여자가 한둘이 아니었다. 돈 앞에서는 천하절색의 계집도 옷 벗기를 마다하지 않고, 그 누구도 자신 앞에서 고개 빳빳하게 쳐들고 목에 힘주지 못했다. 그저 굽실거리며 아부와 비위를 맞추기에 급급했다.

'이대로!'

더도 말고 덜도 말고 지금 이대로 죽지 않고 사는 것이 자신의 최대 소망이었는데 정말로 소망이 이뤄질 줄이야.

"안 죽는 것 맞느냐? 화 안 낼 테니 솔직히 말해보거라."

도저히 믿기지 않았기 때문에 다시 물었다.

천장금왕이 웃으며 말했다.

"불사심법이 십이성 극성에 이르면 소승의 말처럼 죽지 않습니다. 아까 말했듯 심장이 밖으로 꺼내지기 전에는 말입니다.”

동천몽이 고개를 쳐들어 울퉁불퉁한 석굴 천장을 올려다 보았다. 아무리 참으려고 해도 웃음이 마구 터져 나오려 하여 이를 악물고 참았다.

이렇게 좋은 횡재수가 자신을 기다리고 있었는데 고향에 돌려보내 달라고 악착같이 탈출을 감행한 자신의 과거 행동을 떠올리자 섬뜩했다. 만약 탈출에 성공해 버렸다면 이 좋은 기연을 놓쳤을 것이 틀림없었다.

“대법왕께서는 본승을 비롯해 나머지 사제들을 통해 두 가 지 무공을 익히게 됩니다. 만마생사혈(卍魔生死血)이라는 검 법과 지옥금(地獄禽)이라는 장법입니다.”

동천몽이 눈을 깜박거렸다.

“만마생사혈은 본 궁의 초대 법왕인 천룡법왕께서 일만 명 의 마신(魔神)을 베었던 검법이며, 지옥금은 삼대 법왕이셨던 자갈법왕께서 만드신 것이지요.”

“가만!”

갑자기 동천몽이 오른손을 번쩍 들어 천장금왕의 말을 잘 랐다.

“불사심법, 그걸 완벽하게 익히면 절대 죽지 않는다고 했 잖느냐? 그런데 그 두 선조 대법왕이 죽었다는 것은 무엇을 뜻하는 것이지?”

동천몽이 의심 가득한 시선으로 물었다.

천장금왕이 무슨 질문인지 알았다는 듯 침을 삼키더니 아주 간단하게 대답했다.

"두 분의 무공이 높은 것은 사실이었지만 불사심법의 완성 경지에까지 오르지는 못했습니다."

동천몽이 눈을 깜빡거렸다. 잔뜩 의문을 품고 던진 질문에 비해 돌아온 대답은 너무 간단했다. 불사심법이 완성되지 못해 죽었다는 데에야 할 말이 없었다.

"일만 명의 마신을 죽일 정도로 뛰어난 고수인데도 불사심법을 완성시키지 못했단 말인가?"

"기록에 의하면, 십이성 직전까지 올랐다고 합니다. 하지만 완성하지 못했기 때문에 불행하게도 숨을 거둘 수밖에 없다고 했습니다."

동천몽은 말이 된다는 듯 고개를 끄덕였다.

"계속 말하라."

"본 궁의 사대법왕은 대법왕을 호위하며 궁의 안위를 총괄하지만 한편으로는 다음 대법왕을 위해 두 가지 무예를 배우게 됩니다."

"그 말은 너희들이 내가 배울 무공을 알고 있다면 내가 아무리 열심히 익혀도 널 비롯한 사대법왕을 이기지 못한다는 말 아니냐? 제일 높은 자리에 앉은 사람보다 무공이 높은 부하가 있다는 것이 말이 되느냐?"

동천몽이 불쾌한 표정을 노골적으로 드러냈다.

자신이 생각하는 제일인자는 무조건 강하고 일등이어야
했다. 부하들 중 누구도 적수가 되어서는 안 되고 강력한 힘
으로 생사를 마구 주무를 수 있어야 하는데 사대법왕이 알고
있다는 말에 기분이 나빠진 것이다.

천장금왕이 가벼운 미소를 지었다.

나름대로 일리있는 질문이었기 때문이다.

"다른 시대와 달리 이번에 타계하신 대법왕께서는 급작스
럽게 돌아가셨습니다. 대부분의 대법왕님들께서는 죽음이
닥쳐오면 미리 자신의 환생자로 제자들 속에서나 아니면 세
속의 인물들 중 한 사람을 지목하여 모든 것을 가르칩니다.
그런데 이번에 돌아가신 대법왕님께서는 미처 그러한 준비를
하지 못했습니다."

설웅법왕(雪熊法王)의 죽음은 누구도 예상치 못한 급서였
다. 나중에서야 심장마비로 밝혀졌지만 준비없는 그의 죽음은
적잖은 혼란을 가져왔다. 그 한 예가 바로 만경의 야망이었다.
이미 사제에게 대법왕의 자리를 빼앗긴 이후 불만이 가득하던
그에게 사질 설웅법왕의 죽음은 더할 나위 없는 호기였던 것
이다.

第七章
불가제일검, 만마생사혈

대법왕 大法王

　그가 곧바로 행동에 나서지 못한 것은 사대법왕 때문이었
다. 포달랍궁은 전통적으로 사대법왕에게 대법왕이 익혀야
할 무공을 배우도록 한다. 그 이유는 이번처럼 권력의 공백이
생기면 피를 부를 가능성이 높았고, 그래서 반란을 잠재우기
위한 조치인 것이었다. 혼자라면 완전한 무공이 아니기 때문
에 위력이 보잘것없지만 네 사람이 힘을 합치면 대법왕의 무
예가 제 모습을 드러낸다. 그런 이유로 만경은 행동에 나서지
못한 것이었다.

　"하면 한 사람이 모든 것을 다 배운 것이 아니라 조금씩 나
눠 배웠다는 얘기구나."

“그렇습니다. 한 사람에게 모든 것을 모두 배울 수 있도록
해주면 사대법왕 또한 반란을 꿈꿀 수 있기 때문에 대법왕이
배울 무공을 네 조각으로 나누어 배우는 것이지요.”

“그래서 넷이 힘을 합치기 전에는 절대 그 위력이 나타나
지 않는단 얘기군.”

“옳습니다.”

“넷이 힘을 합쳐 반란을 획책할 수도 있잖는가?”

천장금왕이 웃으며 말했다.

“고금을 통틀어 여러 사람이 천하의 주인이 된 적은 없습니
다. 한 산에 여러 마리의 호랑이가 살 수는 없지 않사옵니까?”

동천몽이 맞는 소리라는 듯 고개를 끄덕였다.

“사대법왕이 대법왕의 무공을 네 가지로 토막 내어 익히는
것은 오로지 반란을 대비하기 위함일 뿐입니다.”

“그래서 만경, 그 늙은이가 함부로 껍죽대지 못하는구만.
카악, 퉤!”

동천몽이 비웃듯 말하더니 바닥에 가래침을 뱉었다.

“네가 내게 가르칠 것은 무엇이냐?”

“만마생사혈의 초반부입니다.”

“그래, 쇠뿔도 단김에 뽑으랬는데 곧바로 시작하자고.”

“알겠사옵니다. 그렇잖아도 미적거릴 시간적인 여유가 없
습니다. 만경 사숙의 칼이 바짝 다가서고 있습니다. 하루속히
대법왕께서 위풍당당하게 보좌에 오르셔야 만경 사숙께서도

야망을 버릴 것입니다."

"그 늙은이, 가만 안 두겠어."

동천몽이 인상을 쓰며 내뱉었다.

"그럼 지금부터 만사생사혈의 초반부 구결부터 말씀드릴 테니 정신 똑바로 세우고 들으십시오."

동천몽이 두 눈을 부릅뜨고 노려봤다.

그것은 정신을 바짝 차렸다는 의미였다. 천장금왕이 헛기침으로 목소리를 가다듬더니 조용히 입을 열어 말했다.

사망행즉불혈 악불징사도행 혈벌명살륙부.
무신불무형이 불유소불아참 대난사검여울.

천장금왕이 동천몽을 쳐다보았다.

동천몽이 물었다.

"다 끝난 거냐?"

"다시 한 번 불러 드릴 테니 잊지 마십시오."

천장금왕이 좀 더 큰 소리로 천천히 불러주었고 동천몽은 두 눈에 핏발을 세우며 새겨들었다.

"어떻습니까? 몇 자 되지 않기 때문에 기억하는 데 크게 어려운 점은 없을 것입니다."

동천몽이 자신있게 고개를 끄덕였다.

"그렇군. 몇 글자 안 되니 금방 접수되는군."

"좋습니다. 한번 외워보십시오. 빨리 외운다고 좋은 것이
아닙니다. 틀리지 않는 것이 더욱 중요합니다."

"그야 이를 말인가?"

흔쾌히 말을 하고 난 동천몽이 목을 가다듬더니 입을 열었
다.

"사… 사… 사망… 망… 망… 에또… 그러니까……."

생각보다 쉽지 않은 듯 더듬거리며 천장금왕의 눈치를 살
폈다.

"사망… 사망… 사망유희… 이건 아니고, 사망… 사아마
앙… 떠올랐다. 사망행!"

천장금왕이 맞다고 고개를 끄덕여 주었다.

동천몽이 더욱 신이 난 듯 심호흡을 하고 다시 입을 열었다.

"사망행… 사망행… 사망행… 사망행동… 맞나?"

눈치를 보며 그가 묻자 틀렸다는 듯 천장금왕이 아무런 반
응을 보이지 않았다.

그러자 동천몽이 다급히 더듬거리기 시작했다.

"사망행… 사망행사… 아닌데… 이런 젠장!"

고개를 연신 좌우로 갸웃거리고 머리를 쥐어박으며 난리
를 쳤다. 하지만 그다음부터는 한 글자도 잇지 못했다. 그러
자 천장금왕의 안색이 점점 굳어갔다.

'환생을 하더라도 두뇌만큼은 바꾸어 환생하실 일이지.'

천장금왕의 얼굴에 암담한 그림자가 떠올랐다.

동천몽은 더욱 더듬거렸다.

"사망행… 사망행… 사망행님… 아냐."

"정신 차리고 똑똑히 기억하십시오."

"진짜 이번이 마지막이야. 믿어봐. 화끈하게 외울 자신 있으니 빨리 읊어보도록."

입술에 혀로 침을 묻히며 크게 소리쳤다.

동천몽이 눈을 찢어져라 부릅뜨며 귀를 모았다. 양손을 앞으로 가지런히 모았고 고개를 측면으로 돌려 귀를 앞세운 것이 비장해 보이기까지 했다.

천장금왕이 다시 한 번 모두 읊은 후 물었다.

"기억하셨습니까?"

"들어보아라."

동천몽이 침을 삼키더니 큰 소리로 말했다.

"사망행즉불혈! 맞지?"

천장금왕의 눈이 커졌다.

"좋으십니다. 그다음을 말씀해 보십시오."

"악… 악불… 악불… 악불장."

그리고 잽싸게 천장금왕의 눈치를 살폈다.

천장금왕이 고개를 흔들었다.

"틀렸습니다."

"악불식."

또다시 천장금왕이 고개를 저었고 동천몽이 빠르게 말을

이었다.

"악불룡."

"악불삼."

"악불광."

부지런히 떠들어도 천장금왕의 고개가 여전히 저어지자 자신의 머리를 주먹으로 쥐어박았다.

"으이그, 이 석두… 악메룡."

천장금왕이 안색이 굳어졌다.

타계한 전 대법왕 역시 악명 높을 만큼 머리가 나빴다. 모습만 사람일 뿐, 도저히 인간이라고는 할 수 없을 만큼 지능이 뒤떨어져 전 사대법왕들로부터 무공을 배우는 데 무려 십 년이 걸렸다고 했다. 그래서 전 대법왕은 역대 대법왕들 중 가장 무공이 약했다.

동천몽은 천장금왕의 눈치를 살피며 부지런히 외우려 했지만 한 구절도 기억하지 못했다.

해도 너무한다는 생각이 들었다. 사람마다 지능이 다르다지만 이토록 나쁠 줄이야.

천장금왕이 느릿하게 다시 구결을 말해주었다.

동천몽이 눈을 반짝이며 또다시 큰 소리를 쳤다.

"맞아! 악불징이었어. 악불징사도… 악불징사도… 악불징사도."

또다시 더듬거리기 시작했다.

“악불징사도행… 혀… 혈벌… 혈벌침… 아니고.”

어렵게 뒷부분을 가르쳐 주면 외웠던 앞부분을 잊어먹었다. 한 번에 한 줄 이상을 제대로 외우지 못했다. 본인 스스로도 무척 외우려고 노력을 했지만 쉽게 되지 않는 듯 급기야 이마에 땀방울까지 맺히기 시작했다.

그런 동천몽을 바라보는 천장금왕의 낯빛은 이제 굳다 못해 검게 변해 있었다. 거의 절망에 이른 듯 두 눈까지 깊이 가라앉았다.

천지철왕이 의식불명 상태에 빠졌다. 언제 만경의 살수가 들이닥칠지 알 수 없어 하루라도 서둘러 무예를 가르쳐야 한다. 그런데 동천몽의 지능은 상상을 벗어나고 있었다.

창문을 통해 달빛이 들어와 방 안을 비추었다. 오각형으로 된 조그만 찻상을 놓고 천장금왕과 천검은왕, 천권동왕이 마주 앉아 있었는데 모두들 표정이 무겁다. 아무도 차를 마시지 않고 조용한 침묵 속에 이마를 찌푸리고 있었다.

세 사람의 입에서는 한숨 소리가 끊임없이 흘러나왔고 우그러진 표정에서 심각한 근심을 엿볼 수 있었다.

“어찌하면 좋겠나?”

천장금왕이 고개를 들어 물었다.

천검은왕과 천권동왕이 고개를 들었지만 아무 대답도 하지 않았다.

"벌써 사흘이 지났는데 구결 한 줄을 외우지 못한다는 게 말이 되는가?"

"후유……!"

"아미타불!"

두 사람의 입에서 탄식이 쏟아져 나왔다.

"어찌나 구결을 떠들었던지 보게. 혓바닥에 물집까지 생겼네."

천장금왕이 혀를 내보였다.

과연 혓바닥에 좁쌀 크기의 물집이 솟아나 있었다.

"어떻게 강제로라도 주입할 방법이 없겠습니까?"

"어떻게 말인가?"

"듣자 하니 지능을 발달시키는 약이 있다고 들었습니다만."

"정말인가?"

"확실치 않지만 언젠가 한번 들어본 것 같습니다."

"당장 만동승의를 데려오게."

천장금왕의 지시에 천권동왕이 자리에서 일어나 밖으로 나갔다. 잠시 후 문이 다시 열리고 천권동왕이 만동승의를 데리고 들어왔는데 그는 잠에서 막 깨어난 듯 부스스한 모습이었다.

"이 밤중에 무슨 급한 일이 있어 부르셨습니까?"

"일단 앉아보게."

만동이 눈곱을 손으로 닦으며 천장금왕의 맞은편에 앉았다.

천장금왕이 그를 똑바로 쳐다보며 물었다.

"지능을 발전시키는 약이 있다는데 사실인가?"

"……."

"지능을 발전시키는 약이 있느냐고 묻는데 뭘 그렇게 쳐다만 보고 있는가?"

"갑자기 지능을 발전시키는 약은 왜?"

"있나 없나 그것만 대답하게."

"솔직히 지능을 발전시키는 약은 없습니다. 약간 지능을 발전시키는 데 도움을 주는 것은 있지만 눈에 드러날 만큼 향상시키는 약은 없습니다. 만약 그런 약이 있다면 세상에 멍청할 인간이 어디 있겠습니까?"

"없다는 말을 길게도 하는군."

천장금왕이 차갑게 쏘아붙였다.

만동승의가 눈치를 보며 물었다.

"지능을 발전시키는 약은 왜 찾습니까?"

"알 것 없네. 자네는 가서 자기나 하게."

만동이 궁금한 듯 뭔가 더 물어보려다 워낙 굳어 있는 세 사람의 얼굴을 보고 조용히 물러 나왔다.

동천몽에 대한 구결 암기 훈련은 계속되었다. 그러나 뚜렷하게 나아지는 기미는 보이지 않았다. 본인도 괴로운 듯 하루 종일 인상을 썼고 심지어 석벽에 머리를 박기까지 했다. 오히려 지켜보기가 안쓰러울 지경이었다.

어느덧 구결 암송이 시작된 지 열흘이 지났다. 하지만 진척은 별로 없었고 가르치는 천장금왕이나 배우는 동천몽 모두 지쳐 가기 시작했다.

"잠시 바람 좀 쏘이고 올 테니 구결을 외우고 계십시오."

천장금왕이 답답하다는 듯 석굴 밖으로 나갔다.

석굴 밖에는 어느새 낙엽이 지고 있었다. 동천몽이 이곳에 온 지 어느덧 일 년이 지나고 있었다.

털썩!

석굴 앞에 세워진 납작한 바위에 걸터앉은 천장금왕이 바람에 떨어지는 낙엽들을 보며 길게 한숨을 내 쉬었다.

어느덧 그의 나이도 일백은 넘어섰다. 다른 집단 같으면 조용히 뒤로 물러나 바둑이나 두며 소일할 연륜이지만 지난 십육 년 동안 단 한 번도 쉬지 못했다. 그것은 그 어딘가에 환생해 계실 대법왕을 찾기 위해 천하를 샅샅이 뒤졌기 때문이다. 그리고 지성이면 감천이라고, 마침내 소주에서 전 대법왕의 환생자를 찾고 말았다.

이제 자신의 임무는 오직 한 가지뿐이었다. 환생한 대법왕께 무예를 가르쳐 준 후 현역에서 물러나는 것이었다. 대설산 깊숙한 곳에 있는 동굴을 찾아 조용히 못다 한 공부를 하다 생을 마감할 계획이었다. 그런데 그런 소망에 착오가 생기고 있었다.

만경의 칼은 좁혀오는데 동천몽의 구결 암송은 미칠 듯이
느리다.

벌떡!

속에서 불길이 치솟는 것 같다.

길게 찬바람을 들이마셔도 속은 여전히 뜨겁다. 급기야 석
굴 저 아래로 흐르는 계곡물에 그대로 몸을 던졌다.

풍더덩!

늦가을이어서 한기가 뼛속까지 파고들었다. 그런데 춥기는
커녕 오히려 속이 시원하고 얹힌 음식이 쑥 내려가는 것 같았
다. 잠시 물속에 몸을 담근 채 높고 푸른 하늘을 올려다보았다.

촤악!

뭍으로 나왔다. 온몸이 물에 흠뻑 젖었지만 내공을 끌어올
리자 젖은 옷에서 수증기가 피어나며 반 각이 채 되지 않아
햇볕에 말린 듯 빳빳해졌다.

침통한 표정을 지은 금장천왕의 발길이 닿은 곳은 의각이
었다. 환자를 치료하고 있던 만동승의가 깜짝 놀라며 다가와
예를 취했다. 그는 만동승의의 예를 받는 둥 마는 둥하며 가
장 끝 방으로 들어갔다. 그곳은 기관 장치로 출입구가 작동되
는 곳이었다. 한쪽 벽에 달린 주먹만 한 단추를 누르자 문이
열렸고 빨리듯 안으로 들어갔다. 침대 위에는 천지철왕이 죽
은 듯이 누워 있었다.

처음 데려온 그대로 온몸은 피투성이였고 가사 또한 걸레

조각이 되어 있었다. 숨은 쉬고 있었지만 아직 깨어나지 않고 있었다.

"여러 가지 방법을 동원해 보고 있습니다만 그다지 차도를 보이지 않습니다."

곁에선 만동승의가 무거운 어조로 입을 열어 말했다.

천지철왕이 죽으면 안 된다. 그가 죽으면 단순히 한 사람이 죽는 것으로 끝나는 것이 아니었다. 그가 죽음으로 인해 자칫 대법왕이 배워야 할 무예의 일부가 사라질 수도 있는 것이다. 혹시 만약을 대비해 사대법왕은 각자 자신이 익힌 부분을 그림으로 남겨놓기도 한다. 하지만 그것 또한 본인만이 보관해 놓은 장소를 알고 있기 때문에 죽어버리면 찾는다는 것이 쉽지 않다. 자신의 거처 서랍 따위 등에 넣어두면 찾기가 쉽겠지만 워낙 절정의 무공이고 대법왕이 아닌 다른 사람의 손에 넘어가서는 안 되기 때문에 깊이 감추는 게 일반적이었다. 그래서 천지철왕이 더욱 깨어나야 하는 이유인 것이었다.

가느다란 숨만 쉬고 있는 천지철왕을 바라보는 천장금왕의 어금니가 물렸다.

'사숙, 당신 뜻대로는 절대 안 될 것이오. 내가 있는 한!'

비장하게 속으로 중얼거린 후 그는 문을 열고 나왔다.

천장금왕은 곧바로 동천몽이 있는 석굴로 돌아왔다.

동천몽은 그때까지 구결을 외우고 있었는데 온몸이 땀으로 흥건했다. 그것은 본인 스스로도 외우려는 강한 의지를 갖고 있다는 반증이었기 때문에 쳐다보는 천장금왕의 가슴이 서늘하게 내려앉았다. 의지는 있으나 지능이 따라주지 않는 고통은 당사자가 아니면 모른다.

“무… 무신불… 무… 무.”

어느새 한 달 보름이 지났는데 아직 두 번째 구결에서 헤매고 있었다.

“무신불… 무신불무… 무신불무.”

“쉬어가면서 하십시오.”

“아니다. 우린 일단 무슨 일을 시작했다 하면 끝장을 보기 전에는 쉬지 않는 성질이다. 구결이 이기는지 내가 이기는지 기어코 한판 겨루고 말겠다.”

이젠 본인 스스로도 오기가 생긴 듯했다.

하지만 지능은 오기를 피운다고 나아지지 않는다. 흥분할수록 오히려 감정이 앞서다 보면 더욱 뒤처지고 더뎌질 뿐이었다.

노력하는 동천몽을 바라보며 천장금왕은 쉬임없이 한숨을 내쉬었다. 대대로 내려오는 비법으로 체질도 바꾸고 내공까지 완벽하게 증진시켰다. 이제 남은 것은 초식 연마인데 지능이 낮다는 엄청난 암초를 만난 것이다.

오늘도 아침 일찍 석굴을 찾아들었다. 그런데 일찍 일어나 죽기 아니면 살기로 구결을 외워야 할 동천몽이 아직까지 바닥에 누워 자고 있었다.

천장금왕의 눈썹이 좁혀졌다. 지금이 어떤 상황인데 한가롭게 늦잠을 자는가 싶어 속에서 뜨거운 열기가 솟구쳤다.

"대법왕님."

감정을 자제한다고 했지만 목소리가 커졌다. 코까지 골며 자던 동천몽이 깜짝 놀라며 자리에서 일어났다. 그러다 자신을 내려다보고 있는 천장금왕을 보며 대번에 인상을 썼다.

"뭐야? 지금 당신이 소리친 거야?"

천장금왕이 답답하다는 듯 언성을 높였다.

"지금 이렇게 늦잠을 주무실 때입니까? 한시가 급하옵니다."

동천몽이 못마땅한 얼굴로 말했다.

"누가 그걸 모르나? 그렇다고 그렇게 소릴 지르면 어떡하나?"

동천몽이 길게 기지개를 켜더니 자리를 털고 일어났다.

천장금왕이 다그치듯 말했다.

"어서 외우십시오. 시간이 없습니다."

"금왕."

동천몽이 갑자기 목소리를 깔았다.

천장금왕이 가볍게 허리를 숙여 대답했다.

"하명하소서, 대법왕님."

"이렇게 하는 것이 어떻겠느냐? 구결을 외우지 말고 그냥 넘어가는 거야."

"네엣?"

"뭘 그렇게 놀라냐? 구결을 외우지 말고 바로 초식 수련으로 넘어가자는 얘기지. 뭐, 굳이 안 되는 구결에 매달려 있느니 그냥 초식 연마로 들어가는 게 좋잖아."

천장금왕이 어이가 없다는 표정으로 동천몽을 쳐다보았다.

"왜 그런 눈으로 보느냐?"

"불가합니다. 구결을 외우고 그 뜻을 이해해야지만 형(形)과 세(勢)의 연마가 가능합니다."

동천몽이 인상을 썼다.

"무슨 말인지 알겠는데 그냥 넘어가자니까? 구결을 외우지 못하고 이해하지 못해도 형과 세만 제대로 따라 하면 되잖느냐?"

"물론 그렇긴 하지만 아무리 천재라도 구결을 이해하지 못하고서는 절대 불가능합니다. 더구나 만마생사혈은 보통 검법과 다릅니다. 아직까지 만마생사혈을 창조하신 대법왕님을 제외하고 완벽하게 익힌 분이 계시지 않다면 얼마나 어려운 것인지 짐작할 수 있을 것입니다."

동천몽이 왁! 하며 소릴 질렀다.

"무슨 말인지 알았으니까, 일단 그래도 한번 해보자니까? 한번만 해보자고!"

금방이라도 욕이 튀어나올 듯 동천몽의 인상이 우그러졌다.

표정이 심상치 않았다. 자기 딴에는 최선을 다했는데도 외워지지 않으므로 지금 감정이 무척 상해 있다. 그런데 계속 안 된다고 거절을 하면 평소 성격을 보아 거친 행패가 나올지도 모른다.

"정히 그러시다면 좋습니다. 제가 자세를 보일 테니 따라 해보십시오."

"빨리해 봐."

동천몽이 짜증스럽게 말했고 천장금왕이 석굴 밖으로 나가더니 석 자 크기의 나무토막 두 개를 만들어 한 개는 자신이 쥐고 다른 한 개는 동천몽에게 내밀었다.

"정신 집중하고 잘 보셔야 합니다."

스으으!

기수식을 취한 천장금왕이 검을 앞으로 느리게 찔러갔다.

동천몽이 충분히 이해할 수 있게 하려는 듯 아주 느려 팔꿈치가 펴지는 데 무려 반 다경 가까이 걸렸다. 보다 못한 동천몽이 짜증을 내었다.

"좀 더 빠른 속도로 찔러보거라. 너무 느리니까 성질이 나는구나."

"알겠사옵니다."

쉬이익!

이번에는 조금 빨리 찔렀다.

아주 단순한 동작이지만 그 안에는 엄청난 변화가 들어 있다. 그 변화를 끄집어내려면 자신이 취해 보이는 자세에서 단

한 치의 빈틈이나 억지가 들어가서는 안 된다. 솔직히 자신의 자세도 완벽하지는 않았다. 위력이 뛰어난 만큼 워낙 복잡하고 어려워 자신도 구성의 경지 정도밖에 오르지 못하고 있었다. 나머지는 이론으로 가르쳐야 한다.

"그냥 찌르면 되는 것 아냐?"

동천몽이 별것 아니라는 듯 길게 심호흡을 하며 천장금왕의 자세를 따라 오른발을 앞으로 내딛으며 찔러갔다.

쉭!

나무토막이 곧바로 수평이 되게 찔러갔다가 그대로 회수되었다.

"이것 아냐? 어때? 이거 맞잖아?"

그러면서 어렵지 않게 또다시 찔러보았다.

슈슈슉!

찔렀다가 거둬들이는데 마치 고정된 자세처럼 한 치의 흔들림도 없었다.

"맞지? 뭐, 아무것도 아니잖아. 쉽네."

천장금왕의 눈이 굳어졌다.

"다… 다시 한 번 찔러보십시오."

"그러지 뭐."

동천몽은 별것 아니라는 듯 시큰둥하게 대답하더니 벼락같이 나무토막을 찔렀다. 비록 나무토막이고 처음 취해보는 자세이지만 능숙했고 완벽했다.

‘어떻게!’

천장금왕의 눈이 부릅떠져 있었다.

“대… 대법왕님, 송구하지만 한 번만 더 찔러보시겠습니까?”

동천몽은 알았다는 듯 곧바로 찔러갔다.

슈슈슈!

자신이 붙은 듯 한 번만 찌르라고 했는데 세 번을 연거푸 찔렀다.

파르르!

천장금왕의 흰 눈썹이 물결처럼 파장을 일으켰다.

도저히 믿어지지가 않았다. 지금 동천몽이 취한 자세는 자신이 시범을 보인 것과 하나도 다르지 않았다. 단 한 번 보고 그대로 따라 할 만큼 뛰어난 재질을 가진 무인이 있다는 말은 들어보지도 못했을뿐더러 더욱 놀라운 것은 구결을 전혀 외우지 못한 상태라는 것이었다.

“씨벌, 인상이 왜 그래? 마음에 안 들면 안 든다고 말로 하라구.”

“하, 한 번만 더 해보시겠습니까? 딱 한 번입니다.”

그까짓 것 무슨 어려울 것 있느냐는 듯 시큰둥하게 대답한 동천몽이 다시 한 번 찔렀다. 속도는 처음보다 더욱 빨라졌고 찌르고 거둬들이는 동작이 물이 흐르듯 부드러웠다.

‘체… 체신혜감(體神慧感)이다!’

　체신혜감은 머리보다 몸이 먼저 반응을 하는 것을 말한다.
주로 예민한 감각을 갖고 있는 짐승들이 보여주는 것으로, 머
리로 판단하고 이해하는 것보다 본능적으로 몸이 스스로를 조
절하는 것이다. 그래서 초상감각(超上感覺)이라고도 불린다.
　천장금왕은 너무 놀라운 일이었기에 계속해서 찔러볼 것
을 요구했고, 동천몽은 어렵지 않게 찔렀다. 뿐만 아니라 찌
름이 거듭될수록 더욱 힘이 넘치고 부드러워졌다.
　천장금왕의 얼굴이 모처럼 환해졌다. 모든 걱정이 한순간
에 날아가 버렸다.
　환생자라고 해서 모두가 전 대법왕을 닮은 것은 아니다. 전
대법왕이 보여주었던 열 가지 행동 중 다섯 가지 이상을 보여
주면 환생자로 규정하고 인정을 한다. 그런데 동천몽은 아홉
가지가 닮았다. 그것도 비슷한 정도가 아니라 외모에서부터 성
격까지 단 한 군데도 다르지 않고 마치 쌍둥이를 보는 듯했다.
　한데 한 가지 다른 점은 지금 보여주었듯 동천몽이 체신혜
감이라는 점이었다. 전 대법왕은 머리만 나쁜 것이 아니라 몸
도 둔하고 느렸다.
　한동안 입을 떡 벌리고 있던 천장금왕이 다시 동작을 보여
주었고, 천몽은 그대로 재현해 내었다. 천장금왕은 자신이 알
고 있는 만사생사혈을 본격적으로 시전해 보이기 시작했다.
　쉬사사삭!
　동굴이 넓지는 않았지만 검을 휘두르며 가르치기에는 충

분했다.

천장금왕의 동작을 바라보는 동천몽의 눈은 반짝거렸다. 상당한 재미를 갖는 듯 마른침까지 삼키며 구경했다.

무공이지만 마치 춤을 추는 것 같기도 했다. 분명히 직선으로 찌르고 베는 동작인데 너무 부드럽게 가벼워 꽃을 찾아 날아다니는 호접의 날갯짓을 닮아 있었다.

사르르!

파아아!

산들바람처럼 베다가 벼락처럼 찔렀고 재주를 부리듯 허공에 둥근 원을 그리더니 일거에 석굴 바닥에 검흔을 남겼다.

딱— 따따딱!

반 각쯤 지나자 천장금왕이 동작을 멈췄다.

혼신을 다한 듯 붉은 가사가 땀에 흠뻑 젖어 있었다. 숨을 가다듬은 천장금왕이 동천몽을 향해 물었다.

"잘 보셨습니까?"

"음!"

"보여주시겠습니까?"

"험! 조금 틀린 부분이 있더라도 화내지 말고 넓은 아량으로 푹 감싸주거라."

천장금왕이 씩 웃었다.

"겸손의 말씀이십니다. 긴장하지 마시고 가벼운 마음으로 펼쳐 보십시오."

"그럼 지금부터 보았던 것 그대로 한번 재현해 보겠느니라."

동천몽이 어깨를 좌우로 비틀고 우드득 소리 나게 목을 좌우로 비틀며 몸을 풀었다.

카악!

이윽고 손바닥에 침을 뱉어 목검을 움켜쥐었다.

슈욱!

가볍게 찔렀다.

지금 가볍게 찌른 동작이 사망행이란 것이다. 아무것도 아닌 듯 별 볼일 없는, 아주 평범한 동작으로 보이지만 그렇지 않았다. 구결 내용처럼 느림 속에 빠름이 있고 가벼운 것 같지만 폭풍 같은 힘이 실려 있어 절정에 오르면 아무리 강한 철벽도 단숨에 뚫어버리는 파괴력을 지닌다.

슈아아아!

동천몽의 몸놀림은 갈수록 빨라졌고 석굴 안을 완벽하게 자신의 검 아래 놓고 있었다. 그것은 곧 사방위를 완전히 검으로 점령하여 상대를 옴짝달싹하지 못하도록 몰아가고 있는 것이다.

"아… 아미타불!"

한쪽에서 지켜보던 천장금왕의 입에서는 쉴 사이 없이 충격적인 불호가 터져 나왔다. 기적 같은 현실에 솟구치는 흥분을 자제하려는 안간힘이었다.

완벽했다. 단 한 곳도 자신과 다른 동작은 없었다. 종이에

자를 대고 줄을 긋듯 자신이 보여주었던 검로(劍路)를 한 치의 어긋남 없이 그대로 따라 하고 있었다.

불끈!

양주먹이 자신도 모르게 쥐어졌다.

그리고 눈앞으로 한 가지 생각이 스쳐 지나갔다. 어쩌면 두 번째로 만마생사혈의 정화가 세상에 모습을 드러낼지 모른다는 것이었다.

"학학!"

동천몽이 거친 숨을 헐떡였다.

그 역시 온몸이 땀으로 젖은 채 천장금왕을 향해 물었다.

"어떻나? 비슷했느냐?"

"대법왕이시여!"

감격에 찬 천장금왕의 음성이 석굴을 메아리쳤다.

자신을 쳐다보는 천장금왕의 눈가에 물기를 발견한 동천몽이 눈을 부릅떴다.

"지금 우는 거냐?"

"도… 도저히 흥분이 되어 참을 수가 없나이다."

"흐, 흥분? 당신 지금 흥분했다고 했소?"

동천몽의 눈이 더욱 커졌다.

그에게 흥분이라는 의미는 오로지 한 가지 뜻으로밖에 해석할 수 없었다. 그것은 여인을 품었을 때 짜릿하게 온몸을 덮쳐 오는 쾌감이었다. 오로지 여인을 상대할 때만 얻을 수

있는 흥분을 천장금왕이 하고 있다고 말하자 그의 상식으로
서는 충격을 받을 수밖에 없었다.

"이… 이봐, 진짜로 지금 흥분했다고 했나?"

그러면서 아랫도리를 주시했다.

하지만 붉은 가사에 가려 아랫도리의 상태는 확인되지 않
았다.

천장금왕은 자신의 아랫도리를 갑자기 쳐다보는 동천몽의
행동을 이해 못했다가 이내 이유를 깨닫고 큰 소리로 웃고 말
았다.

"헛헛헛!"

"왜 웃느냐?"

동천몽이 기분 나쁘다는 듯 인상을 썼다.

천장금왕이 웃음을 그치고 말했다.

"소승이 말한 그 흥분이라는 것은 동물적인 느낌이 아니라
대법왕님께서 너무 완벽하게 재현을 해내어 감동을 받았다는
뜻이옵니다."

"난 또."

동천몽이 씩 웃었다.

다음날부터 반복 수련이 시작되었다. 더 이상 가르쳐 주고
지적해 줄 것도 없었다. 단 한 번에 자신의 동작을 그대로 재
현해 냈기 때문에 남은 것은 검에 내력을 주입하는 방법만 남

았을 뿐이었다. 하지만 그것 또한 한낱 기우로 끝나고 말았다. 가르쳐 주지 않았는데도 운기를 하여 내력을 검에 주입하고 있었다.

'가… 가히 놀랍다고밖에 달리 표현할 말이 없구나.'

천장금왕의 얼굴에서 웃음이 떠나질 않았다.

이제 남은 것은 자신보다 더 높은 경지에 오르는 일이었다. 지금 추세대로라면 얼마든지 가능한 일이었다.

수직에 가까운 석벽이 잡초와 넝쿨 식물에 덮여 있었다. 절벽 곳곳에는 푸른 이끼가 새까맣게 붙어 있었는데 오로지 한 곳만 단 한 포기의 풀도 자라지 못해 휑했다.

그곳은 조그만 동굴로, 바로 만경선불이 살고 있는 빙굴이었다. 어떤 현상으로 인해 그토록 차가운 기운이 동굴 안을 지배하는지 알 수는 없었지만 오십여 장이나 떨어져 있는데도 한기를 느낄 수 있었다.

빙굴이 잘 보이는 곳에는 두 사람이 나무를 은폐물 삼아 숨어 있었다. 그들은 천검은왕과 천권동왕이었다. 두 사람은 삼십여 장의 거리를 두고 만경선불의 움직임을 감시하고 있었다.

척!

천검은왕이 한참 빙굴을 주시하고 있을 때 기척이 들리며 천장금왕이 나타났다.

"사, 사형!"

"어떤가? 사숙께서는 여전히 움직임이 없으신가?"

"전혀."

천장금왕이 고개를 끄덕이더니 입을 열었다.

"여긴 내가 지킬 테니 자넨 그만 가보게."

"가라뇨? 어디로?"

"대법왕님께서 계시는 석굴이지 어디겠나? 자네가 알고 있는 만마생사혈의 둘째 부분을 전수해야 할 것 아닌가?"

천검은왕이 놀란 표정을 지었다.

"무, 무슨 말씀입니까? 설마 대법왕님께서 사형께서 가르쳐 준 만마생사혈의 첫 부분을 소화라도 했단 말입니까?"

"소화가 아니라 완전히 자신의 것으로 만들었네. 그뿐이 아닐세. 하루가 다르게 나보다 나아지고 있다네."

천검은왕이 믿을 수 없다는 듯 입을 쩌억 벌렸다.

한참을 천장금왕을 바라보았는데 그는 결코 허언이나 허풍을 떠는 사형이 아니었다. 하지만 너무 충격적인 일이었기에 알면서도 다시 한 번 물었다.

"저, 정말로 대법왕님께서 모든 것을 얻으셨단 말입니까?"

"자네도 가르쳐 보면 알게 될 걸세. 하루라도 빨리 무공을 터득하게 하여 어서 빨리 본 궁을 통합해야 하네."

포달랍궁이 만경선불과 사대법왕이 이끄는 세력으로 나뉘어졌다는 사실은 이미 서장무림에 쫙 퍼졌다. 지금까지 서장무림에서 포달랍궁의 위치는 독보적이었다. 그 누구도 그들의 상대가 되지 않았고 수많은 군소 문파들이 앞 다투어 조공 바치기를 마다하지 않았다.

그러나 달도 차면 기운다고 했던가. 천 년 가까이 서장무림을 지배해 오던 포달랍궁의 위상이 서서히 흔들리고 있었다. 그것은 전 대법왕이 타계하고 십육 년이 지나도록 수장을 내세우지 못한 것이 결정적인 원인이었다. 비록 지금은 동천몽을 얻었지만 십육 년이란 시간은 포달랍궁을 분열시켰고, 그 사이 소뢰음사를 비롯해 전통의 경쟁 문파의 세력이 급속히 확장하여 포달랍궁이 차지하고 있던 패문(覇門)의 자리를 호시탐탐 노리고 있었다.

천검은왕이 사라지고 천장금왕이 그 자리를 지켰다.

이틀이 지나고 사흘이 지나도 역시 만경선불은 움직이지 않았다. 아예 빙굴 밖으로 일체 모습을 드러내지 않았다.

시간이 흐르면서 천장금왕의 아미가 찌푸려졌다. 뭔가 이상한 낌새가 느껴진 것이다.

"안 되겠네."

"어딜 가시려고?"

자리에서 일어나는 천장금왕을 보며 천권동왕이 물었다.

천장금왕이 빙굴을 노려보며 말했다.

"사숙이 꼼짝하지 않고 있을 리가 없네. 아무래도 이상하니 내가 들어가 봐야겠네."

"그러다 무슨 일이라도 생기면?"

"무슨 일 생길 것이 뭐 있는가? 웬일이냐고 하면 잠시 지나가던 길에 인사차 들렀다고 하지."

"그 말을 믿을까요?"

"당연히 믿지 않지. 여튼 다녀오겠네."

천장금왕의 신형이 수직으로 숏구쳐 올랐다. 마치 풍선처럼 아무런 소리도 내지 않고 빙굴이 있는 절벽 중앙을 향해 천천히 떠오르는 천장금왕을 바라보는 천권동왕의 눈이 커졌다.

'어… 어기충소!'

부운등공이라 하여 천장금왕이 펼치는 것과 비슷한 신법이 있다. 부운등공은 말 그대로 오 장 내외를 떠오르는 것을 말한다. 하지만 수십 장을, 그것도 무척 느리게 숏구치는 것은 어기충소다. 그것은 일백 년의 내공을 얻지 않으면 불가능한 놀라운 능력이었다.

'사형의 무공이 나보다 한참 위에 있었구나!'

아직까지 단 한 번도 천장금왕에게 자신의 무예가 뒤떨어진다고 생각해 본 적이 없었다. 사제라고 해서 사형보다 낮아야 하는 법도 없고, 사형이라고 해서 반드시 높아야 한다는 법도 없다. 그러나 자신만큼은 사대법왕 중 가장 뛰어나다고 은근히 자부했는데 지금 눈앞에 펼쳐진 광경은 지난 수십 년간 지녔던 자부심을 잔인하게 무너뜨리고 있었다.

척!

절벽 입구에 도착한 천장금왕은 몸을 떨었다.

안으로부터 엄청난 냉기가 쏟아져 나왔기 때문이다. 내력을 끌어올려 냉기로부터 몸을 보호한 천장금왕이 동굴 안으로 들어갔다. 들어갈수록 냉기는 더욱 강해졌기에 그는 내력을 더욱 끌어올렸다. 잠깐인데도 이토록 추위에 몸이 떨리는데 이곳에서 수십 년을 생활해 온 만경을 생각하자 등골이 서늘해졌다. 자신이 생각하는 것보다 만경의 무공은 아주 높은 곳에 있음을 깨달은 것이다.

흠칫!

동굴은 텅 비어 있었다.

낡은 발우와 누더기에 가까운 가사 한 벌만이 벽에 걸려 있었는데 사람의 모습은 보이지 않았다. 밖에서 지켰던 천검은왕과 천권동왕에 의하면 만경은 전혀 움직이지 않았다고 했다.

휘이익!

천장금왕은 곧바로 몸을 돌려 밖으로 몸을 날렸다.

날카로운 바람 소리가 들리며 목검이 힘차게 뻗어갔다. 단지 앞으로 찔렀을 뿐인데 천검은왕의 눈이 기광을 뿜어냈다.

'다르다!'

자신이 가르친 초식과 천장금왕이 가르친 검식은 다르다. 천장금왕의 것은 초반부이고 자신이 가르치는 것은 중반부이다.

그러나 찌르는 동작은 전혀 달랐다. 만마생사혈에는 찌르는 동작이 모두 열두 가지이다.

물론 각기 위력과 속도가 다르지만 조금 전 동천몽의 동작에서 엄청난 파괴력을 느꼈던 것이다. 그것은 자신이 가르쳐 준 검식을 익혔을 뿐만 아니라 완전하게 소화해 내지 않고서는 보여줄 수 없는 능숙함이었다.

쉬이이!

파파파!

자신의 동작은 거칠었다. 팔성 가까이 수련했지만 완전한 깊이를 깨닫지 못하고 있었기 때문에 힘은 넘치지만 세밀함이 떨어졌다. 그래서 미리 동천몽에게 그런 단점을 설명해 주고 가르쳤다.

자신의 경험에 비춰보아 모든 무예는 힘이 차지하는 비중이 크다. 그러나 그 힘보다 더 비중이 큰 부분이 있으니, 바로 부드러움이었다. 강함은 절대 부드러움을 이기지 못하며 부드러워지기 위해서는 초식의 연결 고리가 생명이다. 연결 부위가 끊어짐없이 얼마만큼 물이 흐르듯 이어지느냐가 부드러움을 좌우한다. 그래서 고수들일수록 동작 하나하나가 춤을 추는 듯 보이는 것이다.

그런데 지금 동천몽은 천장금왕과 자신이 가르쳐 준 두 번째 부분을 완벽하게 연결시키고 있었다.

"대단하지요?"

천검은왕이 입구에 서 있는 천장금왕을 향해 속삭이듯 말했다.

만경이 행적을 감추자 삼대법왕은 모두 동천몽이 수련하고 있는 동굴 입구를 지키고 있었다. 지금 밖에서는 천권동왕이 호위를 서고 있었다.

천검은왕이 검을 휘두르는 동천몽을 보며 말했다.

"가르치면서 몇 번을 까무러칠 뻔했습니다. 직접 두 눈으로 보면서도 믿겨지지가 않더군요. 과연 사람의 능력으로 구결을 전혀 모르는데 어떻게 초식을 흉내 내는지 말입니다. 처음 사형께서 극찬을 하실 때만 해도 솔직히 믿지 않았거든요."

"합!"

동천몽이 기합까지 지르며 더욱 목검을 휘둘렀다.

바닥과 천장에 수많은 검흔이 생겼다. 목검인데다 초식의 숙달 정도를 보여주기 위해 내력을 검에 별로 담지 않았는데도 화강암으로 된 바위는 거침없이 패었다.

동천몽을 쳐다보는 두 사람의 입가에 미소가 떠돌았다. 흔들리는 포달랍궁이 점차 자리를 잡고 있는 것 같았다.

"마음에 들었는지 모르겠군."

동천몽이 검을 거두며 말했다.

이마에 땀방울 하나 흐르지 않았고 호흡도 조용했다. 그것은 힘으로 펼쳤다기보다는 초식이 완전히 몸에 배었다는 뜻이었다. 몸이 초식을 완전히 이해하지 못하면 무리하게 힘을 가할 수밖에 없고 지칠 수밖에 없는데 동천몽에게서는 그런

낌새가 전혀 발견되지 않았다.

두 사람의 가슴속에서 뜨거운 기운이 치밀어 올랐다

"또다시 장소를 옮겨야겠습니다."

이미 보름에 한 번씩 장소를 옮기고 있었다.

한곳에 오래 묵는 것은 너무 위험했기 때문이다.

"이 늙은이가 정말 사람 피곤하게 하는군."

사대법왕의 뒤를 따라 나가는 동천몽이 투덜거렸다.

동천몽이 다시 자리를 옮긴 곳은 포달랍궁의 영탑전에서 멀지 않은 천연 석굴이었다. 영탑전은 역대 대법왕들의 진신 사리를 모신 곳으로, 절대성지였다.

천장에서 수많은 종유석이 삐쭉삐쭉 뻗어 내려왔고 물방울이 지면을 적셔 축축했으며 박쥐가 날갯짓을 했다.

바닥은 울퉁불퉁했고, 특히 습기로 인해 무척 미끄러웠다. 무공을 연마하다 넘어지기라도 했다가는 뾰쪽한 종유석 등에 찔려 부상을 각오해야 할 것 같았다.

동천몽은 곧바로 초식 연마에 들어갔다. 그리고 동굴을 이전한 지 사흘 뒤 천권동왕이 무예를 지도하기 시작했다.

천권동왕 또한 동천몽을 가르치며 몇 번이고 까무러칠 만큼 놀랐다. 가르쳐 준 그대로 한 치의 틀림이나 벗어남이 없이 똑같이 해내었다.

일백 년을 살아오면서 수많은 기변괴사를 겪었지만 지금 눈앞에서 벌어지는 현상은 처음이었다. 구결도 모른 채 곧바로 초식을 연마한다는 말은 듣도 보도 못했다. 사실 두 사형이 하도 칭찬을 하기에 동천몽의 사기를 올려주기 위해 그러는 줄 알았다. 그러나 직접 가르쳐 본 천권동왕은 급기야 탄식을 하고 말았다.

'체신혜감이 진짜로 존재하다니!'

그저 그런 신체가 있다는 말을 들었지만 강호라는 곳이 워낙 뜬구름 같은 전설과 신화가 뒤엉켜 있는 곳이기 때문에 믿지 않았다. 그런데 자신의 눈앞에서 보란듯이 하나의 전설이 태어나고 있었다.

열심히 동천몽의 검식을 지켜보고 있을 때 밖으로부터 다급한 소리가 들려왔다.

"막내 사제가 의식을 차렸다는군."

천검은왕이 뛰어들어 오며 말했다.

그에 천권동왕이 깜짝 놀라며 물었다.

"그게 정말입니까?"

"어서 가보세."

두 사람은 빠르게 동굴을 벗어났다.

第八章
천지철왕

大 대 法 법 왕 王

두 사람이 의각으로 뛰어들었을 땐 이미 천장금왕이 침상
에 누워 있는 천지철왕을 보며 큰 소리로 말하고 있었다.

"나… 나를 알아보겠는가?!"

천지철왕은 눈을 떴지만 초점이 없었다.

"눈에 힘이 있어야 하는데."

지켜보던 천검은왕이 입을 열었다.

그러자 만동승의가 무거운 어조로 말했다.

"아직 완전히 살아난 것이 아닙니다. 분명히 말씀드리지만
철왕님께서는 뇌가 죽었습니다. 그런데 이렇게 잠깐이나마
의식을 차리다니, 이 늙은이 또한 놀라고 있습니다. 아마 뭔

가 철왕님을 잠시 깨어나도록 한 것 같습니다. 그것이 뭔지는 알 수 없지만요.”

“이… 이보게, 사제.”

“사… 사형.”

“아미타불! 사제, 날 알아봤군. 몸은 어떤가?”

천지철왕이 메마른 입술을 달싹거렸다.

“대… 대법왕님… 은 어디에?”

“대법왕님은 왜 찾는가?”

“대… 대법왕님이 배우… 셔야 할 지옥금 후반부를…….”

순간 지켜보고 있던 사람들이 소스라치게 놀라며 서로를 돌아보았다.

자신이 배운 지옥금 후반부를 남기기 위해 정신을 차렸다는 것이었다. 뇌가 죽은 상태에서 깨어난 것도 기적이지만, 그 깨어남이 자신의 임무를 완수해야 한다는 굳센 의지 때문이라는 것에 모두가 경악한 것이었다.

“일각 이상을 살지 못합니다. 어서 대법왕님을 모셔오십시오.”

만독승의의 말에 천장금왕이 천권동왕을 향해 말했다.

“뭐 하는가? 어서 가서 대법왕님을 모셔오게.”

“알겠습니다, 사형.”

천권동왕이 기관 장치를 눌러 열린 문밖으로 모습을 감추었다.

만경은 영탑전 뒤쪽에 있는 동굴에서 시선을 떼지 않았다. 한동안 굳은 얼굴로 영탑전 뒤쪽을 쳐다보던 만경의 입술이 나직이 열렸다.

'아미타불! 역대 조사님들이여, 이 늙은이가 하는 일을 용서하소서. 모두가 본 궁의 미래를 위함이니.'

영탑전 뒤쪽으로 한참을 걸어가자 숲이 나왔고 안으로 들어가자 넝쿨에 가린 조그만 동굴 입구가 드러났다.

만경의 눈이 강렬한 빛을 폭사했다.

안으로부터 기척이 들려 나왔다. 상당히 시끄러운 것을 보아 무예 수련이 한창임을 알 수 있었다. 예상대로 기척은 하나뿐이었다. 아무리 청력을 끌어올려 살펴도 무예를 수련하는 사람 말고 다른 기척은 잡히지 않았다.

사실 만경은 일찍부터 동천몽을 지켜보고 있었다. 하지만 사대법왕이 종일 그의 곁을 돌아가면서 보호하고 있었기 때문에 접근할 기회를 좀체 찾지 못했다.

그런데 일목에 의해 천지철왕이 무력화되면서 세 명이라면 한 번쯤 모험을 해볼 가치가 있다고 판단했다. 하지만 승리는 장담할 수 없었다. 그래서 가급적 기회를 노리되 여의치 않을 땐 과감히 세 사람과 부딪치겠다는 마음을 먹었다.

그런데 천만다행히도 천지철왕이 깨어났다는 소식이 전해지면서 너무 흥분한 나머지 동천몽의 신변 보호를 잠시 망각하고 삼대법왕 모두가 동굴을 떠난 것이다.

만경은 지체하지 않았다. 아무리 그동안 많은 것을 배웠다고 해도 자신의 십초지적이 되지 못할 것이다. 그렇다고 여유를 부렸다가는 애써 찾아온 기회를 날릴 수가 있었다.

동굴 안으로 들어가자 눅눅한 습기와 한기가 온몸을 덮쳐왔다. 소리없이 안으로 들어가자 제법 넓은 광장이 나타났고 한 명의 흑의사내가 열심히 검을 연습하고 있었다.

콰콰콰!

손에 쥔 것은 목검이었다. 뻗어 나온 검기가 동굴 곳곳에 깊은 흔적을 남겼다.

확!

순간 만경의 눈이 커졌다. 믿을 수가 없었다. 무예를 수련한 지 겨우 일 년이 조금 넘었는데 끝이 뭉텅한 목검으로 석회암에 깊은 자국을 남긴다는 것은 일반적으로 불가능했다.

촤악!

파아아아!

동천몽의 검은 파상적이었고, 강렬했으며, 기묘했다. 이미 만마생사혈의 검식을 완벽히 숙지하며 이해하고 있는 것이 분명했다. 십 초면 끝나리라고 예상했는데 저 정도라면 최소한 이십 초는 수고해야 할 것 같았다.

"뭐 하느냐? 죽이러 왔으면 서둘러 손을 쓰지."

그런데 갑자기 동천몽이 검을 거두며 입을 열었다.

일체의 기척도 없이 들어왔는데 어느새 자신의 존재를 알고 있는 것이었다.

'내공만큼은 이미 이 늙은이와 비견될 만하구나.'

국화공주민박석백유 덕이었다.

"아미타불! 놀랍습니다. 백오십 년을 살아왔지만 아직까지 대법왕님처럼 짧은 시간에 그런 높은 경지에 오른 분은 보지 못했습니다. 아니, 본 궁의 역사 어디에도 그런 분이 계셨다는 기록은 없지요."

스윽.

동천몽이 검신으로 이마의 땀을 면도하듯 닦아내더니 환하게 웃었다.

"고맙구나."

"불충한 노납을 용서하소서."

"아니다. 난 그렇게 생각하지 않는다."

동천몽이 조용히 입을 열어 말했다.

"출가인이기에 앞서 사람이 아니더냐? 야망을 품지 않고서 어찌 인생을 살 수 있단 말이냐? 난 너의 행동을 탓하거나 미워하지 않는다. 역지사지라고, 내가 너의 입장이라고 해도 필시 이렇게 나왔을 것이다. 기회란 자주 오는 게 아니니까."

만경의 눈이 커졌다.

동천몽의 얘기는 계속되었다.

"사제에 이어 사질에게까지 대법왕 자리를 넘겨주어야 했으니 너의 심정을 충분히 이해한다. 이번만큼은 반드시 성공하여 꿈을 이루길 바란다.”

온갖 욕설을 내뱉고 악을 벅벅 써가며 악담을 퍼부을 줄 알았는데 전혀 뜻밖의 반응에 만경은 당황했다. 포달랍궁 제일 고수인 자신을 이겨 목숨을 부지할 것이라고는 생각하지 않을 것이다. 그런데도 전혀 당황하거나 긴장하지 않고 오히려 자신의 욕망을 정상적인 행동으로 인정하며 오히려 행위를 격려하기까지 했다.

“뭣 하는가? 어서 공격해라. 밤이 길면 꿈도 길다고 했는데 사대법왕이 오기 전에 해치우는 것이 쉬운 일 아니겠느냐?”

만경의 눈이 깊이 가라앉았다.

그릇이 크다. 음력 정월이 되었으니 이제 겨우 열일곱 살인데 그런 어린 나이에 저토록 위엄과 여유를 부리는 것은 억지로 되는 것이 아니었다. 어리지만 대설산의 웅장한 산세를 보는 듯했다.

“아미타불! 소승의 불경을 사죄하는 뜻에서 삼 초를 양보하겠습니다. 최대한 능력을 발휘하십시오.”

“고맙구나. 성의를 거절하지 않겠다.”

동천몽이 길게 호흡을 내뿜더니 목검을 들어 올렸다.

흠칫!

만경이 소스라치게 놀랐다.

살아생전 두 명의 대법왕을 보냈다. 그래서 대법왕만이 익힐 수 있는 만마생혈과 지옥금에 대해 어느 정도 알고 있었다.

그런데 지금 만마생사혈의 기수식을 펼친 동천몽의 자세가 너무도 완벽했다.

"아, 아미타불!"

자신도 모르게 불호가 떨려 나왔다.

만마생사혈의 완숙하게 이해하고 있지 않고서는 보여줄 수 없는 기수식이다.

이것이야말로 운명이었다. 자신을 만나지 않았다면 어쩌면 포달랍궁 역사상 최고의 대법왕이 될 자질이 넘쳤다.

"간다!"

동천몽이 신형이 미끄러지듯 파고들었다.

단순한 동작이었다. 너무 깔끔하고 변화가 없어 그다지 위력적으로 보이지는 않았다.

화악!

그런데 만경의 눈은 찢어져라 부릅떠졌다.

'정중동(靜中動)이라니!'

파아아아!

단순하게 찔러 들어오던 검기가 벼락처럼 좌우로 퍼져 나가면서 전신을 에워싸 버렸다.

만경은 기절할 듯 놀라며 양손을 전후좌우로 빠르게 쳐냈다.

파파파팍!

검기와 장력이 부딪치며 강한 반탄강기가 동굴을 휘몰아
쳤다.
우직끈!
쿡— 투투툭!
거대한 종유석들이 부러지고 깨져 날아갔다.
두 사람은 처음 자세 그대로 서 있었다. 동천몽은 여전히
표정의 변화가 없었다. 하지만 만경은 여전히 충격에서 벗어
나지 못한 눈빛이었다.
고요함 속에 상상을 초월하는 변화를 담는 정중동은 일대
종사의 반열에 들어서지 않고서는 보여줄 수 없는 고도의 경
지였다. 자신이 지금 본 검식은 완벽한 정중동이었다.
평생 검과 싸워도 얻지 못하는 사람이 태반인 정중동이 너
무도 간단하게 펼쳐졌다.
"이초다."
동천몽의 검이 수평으로 찔러 들어오더니 휙 하며 원을 그
었다.
만경을 가운데 두고 그려진 동그라미.
만경이 엇! 하는 비명을 질렀다. 동그라미는 단순하지 않았
다. 자신을 옴짝달싹못하게 조여오고 있었다. 검기를 이용해
자신을 포위해 버린 것이다.
눈에 보이지는 않지만 자신은 지금 탄탄한 검기의 벽에 갇
혀 있었다.

그그그!

검기가 계속 조여온다.

검기의 벽을 깨지 못하면 자신은 압사할 것이다.

구우우웅!

장포가 부풀어 올랐고 양 손바닥에 무형의 폭풍이 피어났다. 전신의 내공을 극한까지 끌어올려 조여오는 검기의 벽을 향해 부딪쳐 갔다.

빡― 빠빠빡!

지진이 일어난 듯 동굴이 움직였고 일부에서는 꽈르릉 소리를 내며 무너지기 시작했다.

동굴이 초토화가 되었지만 두 사람의 신체는 멀쩡했다. 강한 호신강기가 종유석 파편들을 모두 막아낸 것이다.

"윽!"

동천몽이 뒤로 한 걸음 물러났다.

하지만 만경은 상체만 약간 흔들거릴 뿐, 그 자리에 꼿꼿하게 서 있었다.

"이제 일 초 남았습니다. 모든 재주를 쏟아야 할 것입니다."

이번 공격이 지나면 영영 기회가 없다는 죽음의 경고였다.

동천몽이 웃었다. 내상을 입은 듯 약간 창백한 안색이었지만 웃음은 환했다.

"아랏차차차!"

곧 동천몽은 죽을힘을 다해 기합을 지르며 달려들었다.

콰콰콰콰!

검의 비[劍雨]였다. 무엇이라도 자르고 쪼갤 것 같은 강력한 검기가 파상적으로 만경을 베어갔다.

이제 일 초의 공격만 남았다. 단 한차례만 휘둘러야 하는 것이다. 그런데 동천몽의 검은 십여 회 이상 쏟아지고 있었다. 언뜻 보면 약속을 어긴 듯했지만 그렇지 않았다. 만마생사혈 중 십구참(十九斬)이란 초식이었다.

일 초에 열아홉 번 검을 휘두르는 쾌의 극치인 초식.

지금 동천몽은 열 번을 휘두르고 있었다. 완성되면 열아홉 번을 휘둘러야 하는데 이제 열 번이다. 하지만 대법왕이 익혀야 할 만마생사혈이란 검식이 얼만큼 복잡하고 어려운지 아는 만경으로서는 숨이 넘어가는 신음을 흘렸다.

열 번을 휘두른다는 것은 동천몽의 검이 이미 칠성 가까이 올라섰다는 뜻이었다.

'죽여야 한다. 기어코!'

만경의 두 눈에서 살기가 쏟아졌다. 만약 오늘 죽이지 못하면 머지않아 자신이 당할 것은 뻔했다.

촤촤촤촤악!

만경의 쌍수가 칼처럼 뻗어나갔다.

콰콰콰쾅!

검과 장이 충돌했고 커다란 신음 소리가 동굴을 울렸다.

　동천몽은 바닥에 주저앉아 있었는데 입가로는 피를 흘리고 있었다. 만경 역시 붉은 가사가 걸레처럼 찢어져 있었다.

　"이제 삼 초가 지났습니다. 그럼 노신이 공격을 하겠습니다."

　만경의 신형이 바닥을 박차고 날아갔다.

　번쩍!

　붉은 그림자가 허공에 나타났다가 사라졌다.

　너무 빨라 눈에서 놓친 것이다. 동천몽은 본능적으로 위기를 직감하고 목검으로 정면을 힘껏 후려쳤다.

　콰앙!

　예상대로 눈에서 사라진 만경은 어느새 눈앞에 나타났고, 동천몽과 일 초를 겨룬 것이다.

　"우욱!"

　동천몽이 기우뚱거리며 뒤로 밀려났다.

　천장에서 떨어진 물기로 미끄러웠고 고르지 못하기까지 한 바닥으로 인해 동천몽의 몸이 휘청하며 좌측으로 몸이 기울었다.

　쏴아아아!

　장력이라기보다는 칼날이 뻗어왔다.

　본능적으로 왼손을 들어 채 습득하지 못한 지옥금의 앞부분을 펼쳤다.

　빡!

"으악!"

허공을 날아간 동천몽의 몸이 천장에서 내려온 종유석 기둥에 사정없이 부딪치며 바닥을 나뒹굴었다.

만경의 공격은 무자비했다. 동천몽이 일어나기도 전에 재차 다가와 쌍장을 갈겼다. 숨 돌릴 틈도 주지 않는 폭풍 같은 공격이었다. 동천몽은 반쯤 일어난 상태에서 검을 휘둘렀다.

빠박!

검은 채 뻗어나가지도 못했고 가슴에 엄청난 충격이 밀어닥쳤다.

"크아악!"

바람에 날아가는 낙엽처럼 오 장 정도 날아가 다시 떨어졌다. 동천몽은 몸을 세워 일으켰다. 일단 몸을 일으켜야 피하든지 말든지 할 것이다.

그러나 만경은 동천몽이 일어날 기회를 주지 않았다.

파파팍!

무려 삼장을 정통으로 맞았다.

비명도 지를 힘이 없었고, 끝없이 피만 흘린 채 바닥을 나뒹굴었다. 그나마 다행이라면 구르면서 구석진 벽에 기대 반쯤 일어난 상태였기 때문에 몸을 바로 세울 수 있었다.

"으웩!"

커다란 핏덩이를 토한 동천몽이 다가오는 만경을 똑바로 쳐다보았다.

자신의 공격을 정통으로 네 번이나 맞았다. 그런데도 숨이 끊어지지 않았다는 것은 그만큼 동천몽의 내공이 심후하기 때문이었다.

사람은 맞은 순간 몸에 힘을 주게 된다. 몸에 강한 힘이 생기면 외부에서 들어온 힘이 약간 밀리면서 충격이 완화되도록 하려는 게 신체의 본능인 것이다.

동천몽 또한 그러했다. 부상은 입었지만 아직 몸속의 내공은 그렇게 많이 소모된 것이 아니었기 때문에 힘으로 버틴 것이다. 하지만 내공으로 만경의 공격을 완화시키는 것에도 한계가 있었다. 그 증거가 바로 내상이었다.

외부에서 가해지는 충격보다 버티는 몸속의 힘이 강하면 결코 내상은 입지 않는다. 몸이 충격을 받지 않도록 하기 위해서는 가해지는 외부의 힘에 비해 세 배의 내공을 지녀야 가능하다. 그건 자신보다 약한 사람의 공격에도 버틸 수는 없다는 계산이 나온다. 하물며 만경은 현재 포달랍궁 제일고수 아니던가.

슈우욱!

쌍장이 날아왔다.

이번엔 눈이 부실 만큼 노오란 금광이 휩싸여 있었다. 금광불기였다.

저항하는 것이 그냥 맞는 것보다 좀 더 유리하다. 동천몽의 검이 힘껏 만경의 황금빛 장력을 후려쳤다.

콰콱!

툭!

둔탁한 소리와 더불어 목검이 부러졌다.

쇠보다 강하다는 파룡목으로 만들어진 목검이었는데 힘없이 손잡이 부분이 날아가 버렸다.

절체절명의 위기였다. 검을 갖고서도 상대가 안 되는데 검이 부러졌으니 결과는 더욱 뻔했다. 더구나 장법 지옥금은 이제 겨우 걸음마를 떼고 있다. 실전에 사용하기에는 턱없이 부족했다.

동천몽은 계속 비틀거렸다. 온몸은 입에서 흘러나온 피로 벌게졌고 오른쪽 눈은 퉁퉁 부어올라 있었다. 다행히 장력을 스쳐 맞았기에 망정이지, 아차 했으면 시력을 잃을 뻔했다.

"사람을 죽이는 데 속이 편치 않아 보기에는 백오십 년을 살아오는 동안 지금이 처음입니다."

만경이 조용히 말했다.

"그만큼 대법왕의 자질이 무인이라면 붙잡고 가르쳐 보고 싶을 만큼 뛰어나다는 뜻이지요. 지금 상태라면 넉넉잡고 이삼 년이면 누구도 대적할 수 없는 불패의 무사로 성장하겠습니다."

동천몽이 웃었다.

"나 또한 십칠 년 동안 살아오면서 타인의 입을 통해 이토록 뜨거운 칭찬을 받아보기는 처음이다."

"저승에서 만나면 그때는 제대로 한번 모시겠습니다. 그럼 앞서 가십시오, 대법왕이시여."

만경이 쌍장을 들어 올리다 멈칫했다.

동천몽의 눈빛이 이상했기 때문이다. 비록 아주 짧은 순간이었지만 자신을 보고 득의만면해했다.

죽음이 목전에 이른 사람이 죽이려는 자신을 보고 기뻐할 리는 없었다. 그것은 자신의 등 뒤로 누군가 다가왔다는 것을 의미했다. 아주 짧은 순간이었지만 동천몽은 자신의 등 뒤를 보며 반색했다.

자신의 기척을 속이고 접근해 올 정도의 인물이라면 사대법왕 중 한 명일 것이었다. 그라면 소리없이 접근하여 동천몽에게 정신이 팔린 자신을 일격에 격살할 수도 있었다.

만경은 빠르게 돌아섰다.

획!

그러나 돌아선 만경의 눈에 보이는 것이라고는 희미한 어둠뿐이었다. 혹시 교묘한 신법으로 자신의 눈을 속일지도 모른다는 생각에 진기를 끌어올려 살폈지만 여전히 기척은 없었다.

바로 그 순간 만경은 등 뒤에서 날아오는 바람 소리를 들었다.

'속았다!'

재빠르게 돌아서는 그 순간 동천몽의 몸이 면전에 도착해 있었다.

타탁!

쌍장을 들어 올렸지만 그보다 자신의 팔목을 거머쥔 동천 몽의 양손이 더 빨랐다.

털썩!

두 사람은 끌어안은 채 바닥으로 넘어졌다. 동천몽의 양손 은 마치 갈고리 같았다. 만경이 잡힌 손목을 빼내기 위해 혼 신의 공력을 쏟아냈지만 꼼짝할 수가 없었다. 다리 또한 뱀처 럼 만경의 양다리 속으로 집어넣어 새끼처럼 단단히 꼬아버 렸다.

퍼어억!

동천몽이 머리로 만경의 얼굴을 들이박았다.

양손이 잡혀 있으니 피할 방법이라곤 없었다. 엄청난 충격 이 얼굴에 가해지며 뜨거운 것이 입술을 타고 흘러내렸다. 보 지 않아도 코피라는 것을 알 수 있었는데 동천몽은 미친 듯이 머리로 자신의 얼굴을 박기 시작했다.

빡— 빠바박!

힘에서 자신과 비교해 뒤떨어지지 않으므로 잡힌 양손은 옴짝달싹할 수가 없었고 동천몽의 박치기를 고스란히 받아야 했다.

"크크!"

아무리 신음을 흘리지 않으려고 했지만 자신도 모르게 짐승 같은 괴로운 소리가 터져 나왔다.

콱콱콱!

동천몽은 죽기 아니면 살기로 계속해서 들이받았다.

어지간한 바위나 책상 모서리에 부딪쳐도 전혀 손상을 입지 않은 머리였다. 오히려 부딪친 바위나 책상 모서리가 깨어져 나가는 광경에 부하들이 신기해했었다.

일두사(一頭死).

급기야 부하들은 자신의 가공할 박치기를 일두사라 불렀다. 한 번 받히면 목숨이 끊어진다.

만경의 노안은 피로 범벅이 되어 있었다. 코뼈가 부러진 지는 오래되었고 이빨과 눈탱이까지 찢어지고 갈라졌다.

화악!

만경도 안 되겠다고 생각한 듯 동천몽의 얼굴을 받았다.

그냥 들이받히는 것보다는 마주 공격을 하는 것이 덜 충격적이고 낫다는 생각을 떠올린 것이다. 급기야 들소처럼 두 사람의 머리가 서로를 향해 미친 듯 부딪치기 시작했다.

빡— 바바바!

퍽— 뻐어억!

두 사람의 머리는 피로 완전히 물들었고 얼굴은 난장판으로 변해 있었다.

밀리면 죽는다.

기호지세, 선택의 여지란 없었다. 지금 상황에서는 누가 오래 참고 버티느냐가 생사를 가늠한다. 두 사람의 머리는 암컷을 놓고 다툼을 벌이는 숫양처럼 끊임없이 부딪쳤다.

빽!

뻐억! 빽!

깨진 머리 조각이 파편처럼 사방으로 튀었다. 사람의 얼굴인지 괴물인지 구분이 안 될 만큼 처참한 상태인데도 서로의 얼굴을 들이받는 두 사람의 동작은 멈추지 않았다.

시간이 흐를수록 만경이 밀리고 있었다. 특히 만경은 속도에서 밀리고 있었다. 그가 한 번 받을 때 동천몽은 두 번 들이받았다. 그런 탓에 당연히 더 피해가 클 수밖에 없었다.

빡!

빠박!

이마가 함몰되고 눈은 부어 감춰지고 코뼈는 뭉개졌다. 이빨 또한 산산조각이 되어 입 안을 맴돌았다.

"끄으으!"

또다시 만경의 입에서 신음이 흘러나왔고 그의 동작은 더욱 느려졌다. 그에 반해 동천몽의 박는 속도는 처음과 전혀 차이가 없었다. 그것은 힘에서 우위를 차지하기도 했지만 이미 오랫동안 소주의 저잣거리를 활동하며 숱하게 사용한 경험이 절대적이었다. 또한 여기서 무너지면 죽는다는 필사의 각오가 그의 투쟁력을 더욱 높여주고 있었다.

꽉— 쫘꽉꽉!

급기야 밑에 깔린 만경이 거의 저항을 포기했다. 하지만 올라탄 동천몽은 여전히 쉴 틈 없이 이마로 들이받았다.

"죽어! 씨벌!"

동천목이 악을 썼다. 만경의 얼굴은 동천몽이 박는 대로 흔들렸다. 좌측을 받으면 우측으로 돌아갔고 우측을 받으면 좌측으로 돌아갔다. 정면으로 천장을 올려다볼 때면 코가 있는 부분을 정통으로 박았다.

빠아악!

동천몽은 헐떡거리면서도 쉬지 않았다. 늙은 생강이 매운 법이다. 죽은 척 있다가 양손을 놓고 일어서면 어떤 돌발 사태가 발생할지 모른다. 그러므로 더욱 양 팔목을 힘껏 쥐고 쉬지 않고 만경의 얼굴을 박고 또 박았다.

퍽—퍼퍼퍽!

만경의 얼굴이 조금씩 부서지기 시작했다. 이전까지는 그런대로 사람의 모습을 갖췄지만 동천몽이 끝없이 박아대자 무너지듯 얼굴이 깨져 나간 것이다.

팍!

좌측 대뇌 쪽이 부서졌고 이번에는 우측 전두부가 깨져 나갔다.

만경은 죽은 듯 꼼짝을 하지 않았지만 동천몽의 박치기는 멈추지 않고 계속되었다. 동굴 안에는 둔탁한 소리가 끝없이 울렸다.

“아미타불!”

바로 그때, 동굴 안으로 불호 소리가 울려왔다.

천권동왕이 들어서다 동굴 속에서 벌어지고 있는 광경에 기겁을 했다.

“우웃!”

“허허.”

뻑!

“으하.”

빡!

동천몽은 거친 숨을 한 번씩 들이마시며 만경의 얼굴을 열심히 박았다.

“대, 대법왕님.”

피를 흘리고 있었지만 위에서 머리를 박고 있는 사람이 동천몽이라는 것은 알아보았다. 하지만 밑에 깔린 사람의 얼굴은 도저히 알아볼 수가 없었다.

“대, 대법왕님, 도대체 밑에 깔린 그자는 누굽니까?”

“말시키지 마라. 워낙 교활한 늙은이이니 무슨 잔머리를 굴리지 모른다. 완전히 머리를 아작 내버려야 한다.

동천몽의 동작도 지친 듯 들이받는 속도가 느려졌다. 그러나 박치기는 멈추지는 않았다.

“누… 누굽니까?”

동천몽이 박치기를 계속하며 말했다.

“보… 보면 모르겠느냐? 흐아아…….”

빡!

“…그 늙은이니라, 만경.”

“으허허! 마, 만경이라면… 사숙?”

“이딴 늙은이가 무슨 얼어 죽을 사숙이야. 뒈져라!”

빡!

천권동왕이 믿을 수 없다는 듯 두 눈을 비볐다. 얼굴은 도저히 알아볼 수가 없었으므로 옷차림과 하체를 살폈다. 맨발에 비쩍 마른 몸은 틀림없는 사숙 만경이었다.

하지만 이내 고개를 저었다. 포달랍궁의 제일고수를 동천몽이 이 지경으로 만들었다는 사실은 절대 말이 되지 않았다. 동천몽이 지금 거짓말을 하고 있는 것이 틀림없었다.

“마, 말이 되는 말씀을 하셔야…….”

“학!”

빽!

“으와!”

빽!

“믿기지 않으면 말시키지 말고 조용히 있거라.”

동천몽은 열심히 박았다.

만경의 머리가 완전히 부서지고서야 박치기를 멈추었는데 그의 이마에서는 만경의 피와 뇌수가 뚝뚝 떨어졌다.

벌러덩!

자신 또한 완벽히 지친 듯 큰대자로 누워 버렸다.

"하아! 하아아!"

천권동왕은 얼굴로서는 확인이 불가능하여 신체 곳곳을 세밀히 살피기 시작했다. 그는 오랫동안 모셨기 때문에 만경의 신체 구석구석을 훤히 알고 있었다.

부르르르!

만경의 시신을 살피던 천권동왕이 전신을 떨었다. 자신이 살피고 있는 눈앞의 시신은 만경이 분명했다. 오십여 년 전쯤 두 사람은 대설산의 계곡에서 우연히 함께 멱을 감을 기회가 있었다. 그때 만경의 사타구니에는 손바닥만 한 검은 점이 있었는데 지금 시신에도 똑같은 크기의 점이 있었다. 그것 말고도 신체 곳곳이 눈에 익었다. 만경이 분명했다.

"사제, 빨리 대법왕님을 모셔오라는데 뭐 하……."

천검은왕이 뒤따라 들어오다 말고 입을 다물었다.

동굴의 처참한 상황에 눈을 부라리더니 더듬거리며 물었다.

"사… 사제, 그 사람은 뭔가?!"

동천몽의 곁으로 다가와 내려다보던 천검은왕이 깜짝 놀라며 소리쳤다.

"아니, 대법왕님 아니시옵니까? 이게 어찌 된 일이옵니까?"

"으화! 으와!"

동천몽이 말할 기운도 없다는 듯 헐떡거리며 오른손으로 비키라는 손짓을 했다.

"사… 사제! 이 시신은?"

"사숙입니다."

"네엣?"

"우리에게 사숙이 한 분밖에 더 있습니까? 만경 사숙입니다. 대법왕님의 손에 돌아가셨습니다."

"허걱!"

천검은왕이 숨이 넘어갈 듯한 다급성을 지르며 뒤로 한 걸음 물러났다. 도대체 어떻게 된 상황이냐고 물었지만 천권동왕 또한 자세히는 모른다면서 거친 숨을 헐떡이며 누워 있는 동천몽을 내려다볼 뿐이었다.

동천몽은 얼굴에 많은 상처를 입고 있었다. 그러나 상당 부분은 만경의 피와 살점이었다. 얼마나 필사적으로 힘을 쏟아냈는지 동천몽은 가쁜 호흡은 쉽게 멈춰들지 않았다.

두 사람은 궁금한 것이 너무 많았지만 동천몽이 호흡이 잦아질 때까지 기다려야 했다.

"퉤에!"

고개를 좌측으로 돌려 피가 섞인 가래침을 뱉은 동천몽이 상체를 일으키자 천검은왕이 다가와 재빨리 부축했다.

"어찌 된 영문이온지?"

동천몽이 죽은 만경을 보며 씨익 웃었다.

"길고 짧은 건 역시 대봐야 알아. 건방진 늙은이."

"정말 사숙입니까?"

"늙은이가 의외로 질긴데."

천검은왕과 천권동왕은 여전히 멍한 표정으로 동천몽을 바라보았다. 궁금해하는 두 사람을 보며 동천몽이 또다시 침을 뱉으며 입을 열어 말했다.

"무예 수련에 완전히 푹 빠져 있는데 이 늙은이가 날 찾아왔더군. 한눈에 날 죽이기 위해 왔다는 것을 눈치로 긁었지."

"……."

"……."

얘길 듣는 두 사람의 눈이 반짝거렸다.

동천몽이 머리를 좌우로 흔들었다.

"이거, 장난 아니군! 어찌나 박았던지 골이 흔들거리는구만. 정말 세더군. 내 능력으로는 도저히 이길 수가 없었어. 그래도 어른이랍시고 삼 초를 양보해 주더군. 고양이 쥐 생각해 준 꼴이지 뭐."

두 사람은 긴장으로 마른침을 꿀꺽 삼켰다.

"나도 싸움이라고 하면 한 쌈 하는데 강했어. 도저히 방법이 없더군. 내가 배운 것을 모두 쏟아냈는데도 털끝도 건드리지 못했어. 죽음은 다가오고 죽기는 싫고… 그때 한 가지 꾀가 떠오르더군."

"어떤 꾀였습니까?"

천검은왕이 다급히 물었다.

도저히 믿기지 않은 결과였기 때문에 과연 그 꾀가 무엇인지 가장 궁금했다.

동천몽이 갑자기 목을 좌우로 돌리더니 목소리를 깔았다.

"소주 저잣거리에서 강적들을 만날 때마다 왕왕 써먹은 방법이지. 일명 형님지계라고나 할까?"

멈칫!

천검은왕과 천권동왕의 시선이 부딪쳤다.

"혀, 형님지계?"

"어렵게 생각할 것 하나도 없느니라. 도저히 상대를 이길 수 없다고 판단이 들 때 잽싸게 적의 뒤쪽을 보며 형님하며 소리를 치면 백이면 백 모두 뒤에 누가 온 줄 알고 돌아본다. 바로 그때를 놓치지 않고 돌진하는 거지. 붙들면 목숨이 꺼져도 놓아서는 안 된다. 번개처럼 양 팔목을 강하게 붙잡으면 상대는 꼼짝을 못하지. 발길질도 할 수 없도록 두 다리 또한 가랑이 사이에 넣고 꼬아버리면 그야말로 완전히 묶이게 되는 거지."

"꿀꺽!"

"꼬올깍!"

두 사람이 흥미롭다는 듯 침을 삼켰다.

"그렇게 되면 오로지 신체 중에서 원활한 것은 상대와 나 모두 머리뿐이지. 그때부터 서로는 머리로 싸운다. 하지만 태

어날 때부터 어지간한 바위쯤은 가볍게 깨뜨린 내 머리를 당
하는 놈은 여태껏 못 봤다."

"하, 하면 그 형님지계가 사숙에게도 통했단 말이옵니까?"

"약간 방법을 변형했느니라. 강호 경험이 워낙 풍부하고
닳고닳은 늙은이인만큼 티 나게 뒤쪽을 보고 소리를 지르거
나 쳐다보면 속임수라는 것을 알아차리고 전혀 돌아보지 않
을 것 같았지. 그래서 순간적으로 눈빛을 빛냈다가 거둬들였
지. 흐흐! 그랬더니 내가 뭘 숨기는 것으로 지레짐작하고 뒤
를 돌아보더군. 나 정도야 고개 좀 돌아봐도 전혀 위험 요소
가 되지 않는다는 것을 자신하고."

"그 순간 달려들었단 말씀입니까?"

"속았다고 느끼고 고개를 돌렸을 땐 이미 늙은이의 양 팔
목은 내 손에 잡혔고 두 다리는 내 다리에 제대로 옭아매어졌
지. 다른 건 몰라도 힘에서는 밀리지 않은 만큼 내 손아귀를
빠져나오지 못했고 그때부터 우린 바닥에 쓰러져 머리로 치
고박았다. 그리고 이렇게 난 이겼다."

천검은왕과 천권동왕의 입이 쩌억 벌어졌다.

도무지 믿기지가 않았다. 한 달이 넘어도 초식 구결 한 줄
외우지 못하는 머리에서 어떻게 그런 경이적인 재치가 나올
수 있단 말인가. 더구나 짧은 눈짓에는 아무리 경험이 풍부한
만경일지라도 속아 넘어가지 않을 수 없었을 것이다.

"우욱!"

동천몽이 목을 돌리다 비명을 질렀다.

"대법왕님."

"아무래도 목뼈가 이상이 생긴 것 같군. 날 의각으로 안내하거라."

"소승의 등에 업히십시오."

동천몽은 거절하지 않고 천검은왕에 업혀 의각으로 사라졌다.

동천몽의 행색을 본 만동승의의 눈이 찢어질 듯 커졌다. 목불인견이라는 말이 실감날 만큼 처참했기 때문이다. 특히 천장금왕의 표정은 거의 사색이 되었다.

"이, 이게 어찌 된 일인가? 대법왕님께서 왜 이리 되신 건가?"

그에 천권동왕이 간단히 사건 경위를 설명해 주었다.

"뭐… 뭐라고?"

천장금왕의 눈이 찢어져라 커졌다. 만경과 싸워 죽였다는 말이 도무지 믿어지지가 않았다.

"정말로 대법왕님께서 만경 사숙을 죽였단 말인가?"

"그렇다니까요?"

한편 목뼈 이곳저곳을 매만져 보던 만동승의가 굳은 표정으로 말했다.

"이… 이건 말이 안 됩니다."

“그건 또 무슨 소린가?”

천장금왕이 긴장하여 물었다.

만동승의가 놀란 표정으로 말했다.

“모두 세 곳의 목뼈가 부러졌습니다.”

“세… 세 곳이나 부러졌는데도 참고 싸웠단 말입니까?”

침상에 누운 동천몽이 말했다.

“그럼 죽느냐 사느냐 하는 판국에 아픔을 느낄 틈이 어디 있단 말이냐?”

모두가 혀를 내둘렀다. 목뼈는 다른 부위와 달라서 조그만 금이 가도 머리를 움직일 수가 없었다. 그런데 무려 세 곳이 부러졌음에도 동천몽은 끝까지 만경을 들이박았다.

“일단 지지대로 목을 움직이지 못하도록 한 다음 약을 처방하겠나이다.”

천장금왕이 빠르게 말했다.

“서두르게.”

천검은왕을 돌아보며 말했다.

“자넨 당장 천룡구십구불을 데리고 빙굴을 포위하게. 필시 그곳에는 지난번에 사제를 공격했다가 부상을 입은 자가 치료 중일 걸세. 사숙이 나선 것을 보면 그의 몸이 아직 회복되기 전인 것 같으니 당장 사로잡게.”

“알겠사옵니다, 사형.”

“그리고 우리가 파악해 놓았던 만경 사숙 쪽 인물들을 모조리 기습하여 체포하게. 반항하면 죽여도 상관없네. 일이 이렇게 된 이상 일거에 쓸어버려야 하네."

"그러지요."

천검은왕이 이내 밖으로 사라졌다.

그러자 동천몽이 누운 채 말했다.

"너무 서두르는 것 아니냐? 수장을 죽였으니 이제 별 볼일 없는 존재들인데."

"아니옵니다. 밀어붙일 때 깨끗하게 쓸어버려야 합니다. 만경 사숙의 죽음을 알게 되면 오히려 복수에 불타 더욱 날뛸지 모릅니다. 만약 그렇게 되면 엄청난 피를 흘리게 될 것입니다."

"듣고 보니 그것도 그렇군."

동천몽이 누운 채 눈을 깜빡거렸다.

만동승의가 부드러운 나무와 천을 이용해 동천몽의 목을 꼿꼿하게 감쌌다.

"당분간 불편하시더라도 움직이지 말고 그렇게 지내십시오. 부러진 뼈가 붙으려면 아무리 빨라도 보름 이상은 걸릴 것입니다."

동천몽이 미이라처럼 빳빳하게 누운 채 말했다.

"이렇게 보름 동안을 살란 말이냐?"

"바, 방법이 없사옵니다. 만약 답답하다고 해서 목을 움직이면 뼈가 어긋나게 되어 목이 기우뚱해질 수 있으니 조심하십시오.”

동천몽은 알았다고 눈으로 대답했다.

그때 천장금왕이 심각한 표정으로 누워 있는 동천몽 가까이 다가섰다. 동천몽은 자신을 내려다보는 천장금왕의 얼굴에 긴장이 서려 있음을 발견하고 물었다.

“할 말 있느냐?”

“막내 사제가 깨어났습니다. 그런데 오늘 하루를 버티지 못할 것 같다고 하옵니다.”

동천몽의 표정이 굳어졌다.

“어찌해야 하느냐?”

동천몽은 천장금왕이 말하고자 하는 의미가 무엇인지 알 수 있었다.

천장금왕이 입술을 지그시 물며 말했다.

“사제는 살아날 수 없습니다. 그래서 사제가 죽기 전에 그가 알고 있는 대법왕의 무예를 이 자리에서 배워야 합니다.”

동천몽의 눈이 커졌다.

천장금왕이 빠르게 말했다.

“지체할 틈이 없습니다. 한시라도 서둘러야 합니다. 그가 죽기 전에 대법왕께서 익혀야 할 지옥금 마지막 부분을 재현할 것입니다.”

“날더러 지금 그 부분을 배우라는 얘기냐?”

사제의 죽음은 분명 오랜 세월 동고동락해 온 자신에게 더

할 나위 없는 비극이었다. 그러나 지금으로서는 슬퍼할 겨를
이 없었다. 그의 죽음보다는 그가 갖고 있는 지옥금을 죽기
전에 빨리 동천몽이 보는 앞에서 펼쳐 보이는 것이 더 중요했
기 때문이다.

"침상을 세울 수 있는가?"

천장금왕이 만동승의에게 물었다.

만동승의가 고개를 끄덕였다.

"물론입니다."

"당장 막내 사제와 마주 볼 수 있도록 하여 침상을 움직이
게."

그 말에 만동승의는 곧바로 침상을 이동했다. 천지철왕의
침상과 동천몽의 침상이 마주 보며 놓여졌고, 등 뒤로 베개를
두껍게 깔아 두 사람의 상체를 반쯤 일으켜 세웠다.

"사제."

창백한 안색으로 누워 있던 천지철왕이 눈을 떴다. 초점 잃
은 시선은 금방이라도 감길 것처럼 힘이 없었다. 맞은편에 있
는 동천몽을 발견한 천지철왕이 몸을 한차례 떨더니 신음을
흘리며 눈에 힘을 끌어 모았다.

"대… 대법왕이시여, 소… 소승이 지금부터 보이는 동작을
놓치… 지 마시고……."

동천몽이 길게 한숨을 내쉬었다.

실로 무서운 충성심이고 책임감이었다. 하나뿐인 목숨 따

위는 대수롭지 않게 생각한다. 오직 사문의 발전과 포달랍궁
의 내일만을 염려할 뿐이었다.

"학학!"

불과 몇 마디 했을 뿐인데 천지철왕의 호흡이 거칠어졌다.

"지… 지금부터 소승이 보여주… 는 동작을 잘 보십시오.
모… 몸이 이러하여 한 번밖… 에 보여 드리지 못하옵… 니
다. 지옥금 후반부입니… 다."

동천몽은 무엇인가를 외우는 지혜는 형편없지만 눈썰미는
빼어나다.

천지철왕이 양손을 천장을 향해 뻗었다.

<u>스스스!</u>

힘이 없어 속도가 아주 느렸다.

동천몽은 두 눈을 빛내며 천지철왕의 손놀림을 보았다.

<u>스으으으!</u>

스슥!

짧게, 그러다 아주 길게 손바닥을 뻗었다. 둥글게 원을 그
리다가 한가운데의 중심을 번개처럼 찔러 들어갔다.

쉭!

천지철왕의 손놀림은 갈수록 빨라졌다.

천장금왕은 물론이고, 천검은왕도 처음 보는 초식이었다.
대법왕이 죽기 전 철저히 한 사람씩 불러 각자가 배워야 할 몫
만 가르쳐 주기 때문에 다른 사람의 무공은 일체 알지 못한다.

시간이 흐를수록 지켜보던 천장금왕과 천검은왕의 눈살이 찌푸려졌다. 처음에는 어느 정도 알아보는 듯했지만 갈수록 손놀림이 복잡해지고 빨라지자 실타래처럼 엉킨 것이었다. 급기야 두 사람은 길게 한숨을 내쉬며 고개를 돌려 버렸다.

고개를 돌린 두 사람의 시선이 동천몽에게 멎었다.

동천몽의 눈은 예리한 광채를 발하고 있었다. 양손으로 장난하듯 천지철왕이 보여준 동작을 시늉 내며 따라 움직이고 있었다.

일각쯤 지났을까. 천지철왕이 거친 숨을 내쉬며 손을 내렸다.

"학… 학학! 어떻게… 외우셨… 습니까?"

천지철왕은 기력이 다한 듯 온몸이 땀으로 범벅이 되어 있었다.

동천몽이 무거운 얼굴로 말했다.

"한번 보겠느냐?"

모든 사람들의 시선이 동천몽의 양손에 머물렀다.

몸을 풀듯 잠시 어깨를 좌우로 한 번씩 들썩이더니 침상에 누운 채 조금 전 천지철왕이 펼쳐 보였던 손동작을 시늉 내기 시작했다.

쉭!

처음에는 느리게 움직이던 손이 점차 빨라졌다.

오랫동안 배워 아주 숙달된 사람처럼 막힘없는 손동작에

누워서 그 모습을 보던 천지철왕의 눈이 부릅떠졌다.

동천몽의 손은 더욱 빨라졌다.

육안으로 왼손과 오른손을 구분할 수 없을 만큼 빨라졌고 침상 위로 수십 개의 장영이 가득 채워졌다.

뚝!

한순간 점을 찍듯 손동작을 멈추고 천천히 가슴 앞으로 내린 동천몽이 물었다.

"어떻느냐? 제대로 되었느냐?"

천지철왕이 온몸을 떨었다.

"예전 사, 사형의 말씀을 듣고… 설마했는… 데 사실이군요. 와… 완벽하옵니다. 오오! 이럴 수가!"

만동승의가 더듬거리며 물었다.

"지… 지금 한 부분도 틀리지 않고 그대로 재현해 냈다는 얘깁니까?"

천지철왕이 고개 대신 눈을 깜빡거렸다.

천지철왕의 얼굴에 감동과 기쁨이 넘쳐흘렀다.

자신은 비록 곧 죽겠지만 포달랍궁의 미래가 훤히 보였다. 그것은 어떤 선조 때보다도 찬란한 문화와 힘을 꽃피울 것이라는 낙관이었다.

"우욱!"

그 순간 천지철왕이 검은 피를 토했다.

바르르!

온몸을 사시나무처럼 떨었다. 입술이 까맣게 변하기 시작했고 몸이 거칠게 경련을 일으켰다.

"대… 대법왕이시여."

주르륵!

입으로 엄청난 검은 피를 쏟아냈다.

"부… 부디 본 궁을 반석 위에 세우… 소… 서."

그 말을 끝으로 천지철왕은 눈을 감았다.

숨이 끊어졌는데도 천지철왕의 입에서 계속 검은 피가 흘러내려 침상을 적셨다.

지켜보던 사람들의 얼굴에 침통한 빛이 내려앉았다. 어느새 입가로 흘러내리던 피도 멎었고 천지철왕의 몸은 빳빳하게 굳어버렸다.

동천몽은 한동안 천지철왕에게서 눈을 떼지 않았다.

'으음!'

한순간 동천몽의 입술이 지그시 물렸다. 그 누구에게도 빚을 지고 살아오지 않은 동천몽에게 자신을 위해 죽은 천지철왕은 무거운 빚이었다.

아버지는 빚을 용납하지 않았다. 갚지 못하면 반드시 목숨으로라도 회수해 왔다.

第九章
만인지상

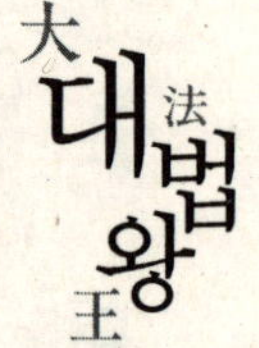

피바람이 불었다. 그것은 포달랍궁이 창건된 이래로 가장 큰 피였다. 만경을 따르던 승려들 중 그의 죽음에 충격을 받고 대부분 투항을 했지만 그중에는 끝까지 저항하는 자들도 있었다. 하는 수 없이 저항하는 그들을 모조리 제거해야 했다. 한 번 어긋난 나뭇가지는 아무리 바로잡으려 해도 늦다. 살려둬 봤자 끝없이 말썽을 일으킬 것이라는 게 그들을 제거토록 결정한 동천몽의 생각이었다.

좀체 보기 드문 청명한 날씨였다. 밤새 벌어진 피의 폭풍이 너무 거센 탓일까, 오늘따라 태양이 더욱 눈부셨다. 멀리 대설산의 만년설이 더욱 웅장했고 백궁(白宮)의 용마루 또한 한 마리의 백룡이 길게 누워 있는 듯 힘차게 뻗어나가 있었다.

"그자는 지금 어디 있는가?"

천검은왕이 천룡구십구불의 수장인 대력 선사에게 물었다. 대력 선사의 가사 곳곳에 핏자국이 묻어 있는 것을 보아 밤사이에 있었던 싸움이 얼마만큼 처절했는지 충분히 짐작하고도 남았다.

"수라옥(修羅獄)에 가두어놓았습니다."

이번엔 동천몽이 물었다.

"많이 다쳤다고 했나?"

"천룡구십구불 중 무려 열아홉 명이 그의 손에 숨을 거두었습니다. 실로 대단한 능력이었습니다."

대력의 아직도 놀라움이 채 가시지 않은 표정으로 말했다.

"아미타불! 배교의 후예라면 만만한 인물이 아닐 걸세."

천장금왕이 침대에 누워 있는 동천몽을 보며 말했다.

"어떻게 하면 좋겠습니까? 일목이란 자 말입니다. 살려둬봤자 해만 끼칠 것이 뻔한데."

모든 시선이 동천몽에게 모아졌다.

동천몽이 죽이라고 명령하면 일목의 목은 오늘을 넘기지 않고 베어질 것이다.

동천몽은 얼른 대답하지 않았다. 나름대로 계산을 하는 듯 한참 동안 천장을 올려다보더니 조용히 말했다.

"당분간 가둬놓도록."

당장 죽여야 한다고 말하려다 천장금왕은 입을 다물었다. 대법왕이 내린 결정은 지엄하다. 왜냐는 이유나 질문이 있어서는 안 된다. 그것은 대법왕의 권위를 위해하는 대죄이다.

보름이면 목뼈가 붙는다고 했지만 워낙 복합적인 골절이 되어 한 달이 지나서야 동천몽은 움직일 수 있었다. 만동승의와 천장금왕이 지켜보는 가운데 부목을 떼어내고 천천히 고개를 좌우로 돌려보았다. 아무런 이상이 없자 만동승의가 말했다.
"좀 더 빠르고 세차게 돌려보십시오."
그 말에 동천몽이 획획 소리가 나게 목을 좌우로 돌렸다. 역시 아무런 이상이 없었고 만동승의의 지시에 따라 이번에는 상하로 고개를 격렬하게 끄덕였다. 어지러울 만큼 세차게 목을 앞뒤로 저었지만 통증은 물론이고 아픔도 없었다.
"제대로 잘 붙은 듯합니다."
"부러진 뼈가 붙으면 전보다 더 강해진다는데 사실이냐?"
만동승의가 고개를 끄덕였다.
"예, 더욱 단단해지지요."
"호오! 그래?"
그러더니 목을 풀듯 한 바퀴 돌린 동천몽이 벼락처럼 실내의 좌측 기둥을 들이받았다. 기둥은 검은 돌로 된 석주였다.
쿠쿵!

엄청난 소리가 흘리며 돌가루가 우수수 떨어졌고 머리가 부딪친 곳이 움푹 패었다.

천장금왕과 만동승의가 기절할 듯 놀란 표정을 지었다.

"괘, 괜찮으시옵니까?"

동천몽이 목을 좌우로 흔들어보더니 고개를 끄덕였다.

"사실이군. 옛날 같았으면 이 정도 세게 박으면 목이 찌르르 하며 아팠을 텐데."

동천몽의 입가에 야릇한 웃음이 떠올랐고 천장금왕은 입을 쩌억 벌리고 있었다. 아무리 그렇다고 직접 돌기둥에 머리를 박아 확인을 해보다니 실로 어처구니없는 일이 아닐 수 없었다.

다음날부터 동천몽은 다시 무예 수련에 매진했다. 이미 만마생사혈과 지옥금의 형(形)은 완벽에게 소화시켰고, 이제는 같은 동작을 반복 숙달하는 과정에 있었다.

그런데 놀라운 것은 조금씩 시간이 흐르면서 만마생사혈과 지옥금의 초식이 조금씩 변화하고 있다는 것이었다. 애초 사대법왕으로부터 배웠던 자세에서 조금씩 틀어지고 있었다.

꿈틀!

동천몽의 눈썹이 모아졌다. 처음 며칠은 대수롭지 않게 넘어갔지만 시간이 흐를수록 사대법왕에게 배웠던 자세와 점점 멀어지고 있었기 때문이다.

무공을 배우다 제 형을 벗어나면 주화입마에 빠질 위험이 있다는 경고를 천장금왕으로부터 들었기 때문에 더럭 걱정이 되었다. 처음 자세에서 틀어지지 않기 위해 조심스럽게 수련하다 조금만 속도가 빨라지고 깊이 빠져들면 예외없이 엉뚱한 동작이 튀어나왔다.

그런데 자세 변형이 잘못된 것이라면 진기의 흐름이 원활하지 못해야 하는데 전혀 그런 느낌이나 징후는 없었다. 오히려 들판을 달리는 천리마처럼 거침이 없었고 몸놀림도 부드러워졌다. 더욱 황당한 것은 갈수록 위력이 높아진다는 것이었다.

'이 무슨 해괴한 경우지?!'

동천몽의 고개가 연신 갸웃거려졌다.

자신의 머리로서는 눈앞의 상황이 도무지 이해가 되지 않았다. 원래의 형에서 벗어났으면 위력도 감소하고 진기의 흐름도 둔탁해지면서 몸에 이상이 느껴져야 정상이었다.

파파팍!

손에 쥐어진 목검은 더욱 파상적으로 허공을 누볐고 좌우 쌍장이 번득일 때마다 무려 반 자 깊이로 석굴에 손바닥 자국이 새겨졌다.

'거참!'

일단 몸에 이상이 없었기 때문에 크게 염려하지는 않았다.

천장금왕이 말하길, 초식이 틀어지거나 잘못되면 가장 먼저 진기의 흐름에서 장애가 발생한다고 했는데 전혀 그런 현상이 없었기 때문에 그냥 그대로 수련에 매달렸다.

콰쾅쾅!

퍼퍼퍽!

기기묘묘한 종유석이 빚어낸 아름다운 동굴은 완전히 폐허로 변해 있었다. 물방울이 흘러내리듯 천장을 가득 채우던 종유석들은 흔적도 없이 사라졌고, 이곳저곳 처마를 떠받치듯 우뚝 서 있던 석순도 잘리고 파괴되어 동굴은 휑했다.

"저… 저건!"

동굴 입구를 들어서던 천장금왕이 깜짝 놀란 표정을 지었다.

지금 동천몽은 손에 목검을 쥐고 만마생사혈을 펼치고 있었는데 그 모습을 바라보던 천장금왕의 볼이 씰룩거렸다.

"아미타불! 아미타불!"

연거푸 충격을 감추지 못하는 불호가 터져 나왔고 나중에서야 천장금왕의 기척을 알아차린 동천몽이 검을 거두며 돌아보았다.

"왜 그렇게 놀라느냐? 내가 뭘 잘못하고 있느냐?"

천장금왕이 다가오면 말했다.

"송구하지만 다시 한 번 소승이 보는 가운데서 만마생사혈을 펼쳐 보여주시겠습니까?"

동천몽이 왜 그러느냐고 땀방울 가득한 얼굴로 쳐다보았다.

천장금왕이 말했다.

"다시 한 번 보고 싶어서 그러하옵니다."

동천몽이 알았다는 듯 소매로 이마의 땀을 훔치더니 곧바로 검을 세우고 몸을 날렸다. 바닥을 한 번 박차고 허공으로 솟구친 그의 검이 춤을 추기 시작했다.

쉭쉭쉭!

두 눈을 부릅뜨고 동천몽의 검을 바라보던 천장금왕이 꿀꺽 소리가 날 만큼 침을 삼켰다.

'부, 분명한 귀정(歸井)!'

동천몽의 검은 유려했다.

사뿐사뿐 허공을 날아다녔고 미풍처럼 보드랍게 밀려갔다.

검무(劍舞), 처음 강렬하고 파괴적이며 거칠던 검형은 모난 곳 없이 잘 다듬어진 도자기처럼 둥글고 아름다우며 포근하기까지 했다. 사람을 죽이는 무예라기보다는 완벽한 춤사위였다.

여전히 넋이 빠진 모습으로 서 있는 천장금왕을 보며 검을 거둔 동천몽이 이마를 찡그렸다. 자신의 틀려진 자세를 그가 알아보았다고 판단했고, 그래서 얼굴이 어두워진 것이라고 느낀 것이다.

"네가 보기에도 처음과 많이 어긋나 있지? 젠장! 아무리 고
치려 해도 안 되는데 미치겠구나."

"아, 아니옵니다. 그것은 잘못된 현상이 아니라 오히려 좋
은 것이옵니다."

무슨 말이냐는 듯 동천몽이 쳐다보자 천장금왕이 흥분을
감추지 못하고 빠르게 말을 이었다.

"그런 현상을 흔히 귀정이라고 부르죠. 좀 더 자세히 말씀
드리자면, 샘에서 흘러나온 물이 다시 샘으로 돌아간다는 뜻
이죠. 원래대로 돌아갔다는 뜻입니다."

어려운 말이라는 듯 얼른 이해하지 못하고 동천몽은 바라
보기만 했다.

천장금왕이 서둘러 설명을 했다.

"만마생사혈과 지옥금은 적지 않은 세월을 흘러내려 왔지
요. 더구나 대법왕께서 입적하시기 전 사대법왕에게 서둘러
가르치다 보니 조금씩 본래의 형태가 바뀌기 시작한 것입니
다. 다행히 사대법왕의 자질이 뛰어났을 때는 변형이 작았지
만 그렇지 못할 경우에는 상당히 원래의 위력에서 이탈을 했
습니다."

"그래서 처음과 지금의 것에서 위력 차이가 있단 말이냐?"

"있는 정도가 아니라 아주 큽니다. 그런데 지금 대법왕께
서 원래의 위력으로 만마생사혈과 지옥금을 돌려놓고 계십니
다."

"알지도 못하는 내가 어떻게 제모습을 재현했단 말이냐?"

"소승이 말했잖사옵니까? 대법왕께서는 체신혜감이라고 말이옵니다. 몸 스스로가 초식에 문제가 있음을 발견하고 원래대로 찾아 돌아간 것입니다."

그제야 만마생사혈과 지옥금이 원래에서 조금씩 멀어진 이유를 알았다는 듯 동천몽이 고개를 끄덕였다.

땀에 온몸이 젖어 있는 동천몽을 보는 천장금왕은 속으로 연신 아미타불을 중얼거렸다. 무예에 관한 자질 하나만큼은 세존이 내렸다고 해도 좋았다. 머리가 나쁜 대신 세존께서는 야수보다 뛰어난 감각적인 몸을 준 것이다. 그것은 무의 집단인 포달랍궁으로서는 더할 나위 없는 자비였고 홍복이었다.

귀정이라는 경지까지 오른 동천몽의 능력에 천장금왕의 입가에는 웃음이 맺혔다.

"보아하니 무슨 용건이 있는 것 같구나? 말해보아라. 또 궁내에 불편한 일이라도 생긴 것이냐? 만경 늙은이도 죽었으니 크게 골치 썩힐 일은 없을 텐데?"

"그렇긴 합니다만, 아무래도 시급히 행해야 할 일이 한 가지 있사옵니다."

"뭐지?"

"법통을 잇는 일입니다. 당장 대법왕의 즉위식을 열어야겠습니다."

"무슨 일 있느냐?"

천장금왕의 굳어진 표정을 보며 동천몽이 물었다.

천장금왕이 망설이지 않고 말했다.

"만경 사숙 일당이 축출되면서 대법왕의 환생자가 궁내에 들어와 있다는 소문이 퍼져 이제 모르는 제자들이 없사옵니다. 그런데 소문만 돌 뿐, 그 모습을 드러내지 않자 일부에서는 소승을 비롯한 사대법왕이 만경을 밀어내고 대법왕의 자리를 거머쥐기 위해 있지도 않는 대법왕의 환생자를 만들어냈다는 해괴한 소문이 떠돌고 있습니다."

"……."

"갈수록 우릴 보는 제자들의 시선이 좋지 않습니다. 이대로 놔뒀다가는 만경 사숙이 있을 때보다 더한 분란이 야기될 가능성이 있습니다. 그러니 어쩔 수 없이 존재를 드러내서야 할 것 같습니다."

"그래서 제자들에게 내가 있다는 것을 선포해야 한다는 말이냐?"

"대법왕께서 정말로 환생했음을 보여주어야 우리를 향한 제자들의 의심이 풀릴 뿐 아니라 겉으로 드러나지는 않았지만 심정적으로 만경 사숙을 지지하거나 따랐던 제자들 또한 완전히 꿈을 포기하고 돌아올 것 같습니다."

"그렇다면 즉위식을 해야 한다는 얘긴데… 하지, 뭐. 괜찮은 날로 한번 잡아보거라."

동천몽이 다시 무예를 수련하기 위해 검을 힘껏 쥐었다.

천장금왕이 입가에 웃음을 짓자 동천몽이 물었다.

"왜 웃느냐?"

"아무리 생각해도 만경 사숙을 죽인 일이 꿈만 같아서 말입니다. 죽인 것도 놀랍지만 소승의 기분을 더욱 즐겁게 하는 것은 대법왕께서 착안하셨다는 형님지계라는 계책입니다. 아직까지 수많은 병서를 읽고 독파했지만 어디에도 그런 이름의 병략은 없었습니다. 포달랍궁 제일고수를 죽였으니 어쩌면 이 세상에서 가장 뛰어난 병략이 분명합니다."

별것도 아닌 걸 가지고 그렇게 호들갑이냐는 듯 동천몽이 피식 웃었다.

대법왕 즉위식 날짜가 정해졌다. 만경이 죽은 뒤 정확히 다섯 달 만의 일이었다.

즉위식 날짜가 정해지자 반신반의하던 제자들 또한 들끓기 시작했다. 십육 년 동안 천하를 뒤져서도 찾지 못했던 환생자를 찾았다는 사실이 믿기지 않는 듯했다. 일부 성급한 제자들은 천장금왕이 가짜를 내세울지 모른다는 악소문까지 더욱 부풀려 말이 돌고 있었다.

즉위식이 열리기 하루 전날 밤 동천몽은 차를 마시고 있었다. 처음에는 그까짓 게 무슨 대수냐고 생각했는데 막상 날짜가 하루 앞으로 다가오자 은근히 긴장이 되면서 잠이 오지 않았다. 일만 이천 명뿐만 아니라 서장을 통치하는 황제가 된다는 생각에 자꾸 목이 탔다.

대법왕(大法王)이자 황제(皇帝).

황제라고 하면 자금성에 거주하며 곤룡포를 온몸에 휘감은 만인지상의 인물이다. 그런데 자신 또한 그런 위치에 올라선다니 도무지 정신을 차릴 수가 없었다. 흥분과 긴장으로 차를 훌쩍거리고 있을 때 문이 열리더니 천장금왕이 들어섰다.

천장금왕이 동천몽의 맞은편에 앉으며 미소를 띠었다.

"잠이 오지 않나 보군요?"

"허험! 솔직히 조금은."

"대법왕의 자리가 어디 보통 자립니까? 더구나 서장의 수만 백성들의 어버이가 될 터인데 쉽게 잠이 올 리가 없겠지요. 하지만 맘 푹 놓으십시오."

그러면서 소매 춤에서 한 통의 서찰을 꺼냈다.

"무슨 서찰이냐?"

"내일 즉위식을 하면 제자들에게 피와 살은 아니어도 삶에 교훈이 되는 좋은 말씀 한마디쯤은 해야 합니다."

동천몽이 고개를 끄덕였다.

"그래야겠지. 그래서 피와 살이 될 말을 적어왔단 말이냐?"

"직접 한번 살펴보시지요."

동천몽이 건네준 서찰을 받아 살폈다.

두 눈을 부릅뜨고 서찰을 펼쳐 읽기 시작했다. 한참을 읽던 동천몽의 이마가 가볍게 찌푸려졌다. 그러다 고개도 갸웃거려졌는데 뭔가 못마땅한 듯했다. 하지만 이내 표정을 풀고 끝까지 서찰을 읽은 동천몽을 보며 천장금왕이 물었다.

"너무 어려워서 그러하옵니까?"

"굳이 어렵다기보다는……."

"염려할 것 없습니다. 담긴 뜻은 제자들이 알아서 새길 테니 신경 쓸 것 없습니다. 그냥 소승이 써준 대로 읽기만 하면 됩니다. 오히려 너무 쉬운 말씀을 해도 품위가 서지 않습니다."

"그건 그렇지. 좋아, 이대로 가자."

동천몽이 서찰을 품속에 집어넣었다.

천장금왕이 눈을 빛내며 말을 이었다.

"다시 한 번 말씀드리지만, 대법왕께서는 제십육대 포달랍궁의 궁주이자 서장의 만백성을 다스리시고 생사를 주관하는 황제이기도 하십니다. 앞으로는 행동거지뿐만 아니라 말씀 또한 각별히 가려서 하셔야 하옵니다. 품위를 잃어서는 안 된다는 얘기지요."

"날 바보로 아는구나. 이런 말 들어보았느냐? 자리가 사람을 만든다는 말. 흐흠! 염려 말거라. 그 누구도 감히 내 앞에서 함부로 경거망동 못하도록 할 엄청 힘 줄 자신이 있으니까."

"목에 힘을 주라는 것이 아니라 위엄을 갖추라는……."

동천몽이 버럭 소릴 질렀다.

"그게 그거 아냐!"

동천몽이 인상을 쓰자 천장금왕이 움찔하며 입을 다물었다.

천장금왕이 머쓱한 얼굴로 자리에서 일어났다.

"소, 소승은 이만."

천장금왕이 합장을 해 보이고 방을 나갔다.

차를 두어 모금 마시던 동천몽이 천장금왕이 주고 간 서찰을 다시 펼쳐 들었다. 서찰을 읽는 동천몽의 좁은 이마가 잔뜩 찌푸려져 있었다. 도무지 무슨 내용인지 한 구절도 알 수가 없었다.

그때 팔용이 들어서더니 넙죽 절을 했다.

"이 밤에 웬 절이냐?"

팔용이 깊숙이 절을 하며 고개를 쳐들더니 비장한 표정으로 말했다.

"진심으로 대법왕의 위에 오르심을 축하드리옵니다."

"아직 오르지 않았다."

"내, 내일은 무척 바쁠 것이고… 그러다 보면 대법왕님의 존안을 뵙기 어려울 것 같아서 미리 올리는 것이옵니다."

"고맙다."

"존경합니다."

팔용이 똑바로 쳐다보며 말했다.

오백 년 전 포달랍궁이 지배하는 서장무림에 피의 폭풍이 일어났다. '타도 포달랍궁'을 외치며 일어난 인물들은 스스로를 아수라의 후예라고 부른 수라삼백육십오군(修羅三百六十五君)이었다. 하나같이 절정의 마공으로 무장한 그들의 기세는 삽시간에 서장을 시산혈해로 만들며 포달랍궁을 침범했다.

백일혈전(百日血戰)으로 불리는 수라삼백육십오군과 포달랍궁의 백일전쟁은 그렇게 시작되었다. 처음에는 침공을 받은 포달랍궁이 밀렸고 궁의 삼분지 이가 그들에게 점령당했다.

그러나 당시 폐관수련 중이던 대법왕 화우감천(火雨甘天)이 모습을 드러내면서 전황은 백팔십도 바뀌었다. 만마생사혈을 깨우친 그의 가공할 검에 수라삼백육십오군은 무릎을 꿇었고 이후 목숨을 다해 화우감천을 받들겠다는 충성의 서약으로 자신들의 피를 묻혀 지은 건물이 바로 홍궁(紅宮)이었다.

핏빛의 궁전 앞에 일만 이천 명의 제자가 도열해 있는데도 숨소리 하나 들려오지 않았다. 단상에는 십이법신을 비롯해 사대법왕 중 천검은왕과 천권동왕, 그리고 포달랍궁의 원로들이 자리를 차지하고 앉아 있었다.

날씨는 맑았고 해는 조금씩 중천을 향해 줄달음질치고 있었다. 도열한 제자들의 두 눈은 단상 뒤에 고정되어 있었다. 말로만 들었지, 아직 한 번도 환생한 대법왕의 얼굴을 보지 못한 그들의 얼굴은 기대와 흥분으로 달아올라 있었다.

태양이 중천에 이르고 그림자가 사라지는 일중무영(日中無影)이 될 때 커다란 외침이 홍궁을 울렸다.

"대법왕님께서 납시오!"

우렁찬 외침과 더불어 일만 이천 명의 제자가 일제히 그 자리에 오체투지를 했다. 단상의 원로들도 자리에서 몸을 일으켜 세워 허리를 구부렸다.

구구궁!

단상 뒤쪽 홍궁의 문이 요란하게 열리더니 천장금왕의 안내를 받은 동천몽이 모습을 드러냈다. 거대한 흰 코끼리[白象]가 수놓아진 금포를 걸쳤고 일만 이천 명을 근엄한 시선으로 쳐다보며 천천히 다가왔다.

원로들 있는 단상을 가로질러 관세음보살상이 조각된 탁자 앞에 우뚝 서자 천장금왕이 큰 소리로 외쳤다.

"만제기립(卍弟起立)!"

오체투지를 하고 있던 일만 이천의 제자가 모두 자리에서 일어났고 단상의 원로들까지 큰 소리로 합장하며 외쳤다.

"아—미—타—불!"

천둥보다 큰 웅장한 불호가 홍궁을 뒤흔들자 주위의 나뭇가지에 앉아 있던 새들이 놀라 날갯짓을 푸드득거렸다.

"상면(上面)!"

그러자 제자들의 숙여졌던 고개가 일제히 들렸다.

"아미타불!"

"오오! 어쩌면 저리도 같단 말인가? 입적하신 대법왕님께 서 돌아오심이 분명하도다!"

동천몽을 향해 제자들이 놀라움과 탄성을 내뱉었다.

"대법왕이시여!"

"당당하시도다. 저 눈빛이야말로 완전 중생을 바라보는 세 존의 자비로다!"

제자들이 흥분하여 떠들었다.

"갈!"

천장금왕이 외쳤다. 내공이 실린 사자후에 홍궁이 들썩거 렸고 웅성거리며 떠들던 일만 이천의 제자가 다시 침묵 속으 로 빠져들었다.

"지금부터 십육대 대법왕님의 설법이 계실 것이다. 제자들 은 모두 가슴 깊이 대법왕님의 말씀을 담아 삶의 주춧돌로 삼 길 바라노라! 알겠느냐?!"

"아! 미! 타! 불!"

제자들이 함성처럼 불호를 외웠다.

동천몽이 자신을 쳐다보는 일만 이천 쌍의 눈을 스윽 훑어 보았다. 하나같이 반짝거리는 것이, 기대와 설렘으로 넘쳐 보 였다.

"무진의 보살이 백불언하되 세존 아금에 당공양관세음보살하리다!"

동천몽이 큰 소리로 외쳐 말했다.

흠칫!

꿈틀!

제자들은 물론 단상에 앉아 있는 원로들이 모두 놀란 표정을 지었다.

동천몽이 지금 뱉은 말의 뜻을 헤아리지 못했기 때문이다. 불가에서 잔뼈가 굵은 자신들도 처음 들어보는 낯선 설법이었기 때문에 더욱 눈을 크게 떴다.

"즉행경중보주영락 가치백천량금. 제자들이여, 이 말이 무슨 뜻인 줄 아는가?!"

동천몽의 질문에 장내가 숨을 죽였다.

동천몽의 날카로운 시선이 제자들을 찌르듯 쳐다보았고 그와 눈이 마주치는 것을 피하기 위해 일부는 고개를 숙이거나 돌리기도 했다. 어느 누구도 말뜻을 알지 못하는 것 같았다.

"정녕 아는 제자가 단 한 명도 없단 말인가? 아는 제자는 손을 들라!"

동천몽이 버럭 소릴 지르자 천장금왕이 전음을 보냈다.

"대법왕이시여, 굳이 손을 들라고 할 것까지는 없사옵니다. 적당히 하시고 넘어가십시오."

동천몽이 실망스럽다는 듯 제자들을 노려보더니 이번에는 뒤로 돌아서더니 원로들을 향해 물었다.

"그대들 중에 아는 사람이 있느냐? 있으면 손을 힘차게 들어보아라. 빨리."

원로들 또한 당황해하며 얼굴이 붉어졌고 일부는 헛기침을 하며 바닥을 쳐다보거나 엉뚱한 곳으로 고개를 돌렸다.

콰앙!

동천몽이 탁자를 주먹으로 쳤다.

"아미타불! 이런 한심하도다. 정녕 아주 실망했도다. 이 많은 제자들 중 어찌 본왕이 뱉은 말을 단 한 명도 알아듣지 못한단 말이냐? 아주 쉬운 건데. 오호, 통제라! 그럼 지금부터 귀를 씻고 잘 새겨듣거라. 졸거나 딴 짓 해서는 아니 되느니라!"

동천몽이 형형한 안광을 쏘아 보내며 말했다.

"한마디로 말하면 이런 뜻이니라. 무진의 보살이 부처님께 여쭈었는데 세존이시여… 그리고……."

동천몽이 잽싸게 탁자 아래 감춘 서찰을 훔쳐보았다.

너무 흥분하다 보니 읽어야 할 순서가 엉킨 것이다.

"그러니… 까 말이야. 별것 아냐."

시간을 끌기 위해 횡설수설했고 천장금왕이 당황한 표정으로 물었다.

"이, 읽기만 하면 된다니까요?"

동천몽이 버럭 전음을 보냈다.

"씨발, 누가 그걸 몰라? 읽던 줄을 잊었다니까… 어? 찾았다!"

동천몽이 눈을 부릅뜨고 다시 말했다.

"나는 지금 마땅히 관세음보살을 공양하겠나이다, 하면서 목에 걸었던 가격이 백천 냥이나 되는 보배 구슬과 영락을 받들었다는 말이다. 알겠느냐?!"

마지막 대목에서는 사자후를 터뜨렸다.

"아… 미… 타… 불!"

"후, 훌륭하옵니다. 미천한 제자들의 머리를 깨어나게 해주셔서 감사하나이다, 대법왕이시여!"

제자들의 얼굴에 감탄과 감동의 물결이 일었고, 단상의 원로들까지 충격을 받은 표정을 지었다.

대법왕의 환생자는 신통력을 갖는다. 그중 하나가 아주 어려운 법문을 술술 이해하고 꿰뚫는다는 것인데, 지금 동천몽이 그런 현상을 제대로 나타내고 있었다.

"너무 어려운 것 같으니 내가 이제는 풀어 말하겠노라. 무진이 또 여쭈었다. 어진이며 법으로써 드리는 이 보배 구슬과 영락을 받아주옵소서. 그러자 관세음보살이 사부 대중과 하늘, 용과 사람이 아닌 듯한 것들을 불쌍히 여겨 그걸 받아 반으로 쪼개어 한몫은 석가모니불에게 마치고 한몫은 다보불탑에 바쳤다."

동천몽의 목소리는 홍궁의 앞뜰을 가득 메운 일만 이천 제자의 귓속을 파고들었고 제자들은 거대한 함성으로 응답했다.

"아미타불!"

"나의 눈이 열리도다!"

"각설하고 오늘 내가 너희들에게 하고 싶은 말은 이것이니라. 정직해라. 정직하면 부처님께서 돌보신다. 정직하지 않은 자는 당장 산을 내려가라. 이곳은 정직한 사람만이 살 수 있는 극락이니라. 알겠느냐?!"

"알겠습니다. 아미타불!"

"가, 가슴이 뜨거워집니다!"

"하고 싶은 말이 무지 많지만 오늘은 처음이고 하니 이쯤에서 마치겠다. 날씨가 추운데 건강들 챙겨라. 이상."

천장금왕이 다시 전음을 보냈다.

"그 말은 안 적었잖습니까? 건강 챙기라는 말."

동천몽이 눈을 부라리며 전음을 보냈다.

"자상스런 모습 하나 보여줘야 할 것 아냐. 건강 챙기라는 것 말고 더 자상한 것 있어?"

천장금왕이 입을 다물고 맞다는 듯 고개를 끄덕였다.

동천몽이 몸을 돌려 홍궁으로 걸어갔다.

수많은 제자들이 뜨거운 박수를 보내기 시작했고 원로들까지 박수로 홍궁으로 들어가는 동천몽을 배웅했다.

"키햐, 막혔던 삶이 확 뚫리는구나."

"과, 과연 대법왕님다우신 뛰어난 설법이셨다."

제자들이 현묘한 설법에 감탄을 아끼지 않았고 그들의 함성을 뒤로한 채 동천몽은 홍궁 안으로 모습을 감추었다.

그날 이후 포달랍궁엔 거대한 회오리바람이 불었다. 엄청난 변화가 시작된 것이었다. 가장 큰 변화는 그동안 십칠 년동안 비워져 있었던 대법왕의 자리가 채워졌다는 것이었다. 수장이 있는 집단과 그렇지 않은 집단은 많은 차이가 있다. 그중 가장 큰 차이는 조직의 안정성이었다.

수장이 없음은 불손한 자들에게 반란이란 피의 충동질을 한다. 그 실례가 만경의 야망이었다. 설혹 반란이 일어나지 않는다 해도 조직의 질서와 체제가 흔들린다. 수직적인 구조가 흔들리면 조직은 균열과 분란을 일으킬 수밖에 없고, 그로 인해 외부의 침략이나 혼란에 휩싸이는데 즉위식이 있음으로 그동안 느슨해져 있던 힘의 중심이 완전히 잡혔다.

또 하나는 인사 이동이었다. 십칠 년간 대법왕이 공석이 되면서 단 한 번의 조직 개편도 없었다. 그럴 수밖에 없었던 것이, 모든 인사권이 대법왕에게 쥐어져 있었기 때문이다. 어느 집단이든 상벌 규정이 명확하고 뚜렷해야 융성한다. 그런데 대법왕이 공석이 됨으로 인해 부지런히 무예를 수련하고 공을 세워도 마땅한 상이 주어지지 않자 상당한 사기 저하를 가져왔었다.

그런데 이제 동천몽이 등장함으로써 대규모 인사 태풍이 불 것은 자명했고, 모든 능력의 우선순위가 강한 무예인만큼 그동안 수련을 게을리 했던 제자들의 움직임이 바빠졌다. 조용하던 포달랍궁이 무예를 수련하는 제자들의 함성과 움직임으로 활기가 넘쳤다. 또한 십이법신 중 한 명을 승격시켜 사대법왕 중 죽은 천지철왕을 대신하도록 했다.

동천몽 또한 무예 수련에 적극적이었다. 처음 시작할 때와 다르게 깨우치면 깨우칠수록 기분이 좋아졌고 흥미가 동했다. 저잣거리를 쏘다니며 힘의 위력을 누구보다도 일찍 깨닫고 실감한 동천몽으로서는 게으름을 피울 수 없는 달콤한 유혹이었다. 하루하루 무예가 증진될수록 더욱 수련에 빠져들었다.

강요가 아닌 스스로의 노력이었기 때문에 성취도는 상상을 초월할 만큼 빨랐다. 동물적인 몸의 감각을 지닌 체신혜감의 능력까지 더해지면서 동천몽의 무예는 가파르게 성장했다.

포달랍궁에 들어온 지 어느덧 삼 년이 흘렀다. 그 시간은 동천몽에게 많은 것을 가져다주었다. 그중 가장 많은 변화가 나이였다.

열여섯의 치기 어린 나이에 끌려와 어느덧 열아홉 성인이 되었다.

뽀얀 솜털로 뒤덮인 턱과 코밑은 밤송이 같은 검은 수염이 자리해 있었고, 슬쩍 건드리기만 해도 멍울이 질 만큼 연약해 보이던 피부는 검게 그을려 있었다. 작달막하던 체격도 훌쩍 성장했고 무예를 수련하여 어깨는 바윗덩이처럼 쩍 벌어져 있었다.

뜨거운 물로 몸을 씻고 중요 부위만 가린 채 방 안으로 들어서자 팔용이 갈아입을 법의와 가사를 받쳐 들고 있었다. 이제 승복이 속의(俗衣)보다 훨씬 자연스러웠고 거부감도 느껴지지 않았다.

가사를 어깨 위로 걸치고 동경 앞에 섰다. 동경 속에 한 명의 승려가 당당하게 서 있었다.

"허험!"

동천몽은 자신의 모습에 근엄한 헛기침을 내뱉은 후 백옥으로 된 태사의에 떡 앉았다.

"저, 저어 대법왕님께 한 가지 묻고 싶은 말씀이 있사옵니다."

그때 갈아입은 법의를 들고 나가던 팔용이 몸을 돌리더니 조심스럽게 물었다.

동천몽이 목소리를 깔아 말했다.

"말해보거라."

그런데 팔용이 눈치만 살필 뿐, 선뜻 질문을 하지 못했다.

팔용이 계속 주저하자 동천몽이 이마를 약간 찡그리며 말했다.

"뭘 물어보려는데 그렇게 내 눈치를 살피느냐? 어려워 말고 가벼운 마음으로 말해보거라."

"하, 하오면 속하가 무슨 말을 해도 절대 화 안 내겠다고 약속을 해주심이."

화를 안 내겠다고 약속하라는 말에 동천몽의 눈이 빛을 뿌렸다. 하나, 이내 자비스런 미소를 머금고 말했다.

"알았다니까? 어려워 말고 부드럽게 말해보거라."

그제야 용기를 낸 듯 팔용이 눈을 빛냈다.

"호, 혹시 고향에 가고 싶지 않으십니까? 예전에는 틈만 나면 고향으로 돌려보내 달라고 떼를 쓰며 탈출을 감행했잖습니까? 심지어 자해까지 하시면서."

"그런데 요즘은 왜 이렇게 조용하느냐는 말이구나?"

"이제 대법왕님의 무공이 높아져 마음만 먹으면 얼마든지 소주로 돌아가실 수 있사옵니다. 그런데 전혀 돌아갈 기색을 보이지 않아 속하는 무척 궁금하옵니다."

척!

동천몽이 다리를 포개고 앉더니 손끝을 까닥거렸다.

"가까이."

팔용이 멈칫하며 두어 걸음 다가섰다.

동천몽이 웃으며 다시 까닥거렸다.

“좀 더!”

주춤!

팔용이 또 다가섰고 동천몽이 만면에 자비스런 미소를 머금고 말했다.

“가까이 오라고 하지 않느냐?”

범접하기 어려운 목소리와 표정에 팔용이 더욱 다가섰다.

“내가 자세히 듣지 못했느니라. 다시 한 번 말해주겠느냐?”

팔용이 잽싸게 말을 이었다.

“왜 이제는 고향 간다는 말씀을… 악!”

동천몽의 앉은 자세 그대로 날아와 이단옆차기로 팔용의 가슴을 찼다. 팔용이 비명을 지르며 바닥을 나뒹굴었고 그런 팔용에게 동천몽이 다가가 사정없이 사타구니를 걷어찼다.

팔용이 사타구니를 감싸 쥐며 바닥을 데굴데굴 굴렀다.

빠악!

동천몽이 재차 사타구니를 가린 손등을 갈겼다.

“크헉!”

거품을 물며 팔용의 얼굴이 파랗게 질렸다.

동천몽이 넘어진 팔용을 발로 걷어차며 욕설을 내뱉었다.

“이 개자식, 너 지금 뭐라고 했어? 고향 간다는 말을 왜 않느냐고? 네놈이 뭔데 날더러 고향을 가느냐 마느냐 묻는 거야, 이 상노무새끼야.”

퍼퍼퍽!

양발로 정신없이 걷어차자 팔용은 바닥을 뒹굴며 죽는다고 비명을 질렀다. 하지만 동천몽의 발길질은 쉽게 멈추지 않았다.

"이런 씨발 놈이 좋게 대해줬더니, 이제 날 기어오르려고 하네. 고향을 가고 안 가고는 내 마음이야. 그러니까 뭐야, 날더러 고향으로 꺼지라는 거야?"

"으악! 아니옵니다. 속하는 그런 뜻으로 한 얘기가 아니옵고……."

"시끄러! 어디서 말대꾸야!"

동천몽이 쓰러진 팔용을 한동안 짓밟더니 씩씩거리며 다시 태사의에 앉았다.

태사의에 앉아 사타구니를 감싸며 바닥에 엎드려 있는 팔용을 향해 버럭 소릴 질렀다.

"똑바로 서지 못해!"

"네… 네!"

팔용은 똑바로 서지 못하고 다리를 반쯤 꼰 채로 섰다.

"팔용."

"하, 하명하소서, 대법왕이시여."

"내 고향은 내가 알아서 간다. 무슨 말인지 알겠느냐?"

"아미타불! 알겠사옵니다."

"내 맘이란 말이다."

동천몽이 버럭 소릴 질렀다.

팔용이 더욱 굽실거리며 대답했다.

"용서! 용서하소서."

"뭘 멀대처럼 서 있는 거야, 당장 가서 속의(俗衣) 한 벌 가져오지 않고."

팔용이 고개를 쳐들었다.

"소, 속의라면……."

"속의도 몰라? 네놈들 말처럼 중생들이 입은 옷 말이야."

"어… 어디에 쓰시려고?"

"이런 개자식이!"

또다시 동천몽의 몸이 이단옆차기로 날았다.

퍼어억!

팔용이 또다시 나가떨어졌고 잽싸게 일어나는 팔용을 보며 동천몽이 험악한 표정으로 말했다.

"대법왕이 하는 일에 왜라는 질문을 할 수 있느냐, 없느냐?"

"다, 당장 대령하겠나이다."

팔용이 어그적거리며 밖으로 나갔다.

태사의에 앉은 동천몽이 화가 덜 가라앉은 표정으로 나가는 팔용을 노려보았다.

사실 팔용의 말처럼 처음에는 무공을 배운 후 모두 때려눕히고 홀가분한 마음으로 고향으로 돌아가려고 했다. 그런데 대법왕이 되고 수많은 사람들의 생사를 지배하고 다루는 서장의 황제가 되면서 마음이 조금씩 변하기 시작했다.

너무 좋았다. 미치도록 좋았다. 수많은 사람이 자신의 한마디에 절절맨다는 사실이 꼭 꿈만 같았다. 한마디로 사는 재미가 솔솔 붙은 것이었다. 자신이 대법왕의 환생자이고 아니고는 관심없었다. 현재 하루하루가 하늘을 나는 기분이라는 것이었다. 자금성의 황제도 부럽지 않았다. 그래서 어느덧 고향은 기억 속에서 조금씩 멀어져 가고 있었다

잠시 후 팔용이 깨끗하게 준비된 흑의 한 벌을 가져와 내밀었다.

동천몽은 망설이지 않고 걸치고 있던 가사와 법의를 벗어던지고 흑의로 갈아입었다. 삭발을 하긴 했지만 흑의를 걸치자 불현듯 옛날 생각이 주마등처럼 떠올랐다. 잠시 희미한 미소를 입가에 물고 동경 속의 자신을 살피던 동천몽이 문을 향해 걸음을 옮겼다.

"어, 어딜……."

어딜 가느냐고 물으려다 또다시 두들겨 맞을까 봐 얼른 입을 다물었다. 팔용의 임무는 대법위(大法衛)였다. 대법위는 대법왕을 지근거리에서 모시며 수발을 드는 사람이자, 위기가 닥칠 때는 호위무사의 역할까지 한다. 그렇기 때문에 그에게만큼은 어딜 가는지 행선지를 캐물을 자격이 주어졌다.

하지만 앞서 물었다가 죽도록 얻어맞았기 때문에 차마 묻

지 못했다.

문 쪽으로 다가서던 동천몽이 다시 돌아와 동경 앞에 섰다. 한참 동안 동경 속의 자신의 모습을 살피더니 뒤에서 지켜보고 서 있는 팔용을 향해 말했다.

"가서 삿갓 하나 가져오너라."

"삿갓은 왜?"

동천몽의 인상이 또다시 우그러졌다. 그러자 팔용이 두말 않고 밖으로 뛰어나갔다.

스윽!

동천몽은 동경 속에 비친 자신의 머리카락 없는 머리를 양손으로 쓰다듬었다. 비록 흑의를 걸쳤지만 머리를 깎았고, 오랫동안 포달랍궁 안에서 생활한 탓인지 출가인의 분위기가 짙게 풍겨 나왔다.

팔용이 빛바랜 삿갓 하나를 가져와 내밀었다.

동천몽이 삿갓을 쓰고 동경에 모습을 비춰보더니 흡족한 표정을 지었다. 끈을 턱 밑으로 당겨 삿갓이 벗겨지지 않도록 단단히 조여 맨 다음 문을 향해 걸어나갔다.

팔용이 조심스럽게 그 뒤를 따라나섰다. 몇 번이고 어딜 가시는 거냐고 묻고 싶었지만 또다시 무자비한 폭력이 가해질까 봐 감히 입을 열 수가 없었다. 이윽고 동천몽이 일광전 마당으로 내려섰고 거기까지 따라간 팔용이 입술을 깨물었다. 대법위로서 행선지를 모른다는 것은 절대 안 될 일이었다. 사타구니가 깨어지는 한이 있어도 반드시 알아야 했다.

"저… 저… 저… 저……."

도저히 입이 떨어지지 않았다. 하지만 죽는 한이 있어도 행선지를 알아야 한다는 책임감에 비장한 각오를 다지며 물었다.

"조, 존경하옵는 대법왕님, 어딜 가시는지 소승에게만 살짝 가르쳐 주시면 안 되겠습니까?"

"역대 대법왕들이 즉위 이후 가장 먼저 행한 일이 무엇이라고 했더냐?"

"그야 백성들의 생활을 알아보고 살피기 위한 민정 시찰이옵니다. 하오면 대법왕님께서도?"

"물론이다."

"하오시면 법의를 걸치고 나가실 일이지, 왜 속의로?"

동천몽의 인상이 또다시 구겨졌다.

"너 혹시 역… 역… 역지사지라는 말 아느냐?"

확!

팔용의 눈이 커졌다.

자신이 지금까지 겪어본 동천몽은 일자무식이었다. 그런데 약간 더듬거리긴 했지만 사자성어를 쓰자 놀란 것이다.

"너 눈이 왜 그래?"

"하, 한마디로 입장 바꿔 생각해 보라는 뜻 아닙니까?"

"제대로 알고 있군. 그렇다. 네가 백성이라면 신분을 드러

내 놓고 시찰을 다니는 대법왕을 보고 삶의 부대낌을 제대로
말하겠느냐? 보나마나 내 눈치를 보느라 어려워도 쉽다고 할
테고 힘들어도 살기 좋다고 할 것 아니냐? 이제 왜 내가 복장
을 바꾸었는지 알겠느냐?”

“그, 그러시오면 속하만이라도 따라가면 안 되겠사옵니까?
절대 신분을 드러내거나 시찰에 폐가 되는 행동은 하지 않겠
습니다.”

동천몽의 시선이 팔용을 바라보았다.

두 눈에 자신을 걱정하는 진정성이 가득 넘쳐흐른다. 하지
만 데리고 가고 싶은 마음은 추호도 없었다. 아니, 데려가면
안 된다. 죽어도 안 될 일이었다.

『대법왕』 제2권에 계속…

Golden Key

박이수 소설

황금열쇠

「달의 아이」, 「붉은 소금성」의 작가 박이수.
그가 또 하나의 기대작 「황금열쇠」로 나타났다.

우연한 만남이란 단어는 그들에겐 존재하지 않았다.
얽혀 있는 사람들…그리고 피할 수 없는 운명의 굴레!

뒤틀려 버린 운명의 주인공 세이엔 가이스카 리베 폰 라시에…
한순간 인생이 뒤바뀐 불운의 주인공 듀이 델코!
그리고…유일하게 그녀를 기억하는 단 한 사람 이샤무딘!

이제 운명의 주사위는 던져졌다.
엇갈린 운명 속에 모든 사건은 하나로 연결된다!
황금열쇠를 차지하기 위한 그들의 위험한 모험이 지금 시작된다.

무사 곽우

『무정지로』,『십삼월무』,『화산진도』의
작가 참마도, 그가 돌아왔다!!

새롭게 시작되는 그의 네 번째 강호 이야기!!

"힘이 있는 자가 없는 자를 돕는 것입니다.
또한 힘이 없다면 돕기 위해 노력이라도 하는 것입니다.
그것이 진정한 협 아니겠습니까?"
"호오……."
송완은 다시 봤다는 듯 곽우를 바라보았고 담고위는
무슨 케케묵은 보물단지 보는 듯한 얼굴을 만들었다.
송완은 살짝 킥킥거리며 웃다가 이내 곽우에게 말했다.
"틀렸다. 협이란 무공이 높은 자의 중얼거림일 뿐이야.
무공이 낮은 자는 그저 그 협을 바라만 보고 있어야 하는 것이지.
그래서 세상은 협사가 널렸고 그 협사의 주변엔 구더기들이 들끓고 있는 거야."

강호라는 세상 속에서 지금 한 사람이 그 눈을 뜨려 한다.
한 자루의 부러진 검과 함께 곽우라는 이름을 가지고……

유행이 아닌 자유추구 –
WWW.chungeoram.com

Book Publishing CHUNGEORAM

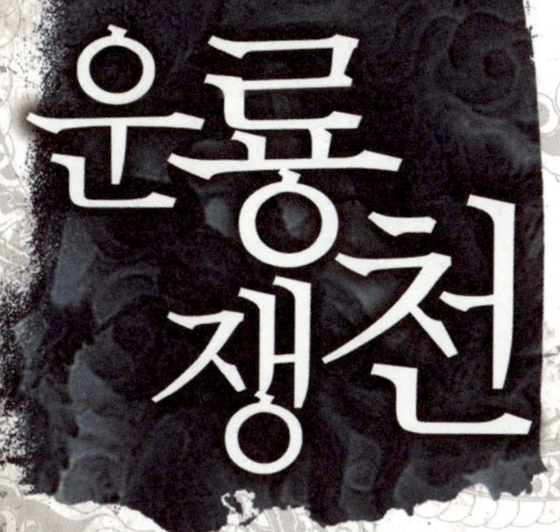

운룡쟁천

조돈형 新무협 판타지 소설

팔룡전설을 아는가?

북녘 하늘을 밝히는 별의 정기를 받고 태어난 여덟 명의 기재가
한 시대에 나타나리니, 그들의 눈은 삼라만상(森羅萬象)을 살피고
지혜는 하늘에 닿고 웅심은 천하를 덮을 것이다.
그들이 화합을 한다면 더없이 평온한 세상을 이룰 것이나,
만약 그렇지 않다면 피의 광풍이 온 천하를 휩쓸 것이다.

혼란의 시대!! 모략과 음모가 극에 다다른 혼돈의 강호무림!!

이때 하늘이 안배해 놓은 이가 있었으니, 그의 이름 도극성이라……!!
도극성!! 그가 무림에 다시 모습을 드러내는 날,
팔룡전설은 그로 인해 깨질 것이고 새로운 전설이 탄생할 것이다!!

유행이 아닌 자유추구 -
WWW.chungeoram.com
Book Publishing CHUNGEORAM

임희정 소설

조금만 하늘로

그러던 어느 날, 그에게 그 '능력' 이 찾아왔다.
조금은, 아름답지 않은 모습으로.

신의 뜻, 그것 외엔 없었다.
신의 영역, 시대의 금기를 깨는 그들의 불꽃같은 삶!

막연히 의사가 되기 위한 삶을 살아왔던 세요 폰 어뷔니트.
인간을 살리기 위해 의사가 되어야만 했던 웨인 파예트.

잔혹한 과거, 어긋난 현재.
그리고 우연히 찾아온 신비로운 능력!
보통 사람들과 다른 존재가 아니라는 것에 대한 증명.